抗联一师

孙春平 著

北方联合出版传媒（集团）股份有限公司

春风文艺出版社

·沈 阳·

图书在版编目（CIP）数据

抗联一师 / 孙春平著 . — 沈阳：春风文艺出版社，
2022.10（2024.8重印）
　ISBN 978 - 7 - 5313 - 6352 - 1

　Ⅰ．①抗… Ⅱ．①孙… Ⅲ．①长篇小说 — 中国 — 当代
Ⅳ．①I247.5

中国版本图书馆 CIP 数据核字（2022）第 200069 号

北方联合出版传媒（集团）股份有限公司
春风文艺出版社出版发行
沈阳市和平区十一纬路25号　邮编：110003
永清县晔盛亚胶印有限公司印刷

责任编辑：崔　丹		助理编辑：孟芳芳	
责任校对：赵丹彤		封面设计：徐媛婕	
印制统筹：刘　成		幅面尺寸：155mm × 230mm	
字　　数：170千字		印　　张：14	
版　　次：2022年10月第1版		印　　次：2024年8月第2次	
书　　号：ISBN 978-7-5313-6352-1			
定　　价：60.00元			

1

　　爷爷年过八十了，属马。问他生于哪年，他不说1930年，偏说民国十九年，让人掰着手指算计。爷爷身子骨还算硬朗，每天都在小区里走上两圈，神志却有时明白有时糊涂，有老年痴呆的预兆。我陪他去过医院，市里几家有些名气的大医院都去过，大夫们也都说他患的是阿尔茨海默病，这是医学上的名字，俗名就是老年痴呆症，是世界性难题，家里人好好养护吧。爷爷明白时会直着嗓子骂小鬼子又想整事，说这些小鬼子是癞蛤蟆打哈欠，嘴巴张得太大，恨不得吞下一头牛，贼心不死，不削他个彻底鼠迷他不会消停。我故意逗他，爷爷知道什么叫靖国神社吗？爷爷把流出嘴边的哈喇子一抹，抹搭我一眼，说你个小兔崽子要是摆弄电脑，我不跟你掰扯，神社我还不知道哇？那是小鬼子给战死的人供牌位的地方。当年小鬼子在咱北口就建过神社，在东山高岗上那块，这里解放后叫咱们给扒球的了。小鬼子祭拜神社，那是我亲眼见到的，动静搞得可是不小，扬幡招魂，敲敲打打，弄得烟气罡罡神神鬼鬼，还怕咱们中国人看热闹，撵出去老远，只怕给他们整出点啥动静，惊动了那些活该回不了东洋老家的游魂野鬼。

　　爷爷糊涂的时候也不像那些阿尔茨海默病病人乱走胡作，只是呆呆地坐在落地窗前，两眼望着远方的高天白云，或者楼下的草坪树木。大夏天的，他会喃喃自语，快过年了吧，今年雪下得可真勤，这是第几场啦？数九时他又会嘟哝，可惜了今年的这茬高粱啦，刚刚抽穗灌浆就让都割掉，这不是白瞎了吗？我去扶他吃饭，他不满地甩开我的手，怎么又喊饿，不是刚放下饭碗吗？这粮食是大风刮来的呀……

更多的时候，爷爷两眼空茫，不知在看着什么，有时眼角还溢出两行泪水，自语中满是哀伤与愧疚。"对不起啦，只怪儿子不懂事，想磕个头烧点纸都找不到坟头唉……"

这样的情景，一次，两次，我都没太当回事，只以为他在说胡话。可时间长了，再听再见，我便凑到跟前去，问爷爷，你在跟谁说话呀？爷爷说，我阿玛，我额娘。我心里惊了一下，这是满族人喊爸喊妈的叫法，可我家是汉族哇，莫不是爷爷看电视剧受了影响？我再问，他们是哪年殁的呀？爷爷答，八成是民国三十五年二月十八。我屈指算，那就是1946年，具体日期既出自爷爷之口，那基本可认定是农历了。我再问，同一天吗？那是得了什么病呢？爷爷说，惨哪，一个被枪打死了，另一个冲刑场，也挨了一枪，都是横死的呀！我惊得闭不上嘴巴，再问，都是因为什么呀？爷爷摇头说，说出来丢人，可寻思来寻思去，心里总画魂儿，捉摸不明白呀。我问，太爷爷太奶奶叫什么？又是做什么的？爷爷说，阿玛叫佟国良，扛了一辈子脚行。额娘哪有个名字，先前"良民证"上的名字是刘岳氏，死了后报纸上又叫她佟岳氏、岳金莲。唉，我可怜的额娘啊！听名字，怎么又变成了好几个？哪个是真的呀？我更惊，问，那年你也十几岁了吧，你没在家吗？爷爷抹了一把脸上的泪水，神志似乎清醒了些，再问什么都不答，两眼仍是直直地望着窗外。我再问，咱家不是姓董吗？太爷爷怎么会姓佟？爷爷似有警醒，翻了我一眼，横横地斥道，少套我的话，滚犊子，摆弄你的电脑去！不知自己姓什么的东西！

这一骂就更有名堂了，说我浑说我笨都可理解，我怎么还成了不知自己姓什么的东西呢？

我家是三室一厅的房子，听起来不错，可四世同堂时，也拥挤得不亦乐乎。前几年，小妹结婚了，妹夫是来自吉林白城乡下农家的孩子，收入有限，盼他买房得等猴年。老爸老妈一跺脚，倾全家之力，替小妹交了首付，买了一室一厅的，让他们两口子做新房，又按揭买了两室一厅的一户，老两口搬了过去。条件是眼下帮助照看外孙，将来由小妹养老送终，而留给我们夫妇的，除了房子将来落在我的名下，还有照顾年迈的爷爷的任务。我幼年时是我爷我奶带大的，奶奶过世早，我也愿尽尽孝心。当然，作为儿子和儿媳，我爸我妈也不是完全不管已是耄耋之年的爷爷，隔三岔五或逢什么节日，他们都会来家，或陪爷爷喝点酒坐上一阵，或帮我们忙活一阵家里的活计。

父亲再来家，我便跟他提起爷爷说起的那些话。父亲也是年近六旬之人了，是铁路上的巡道工人，还没退休，性情跟他早些年摆弄的老十字镐和道岔一样粗糙。他对我的话完全不以为然，笑道，老爷子那是糊迷颠倒，癔症了，他的话你也信？我说，看爷爷的神情，也许还真有些故事。也许，人越到老才越能说出些真情实话。老年人可能对刚刚说过的话忘得一干二净，但年轻时的记忆往往是非常深刻的。爸爸说，咱家是不是满族且不论，连姓啥还能弄差啦？咋还能冒出个姓佟的你太爷爷来？笑话，真是笑话。我问，那你见过我太爷爷太奶奶吗？父亲摇头说，小时候听你爷爷说，1945年抗日战争胜利后，小鬼子和他们"开拓团"的人为回日本，一路往葫芦岛跑，为抢吃的，杀人放火的事也没少做。你太爷太奶都是夜里叫日本人杀的，老家的房子也被放了一把火。你爷爷那夜正巧没在家，才躲过一命。你爷爷处理完后事，就离开北口，先是到了鞍山，后来就来了沈阳，先是在一家鞋铺当学徒，做牛皮靴子，也做那种冬天御寒踏雪的乌拉靴子。新中国成立后鞋铺公私合营，他就去了铁路当工人，一直到退休。你爷爷这辈子，虽说不容易，历史可是清清白白、一清二楚的。

父亲的这个解释，我无力反驳，但也将信将疑。爷爷虽没多少文化，但一辈子为人朴实厚道，从不胡言乱语。凡事皆有因由，即使人到老年大脑失忆，也不会完全不着天不着地，说出这样四六不靠的话吧？我听人说过，时下得癔病的人不少，数量高达人口的百分之二。但即使真是癔症病人，细究他们说出的那些话，总还是有些根蔓，绝不会像时下的有些穿越剧那样，上天入地，舞马喧天，四六不靠……

2

我记住了爷爷说出的佟国良、佟国俊等几个人的名字，还记住了爷爷说出的"民国三十五年二月十八"那个日子。我的祖上虽说没多少文化，可在给两个儿子起名字上不含糊，两人的名字连起来，就是"国之良俊"，不俗，大气，还好记。循着父亲给出的那个线索，趁着爷爷清醒的时候，我问他对北口可熟。爷爷对此没有设防，回答说，我就是在北口出生的，一待十几年，怎能不熟？我再问，在北口，你还认识什么人吗？爷爷警觉了，昏花的老眼定定地望了我好一阵，摇头说，忘了，都忘了，记不得了。

爷爷说他在北口生活了十多年，而且是出生在那里；父亲却说爷爷是在日本人宣布投降后，太爷爷太奶奶在老家被撤逃的日本人杀掉后才去的北口，这说法就大相径庭了。好在有一点还是契合的，就是爷爷肯定去过北口，而且好像有着一段不想对人言说的记忆。

那年冬天，休年假时我专程去了北口。在市图书馆，我以身份证、记者证和报社的采访介绍信等多重证明，请管理人员抱出了重重的一摞七十多年前的当地报纸。管理员是位大姐，说这些接尘土的老报纸，偶尔还有老年人来翻翻，像你这样的年轻人，可不多了。我说，我也是替我们领导翻，人家动嘴，咱就跑腿，总得回去交差呀。

我要的是1946年的《北口时报》，直寻丙戌年二月十八，那一天按天干地支算是辛卯月甲午日，公历则是3月21日，星期四，节气恰是春分。爷爷说的就是这个日子，那个年月报纸不像时下这般异彩纷呈，北口又是个中等城市，爷爷说报纸上说他额娘叫佟岳氏，我首寻的报纸理所当然是《北口时报》。果然，在铅印竖排版的那张老报纸上，一版，左下方，我不仅找到了"佟岳氏"三字，还发现了爷爷所说的另两个名字，佟国良和佟国俊。这两个名字都藏在密麻麻蚂蚁一般的文字中，引人注目处是那段文字旁还附了一张照片，香烟盒大，尤其让人惊愕。照片上是一个中年汉子被枪杀后的现场照片，汉子双臂被缚，仰躺在河滩沙石的血泊中，嘴巴里不光塞了毛巾，还被勒上了绳索。汉子至死都没屈服，双目圆睁，怒视苍天。刑场四周可见隐约杂乱的人影，因昔日拍照设备和技术的落后，难辨表情。

弑兄霸嫂　恶贯满盈
恶徒佟国俊今日伏法

本报消息　引发民众极大关注与义愤的佟国俊弑兄霸嫂案今日垂幕，恶徒佟国俊被押赴刑场，验明正身，伏法归西。案审，佟国俊与佟国良乃一奶同胞的孪生兄弟，良为兄，俊为弟。良丧命前已娶妻生子，于北口火车站货场假以刘大年之名靠出卖劳力谋生。俊则为逃离军营的无业流民，四处游荡，对年轻贤秀的嫂嫂早存觊觎垂涎之心。民国二十四年冬，俊将良骗至郊外山林，用拾捡来的私存的手榴弹谋取亲兄性命，后潜回城内兄之家中，凭借与兄孪生，相貌高度相似之特点，骗奸亲嫂，并冒充佟国良之名混迹北口城中。再后，嫂识破伪夫真实面目，俊则以夺其母子二人性命逼迫，嫂只得屈服，随其苟且偷生。俊魔恶行暴露，皆因其淫性不改，除奸霸亲嫂，还常年勾引玩弄姘妇。似此等丧尽天良，忤乱人伦之徒，不杀不足以平民愤、匡民风。天之朗朗，特此昭告。

佟犯国俊押赴刑场之际，有一民女悍然冲击刑场，甚至企图夺取法警枪械，为昭显国法威严，法警鸣枪示警后将其当场击毙。有指认者称，此女即为与佟犯国俊姘居多年的嫂嫂刘岳氏（即佟岳氏）。另，佟犯国俊伏法之日，其姘妇陈巧兰自觉无颜于世，亦于家中悬梁自尽。年纪轻轻，当为唏嘘。

面对着数十年前的报纸，我目瞪口呆，惊悸莫名。竟然是三个人，一男两女，一日之内，就这般命殒魂散。加上多年前被炸死的佟国良，那就是四个人。尤其让我难以置信的是，爷爷所言，虽与事实有所谬差，却并非臆语，原来被枪毙的人不是他的阿玛，而是他的叔叔。爷爷的阿玛，就是我的太爷爷，按报纸上的说法，佟国良已娶妻生子，那爷爷理应就是他的儿子。而佟国俊呢，则是我的太叔爷。太叔爷与太奶奶因有奸情，竟同时被诛杀，怪不得爷爷说"丢死人"，不愿言说。

那我呢？原来我姓佟，是满族旗人的后代。这个秘密是真实的吗？

3

我独自走在北口火车站的广场上，眼里心里都一片迷茫。北口是东北的一个中等城市，因战略和交通上的重要性，曾被日本侵略者格外看重，修铁路，建桥梁，一直派重兵把守。据说北口火车站曾是这个城市最高大最坚固的建筑，日本人不仅把它作为铁路枢纽，还把它当成负隅顽抗的最后堡垒，附近建筑配置了重重防突袭的设施。那个堡垒已在二十多年前被彻底拆除了，代之而起的是更加雄伟壮观的建筑。但火车站附近，密如织网的铁路线依存，辅之的便是如林高耸的铁路员工住宅楼了。

我走进住宅区，向寒风中匆匆行走的老年人询问，多年前铁路上的人都住哪里？答话人问，多年前是哪一年？我想了想，说1949年前后吧，答话人大手一挥，说这一片当年都是日本房，铁路上的日本人和有些身份的中国人都住这里。我再问，那普通的中国人呢？比如开火车的，扳道岔的。答话人说，那你就得去铁北看一看了，早些年那里有片棚户区，叫作八百户，住的是清一色卖体力的普通工人，现在八百户也没了。我再问，那些比普通工人还穷还苦的人又住哪里呢？比如扛脚行的，筛道砟的。答话人问，扛脚行是干啥的？我答，就是搬运工吧。答话人说，那些人哪摊得上住铁路的房子。有的人家在老城区租小偏厦，五六口人挤一铺小炕，还有人则去城郊挖地窨子，对付着活呗。眼下上上下下忙着搞棚户区改造，可能早没了。

我想寻找一下七八十年前太爷爷和爷爷住处的念头彻底破灭。报纸上说，佟国良当年是在车站货场上靠卖苦力为生，那爷爷少年时就极可能是住在老城区的胡同深处，甚至是靠城边的地窨子。那些残破的胡同或地窨子还会保存至今吗？

第二天，我去了北口档案馆，还是凭着我的那些证件，请求查阅1946年佟国俊案的卷宗。管理员拿着我的证件按照程序登记之后，将一个档案袋放到我的面前。我问，有的资料我想拍照一下行吗？管理员用目光示意墙上的查阅档案规定，说按规定办。

佟国俊弒兄霸嫂案的卷宗单薄得出人意料，拿在手里飘轻。打开档案袋，只有两份审讯记录和一份判决书，还有一份来自省警察厅的审核意见书。那份判决书和我从报纸上看到的大同小异，里面不过多了些案犯年龄、籍贯等内容，后面盖的印章是北口市警察局。1946年初的东北，伪满政权刚作鸟兽散不久，国民党的接收大员只能利用匆匆组建起来的警察机构充代检察院和法院，倒也正常。

审讯记录一份是审佟国俊的，一份是审佟岳氏的，都是薄薄的几页。佟国俊和佟岳氏有问必答，供认不讳，看起来认罪态度都很老实。比如问佟国俊，你到底是佟国良还是佟国俊？佟国俊答，我哥叫佟国良，他死了，我就用了他的"良民证"上的名字，改叫刘大年，我的真实名字是佟国俊。问：你是怎么杀害你哥哥佟国良的？答：我以前在东北军里当过兵，部队出山海关时我开小差逃出来，偷着带出一颗手榴弹，藏在了北口城外的山上。有一天，我把我哥骗上山，装作刚捡到手榴弹的样子，让他看，还让他别在腰里，说碰上狼和野猪啥的大型野物兴许用得上。下山时，我趁他不注意，就在他身后拉了弦。问：你为什么要炸死你哥？答：不炸死他，我嫂哪会从我，我又啥时才能有个家。我还能总在山里牲口似的猫着呀。那种日子我早过够了，想下山自己去办个"良民证"，又怕日本人查出我曾经东北军的身份毙了我。佟国良是我亲哥，我杀他也觉得心里有愧，难下手，可事情不是逼到那儿了嘛。问：你嫂佟岳氏就顺顺当当从了你吗？答：我回家时，她没认出我，还以为是我哥呢。等她认出，已被我睡过了。她也哭过闹过，可我说，你再闹，我就把你和你儿子一块杀掉，反正杀一个是杀，杀两个三个也是杀，豁出一条命足够偿命了，大不了大家一块死。从那往后，她就不敢闹了。再说，我又没比我哥差在哪儿。问：她儿子当时多大？答：五六岁吧。问：孩子没认出你不是他爸爸吗？答：孩子小，好蒙。再说，我和我哥是一对双，长得一模一样，连他妈都叫我蒙了，还蒙不住他个小屁孩？刚开始那几天，他还不时地瞪着眼睛看我，好像也感觉有什么不一样，后来越来越不听话，不好好念书，我揍过两回，他就背着我和他妈，撒丫子跑了，跑得没个影，我和他妈满世界找过几回，也没找着……

再比如审佟岳氏。问：你叫什么？

答：我个女人家，哪有名字。

问：以前日本人办"良民证"，你没有吗？

答：哪能没有。日本人管中国人，管得多紧。

问：那时你叫什么？

答：那时我叫岳金莲。后来觉得给我起名字的人没安好心，在故意耍笑我，我就不用了。

问：那你"良民证"上的名字是什么？

答：我娘家姓岳，我嫁的男人姓佟，按理说我应该叫佟岳氏。可我男人来北口时，是投靠一个姓刘的朋友。朋友说，求警察局的人时说你是我叔伯兄弟，姓佟怎成。所以我男人就改姓了刘，叫了刘大年，我的"良民证"上的名字叫刘岳氏……

问：你什么时候发现佟国俊不是佟国良的？

答：那天，他回家挺晚，都快半夜了，进屋也没说啥，蒙上被子就睡，这样的事以前常有，我也就没当回事，在小炕桌上糊了一阵火柴盒，也上炕睡下了。后半夜，他钻进我被窝，翻身压上来，黑灯瞎火的，我哪会想那么多，反正就两口子那点事呗，就随了他。可事过之后，他呼呼大睡，我却睡不着。想想刚才那事，跟往常不一样啊，用的时辰不对，他身上的味儿也不对，好像有些日子没洗澡了，酸臭酸臭的，他是头一天洗的澡哇，在家里洗的，我还帮他搓过皴呢。我越寻思越不对劲，起身打开灯，看这男人跟我家国良倒是长得一模一样，可掀开被子，看他的腿肚子，就知道肯定被这东西骗了。半年前我家男人在货场扛大件时，左腿肚子叫盘条划了，留下老长的一道疤。可这个人的腿肚子怎么溜光水滑的呀。我一下就猜到他是谁了，又恨又怕，上去挠他。他把我压在身下，死死地捂住我的嘴，说你要再敢作，那咱俩也去死，连孩子一块死，谁也别想活。我真是怕了，哪敢再吭声。

问：佟国俊跟你说过佟国良是怎么死的了吗？

答：说了。他说他哥上山打野物时捡到一颗手榴弹，问他能不能卖了换俩钱儿。他说这东西问到想用的人，要多少钱他都给。没想他哥摆弄来摆弄去的，一下就把那东西给整响了。还说他当时幸好离得远，没伤着，不然俩人都得报销。

问：那你给佟国良收敛尸首了吗？

答：我听说我男人死了，本想上山去看看，可佟国俊不让。他说日本人听到爆炸声，驴赶子就冲上了山，吓得他就躲了起来，再没敢露面。他说眼下小鬼子怕中国人反抗，对枪支弹药看得死紧，看到有人炸死，不定还要怎样顺蔓摸瓜呢，小心让小鬼子把一家人都抓进大牢去。他不说，反正他哥已经死了，他又跟他哥长得一模一样，不如就由他顶着他哥的名头挑门过日子。

问：你就这么拉倒了？

答：唉，不拉倒又能怎样。女人这辈子，认命吧，嫁鸡随鸡，嫁狗随狗，跟了谁随谁。再说，家里还有个孩子呢，难得跟他是一条根一个种，活着的答应帮着拉扯，也算对得起死去的那个啦。

问：孩子没发现佟国俊不是他亲爹吗？

答：刚开始几天，孩子也问过我，说我爸咋跟以前有点不一样了呢？我没办法答，就斥他，说鼻子眼睛都在那儿呢，大活人还能变戏法呀？过了些天，他就不问了。

问：佟国俊虐待不虐待你孩子？

答：那倒没有。骨血至亲，到底是一根脉上的种啊。再说，他后来也想生，却一直没让我落下胎。这倒正合了我的意，我正怕他有了自己的，就嫌弃了他哥留下的孩子呢。只是管得有点紧。那孩子不大爱念书，还说扛脚行也是一辈子。佟国俊一听这话就生气，下手重了点，孩子就跑了。

问：他去了哪儿？

答：那哪知道，一家人找了好一阵，大院的邻居也没少遛腿儿，再没见个影……

审讯记录不过几页，只审过一次。从记录上看，佟国俊和佟岳氏都是供认不讳，二人说法大同小异，交代的案情也基本符合，只是在佟国良的死因上有些出入。佟岳氏说佟国良是自己捡的手榴弹，又说是自己摆弄炸的，可那话又是听佟国俊说的。佟国俊则交代说是他拉下了手榴弹的弦，将亲哥炸死了。这在逻辑上似乎也说得通，佟国俊在嫂子面前还是怯于说出真相的。只是，佟国俊既认了罪，为什么在押赴刑场时还要被勒堵了嘴巴呢？这似乎只能理解为他还有什么冤屈要诉说，执法者只好封住他的嘴巴。

我进而研究起审讯记录的书面文字和已变成暗红色的指印。看来书记员的功夫甚是了得，不光文笔顺畅颇具文采，那行书也写得煞是流利，极少有删改，就是有几处勾画，也都加上了被审讯人的指印。但是，恰恰是这顺畅与流利让人生疑。以前，因为工作关系，我是看过一些审讯记录的，似这般顺畅与流利者，甚为罕见。尤其是，我注意到，佟国俊的审讯记录中，有一页有明显的褶皱，似乎是被人抓揉的痕迹，这不由得让人想起电影《白毛女》中杨白劳被穆仁智强抓手指按下指印的情景。看来，在让被审讯人按指印确认"笔录无误"时，场面并不像审讯时那般有问必答乖顺配合。

特别让我呆望良久的是那份判决书。判决书是呈报过省警察厅的，因为下方留有这样一节北口市警察局长的亲笔手书文字，似为了催促上级尽快批复，才这般写下的。

> 佟犯国俊，罪恶凿凿，民愤沸腾。时下查剿汉奸敌特，牢狱患爆，岂有处所囚此禽兽？我意只当速决，以遂民心。恭请上峰速示。
>
> 北口市警察局局长龚寂
> 民国三十五年二月廿四日

省厅的批复是三月十七日，也在同一张纸上，盖着省警察厅的公章。"转厅长谕示：闻佟犯国俊日前已被处决，似觉草率。佟犯罪虽当诛，不可宽赦，亦当候复。厅长心存不悦，望不可为例。"

再看那几个日期，不能不感觉蹊跷，以至惊诧。审讯佟国俊的日子是二月十三日，判决书下达并呈报省厅是二月十四日，佟国俊被处决是二月十八日，从上报到处决仅仅四天，上级的批复还没下来，一条性命就这样被剥夺了，还连带着让两个女人也命殒黄泉。如果省厅批复里没有"佟犯罪虽当诛"几字，这份档案是否还会保存下来呢？

真是太过草率了，实实是草菅人命！不光是匆忙下令行刑的北口市警察局局长的草率，那个省厅厅长同样草率，他竟连亲笔谕示一下的兴趣都没有，只是让属下代笔，表达了一下不满而已。他在忙什么？听说刚从峨眉山下来的接收大员们那时只想着"五子登科"，金子、银子、房子、车子、女子，训一声"不可为例"也就算尽到职责了。刚刚从日寇铁蹄下挣脱出来的广大中华民众，是不是在巨大的欢庆与喜悦中就可对这随风而来的阴霾忽略不计了呢？

4

在北口宾馆住了一夜，第二天一早，我坐虎跃快客去了辽阳，寻找一处叫东京陵的地方。在东北，辽阳曾是比东北第一大都市沈阳更有历史渊源的古城。清太祖努尔哈赤定都沈阳之前，曾一度看好辽阳，称为东京，并于后金天命九年（1624）将祖父、兄弟及早亡的儿子的陵墓由抚顺的赫图阿拉迁移到辽阳市东北方向的阳鲁山上，成为后金祖陵，又称东京陵。有史料证明，为中华民族贡献出千古绝唱《红楼梦》的曹雪芹祖籍也在辽阳。当然，我不是去游览古迹，以当时的心境，我哪有心游览，我是按照审讯佟国俊笔录中给出的线索，去寻找我自己的祖籍。头一晚，我先上网搜寻，得出的结论是，如果佟国俊确是我的太叔爷，那我必是满族后裔无疑。古时帝王，为先人建立陵墓的同时，都要选派忠勇剽悍的将士世代守护，那守护龙脉的将士也只能出自族内亲丁。护陵将士娶妻生子，繁衍生息，一代又一代，才有了陵墓附近的城镇与村庄。

我走进阳鲁山下的一个村庄，手上已备了特选的两瓶白酒和一盒点心，心中也思谋好了拜访的对象。我要问的事与村委会无关，问那些脑筋活络的中青年人也没用，只能去找老年人攀谈，越老越好，但一定要是坐地户，脑子也一定要清醒。村街上的人听我这样说，便说那你就去找腰街上的老关头吧，九十多了，我们村里的陈年老事都在他心里装着呢。

进了关家，把美酒和点心放在板柜上，说明了来意，女主人很热情，为我沏了热茶后便说，你跟老爷子聊吧，他巴不得有人跟他说说话叙叙古呢。我就不陪你了，我去切酸菜，抓紧炖上，晌午你就在我家吃，馏黏豆包就大骨棒炖酸菜，中吧？老爷子要是说有尿，你就喊我一声。岁数大了，说来尿就来尿，一刻也等不得，你闻闻家里这臊腥味，就是他拉尿整的。我问，大姨，你是关爷爷的什么人哪？女主人说，我是他老闺女。哈哈，我老爸能活吧，把她老闺女都活成六十来岁的老太婆了。

东北女人，尤其是乡间女人，爽快，热情，多是这样。

关爷爷确是太老了，老成了一颗山核桃。老人瘦瘦的，脸上满是深深的皱纹，披着一件羽绒大衣，蜷坐在火炕头，面前还守着一个火盆。这东西眼下少见了，屋子里并不冷啊。老人的精神头也像山核桃一般硬朗。我问他高寿了，他说九十三，虚岁，属猴的。我心中暗喜，比我爷爷还大十岁呢，陈年往事肯定会知道得更多些。我又问，您老是满族吧？关爷爷说，你问是不是旗人吧？我们这屯子，老户差不多都在旗。我自然要往佟姓村人上引。关爷爷陷入久远的沉思中，摇着头说，老佟家？有过，还不少，一大家子呢。后来就死的死，走的走啦。旗人里的这个佟佳氏啊，可是个大姓，在清朝八大姓中号称第一姓。生了康熙爷的孝康章皇后就是佟佳氏家的姑奶奶。康熙登基当了皇上后，那老佟家可就更不得了喽，听说过"佟半朝"的说法吧？他姥姥家的人，没少进北京，坐朝廷，都是大官。一朝天子一朝臣。当然了，我们老关家，瓜尔佳氏，清朝时没少出人物，知道鳌拜不？康熙爷刚亲政时，为扳倒鳌拜，可没少花心血……

人老话多，尤其是论起古今来。我怕关爷爷把话题扯得太远，忙着往回拉。我问，那您老记不记得当年佟家有两个儿子，一个叫佟国良，一个叫佟国俊？

老人昏花的老眼亮起来，说，是一对棒儿吧？那咋不记得。当年屯子小，住在村西头，其实就是今天脚下这一溜儿。我管他们的爸妈叫三叔三婶，都是厚道勤快的庄稼人。家里还有个闺女，叫国洁，我叫她姐。这兄妹都仁义，招人稀罕，那哥俩身上还都有点武把操，打小跟武把式正经练过，可人家仁义，从不惹是生非招人烦。我还求过他们俩呢，让他们也带上我练练武艺。他们让我举石锁，说先把身子骨练结实了再说。可我练过一阵，没坚持住，就拉屁倒了。那兄弟俩在家那一阵，时常挨着肩站在村人面前，笑嘻嘻地让大家辨认，谁是国良，谁是国俊。村人们常认错，也难怪，这哥俩长得太像了，连脾气属性都像，一个模子扣出来的嘛，也就他家里人分得清。后来，哥俩就一块离开了村子，一个奔鞍山炼铁厂去了，听说是学堂里的先生介绍的营生。再后来，就听说另一个去当了兵，还当了排长，好像是二哥佟国俊吧。国良哥后来去了哪儿就不知道了，佟家遭了那场塌天大祸后就再没个消息了。出事前听佟家三叔三婶说，要依这哥俩的性子，都想去当兵。可老公妇俩没答应，说枪子儿不长眼睛，还是大树分杈，分开栽种保靠。是三叔手心里攥豆粒，让哥俩猜，才定了让老二去当兵。

我眼前闪现两个少年肩并肩站在一起，让乡亲辨认谁为兄谁为弟的情景，身后衬着蓝天白云，还有莽莽大山。小哥俩脸上现出倔强调皮而羞涩的笑容，但蓦然间，那个笑容又与被勒堵了嘴巴死不瞑目的画面叠印在一起。我忍着心中的哀伤与感慨，再问，那哥俩离开家后，就再没回来过吗？

关爷爷说，回来过。当兵的那个回来得少，回来时都是东北军的军官啦。那身衣服一穿，屯里的大姑娘小媳妇就错不开眼珠啦，看着看着，脸蛋还红起来。要说那哥俩呀，个顶个的脑子都好使，加上念过几年书，在家时练过武把操，农家后生又吃得辛苦，进了军营不提拔才是怪事呢。卖苦力的佟国良倒是哪年都回家过年，大包小裹的不少给他爸他妈带，进村时我还帮着拿过呢。佟家叔婶在家里给他娶了媳妇。新媳妇好像是太子河北老岳家的姑娘，挺秀气的一个人，听说当年就生了个大胖小子，当年媳妇当年孩嘛，好事，三叔三婶为了庆贺大孙子周岁，还特意杀了一口猪，把半屯子老少爷们儿都请去他家喝猪血。可（九一八）事变之后，我就再没见过这哥俩了，听屯里人说也回来过，都是半夜进屯，鸡一叫又走了。再后来，就是日本人进屯子，当着乡亲们的面，杀了三叔三婶，还杀了人家的闺女，国洁姐当年才十六哇……

老人的泪水流下来，拨弄火盆的烙铁随着枯枝一样的手指一块抖，在铸铁的火盆边沿上磕打出一串嗒嗒声。

我问，日本人为啥要杀那家人呢？

老人的情绪好一阵才稍为平静，说，那年，也是冬天，进了腊月门了。一队辽阳城的小鬼子突然进了屯子，把满屯里人都赶到了佟家院子。小鬼子的头不说话，先让跟在身后的二鬼子嘟噜，鬼子再问三叔，你儿子佟国俊现在在哪里？三叔只是摇头，不说话。二鬼子又问，你都给了你儿子佟国俊和"抗匪"什么东西？三叔还是摇头，不说话。二鬼子再问，你还有个儿子，叫佟国良的，去了哪里？三叔冷冷一笑，还是一言不吭。鬼子头急了，瞪眼喊了声死啦死啦的，两个鬼子兵就挺着刺刀扎向了三叔三婶。三叔三婶倒在地上，那血冒得呀，咕咚咕咚的，直往上蹿。三叔临死开了口，大声骂，小鬼子，等我儿子回来挨个宰你们！国洁姐哭着扑上去，还想用巴掌去堵爹妈胸脯上的血窟窿，嘴里连声喊的却是哥呀，我的俩哥呀，报仇哇——鬼子头掏出手枪，照着姑娘后脑勺就是一枪，然后手一挥，佟家三口人的尸首就叫鬼子兵拖进屋子里，一把火，连人带房子都给烧啦。乡亲们哪忍再看，都低下头，捂上眼，哭声一片。二鬼子喊，把眼睛睁开，都给我看清楚，往后，谁要是再敢通匪抗日，再敢给他们粮食衣物，再敢眼见"抗匪"进村不报告，就是这个下场，统统死啦死啦的。唉，惨哪，太惨啦，不说了，不说了……哦，国洁姐临死时，还喊了一个人的名字，是喊青林吧？对，吕青林，那个人我也见过，是跟国俊二哥一块从部队回来的，还帮佟家三叔侍候过园子，挺勤快的一个小伙子，往后再没见到那个人。

老人闭着眼，摇着头，把泪水甩落在火盆里，灰烬吱吱扑扑地响，溅起一簇一簇的灰雾。我问关爷爷，这惨绝人寰的一幕，你老可是亲眼所见？关爷爷说，可不，眼睁睁的，想躲都躲不开。吓得我有一两年夜里不敢睡觉，就怕再梦到那个情景。这小鬼子，真他妈的不是人揍的呀！

我问，你老那一年多大呀？

十三，还啥不记得，都放两三年羊了。那一天也怪我，嫌天冷，就提前把羊群轰了回来。不然，兴许就躲过去了。小鬼子临走时，还扑进羊圈，捅死了好几只羊，专挑肥实的捅。捅完了让村里人扒皮掏下水，连夜给他们送到军营去。抢就抢呗，临走还给我爸扔下几张票子，说"中日和善，共存共荣"。以为中国人还能忘了他们刚刚杀过人，还放火烧了人家房子呀！

我掐指细算，关爷爷属猴，那是生于1920年，他十三岁时目睹的惨案，便是1933年了，九一八事变后的两年。我问，佟家三口人，死后埋在哪儿啦？

关爷爷抹了一把脸上的泪水，说，三叔家有两块地，大的一块十多亩，在村西山根下，薄不拉的，每年种点高粱、谷子和小杂粮，够一家填肚子的了。还有一块小点的，也就两三亩，在屯边。那块地让三叔侍候的，肥。三叔在那块地上种菜，除了家吃，主要是卖到城里去。可也不知为啥，出事前一年，三叔把那块地卖了，说两个儿子不在家，侍候不过来。鬼子撤走后，老佟家族亲的几家凑了一些钱，为横死的人打了三口棺材，就葬在他家山根下的那块地里。打墓那天，我们老关家的一些青壮小伙子也去了，想尽尽情义嘛。可没想，关佟两姓人还差点挥起锹镐，出了人命。

那又是为什么呢？我问。

佟家有人说，也许国良或者国俊夜里真回过屯子，三叔三婶也真给儿子带走过一些粮食或衣物，可小鬼子是怎么知道的呢？眼见是屯里有人给小鬼子当了奸细，还说这种猫哭老鼠假慈悲的事肯定是外姓人干的，一个祖宗的人肯定干不出这种断子绝孙的事！关姓人哪肯背这个黑锅，回敬说贼喊捉贼才最恨人。这么三说两说的，两姓人就立起了眼睛。后来，隔个十天半月的，小鬼子和二鬼子就进屯子闹腾一番，多数是进姓佟的人家，不是打骂呵斥就是乱翻一气，姓佟的看这日子没法过了，先先后后都卖房子卖地搬走了。

葬礼时佟国良和佟国俊也没露面吗？

关爷爷重重地摇头。唉，哪敢回呀，小鬼子不定在哪儿架着机关枪等着他们呢。人家这就是一计，杀你全家，诱虎归窝。后来听说，佟国俊当时就在山里猫着呢，不时就下山宰两个鬼子，把小鬼子恨得牙根直痒。其实，小鬼子的这点鬼心思，就连当时屯中人都看得明明白白，别说这哥俩，连佟家的亲亲友友都没敢去报丧，只怕引出更大的祸事。可开春的时候，快清明时，有一天我上山放羊，看三叔三婶和国洁的坟前留下好大一摊纸灰，坟头上还压了松柏枝。我猜肯定是这哥俩夜里偷偷回来过，因为当时咱乡下人，上坟不讲究摆松枝呀。

我因此前见过国俊惨遭杀害的照片，心里对佟国俊的事就关心得更多一些，便问，那佟国良结婚时，佟国俊回过家吗？

关爷爷说，回过，怎能不回。可那天，国俊二哥回来得老晚，信上说的头一天晚上就回来，第二天早上跟国良哥一块去新娘家迎新亲，可头天晚上没见二哥的面，第二天一早都吃过早饭了，他还没露面。三叔说，没回就没回吧，部队上的事国俊也说了不算，别耽误了结婚的吉祥时辰，也不能让亲家老两口着急上火。这么着，国良大哥就骑上通体雪白的高头大马出发了，这事好像有讲究，白马王子嘛。估计迎亲的轿子都已开始往回返了，国俊二哥这才赶回来，身边还跟着一个俊俏帅气的小伙子，哦，想起来了，就是国洁姐喊的那个人，吕青林。两人跑得呼哧带喘的，满脸是汗。三叔生气瞪眼了，说赶不回来就不回，别耽误家里的大事呀！国俊二哥说，火车上，叫警察狗子和关东军截下了，在车站派出所关了半宿，总算放出来了。那时我正好在旁边帮烧火呢，你们要是穿上军装，他们不是就不敢截了吗？二哥说，还好，我们听长官的话，没穿军装，不然，日本人连火车都不让咱下。后来我才明白二哥说这话的事。那年，沈阳城不是还没事变呢嘛，日本人已在铁路上横行霸道，特别关注中国军人上火车。部队长官就是当心这一点，才不让国俊和那个陪他的兄弟穿军装。那天，二哥揩了一把脸上的汗水，又对我说，兄弟，快去帮二哥借两匹马，没两匹，一匹也行。三叔说，算了吧，喜轿眼看都要进屯子了。二哥说，就是马上进家门，我也要上前迎一迎嫂子。那天，我起身去找骡马，满屯子都没找到，等把我家那匹给别人家拉柴火的老马牵来，嫂子的喜轿果然已经进屯了。就那样，国俊二哥也恭恭敬敬地站在大门前，对着没揭起轿帘的轿子鞠躬，说欢迎嫂子来家，兄弟佟国俊和吕青林在此给嫂子鞠躬。我们哥俩公务繁忙，军令不敢违，这就告辞回营房了。道歉的话，敬酒的话，都留在以后吧。那天，国良嫂子也真够意思，没等新郎抱她下轿入门，自己就下了轿，对着佟国俊和吕青林道了个万福，朗声说谢谢二位兄弟，军人的使命是保家卫国，嫂子祝兄弟们平安健康，早传捷报。

我感叹道，几十年近百年的情景，难得关爷爷还记得这么清楚。

关爷爷说，那一天的情景，哪会忘得了呀，早成了这一带人们的美谈佳话了。凡是村里有人娶媳妇，新人家都一定要找我把那天佟家院门前的事讲一讲。现在，我只是不知国良、国俊两位哥哥和嫂子寿禄怎样，子孙后辈还都吉顺吧？

我的心怦怦跳，我是佟家子孙后辈中的一员吗？

我回到刚才的话题，再问，被日本人杀害的佟家三口的坟，现在还找得到吗？

关爷爷说，那可就难啦。这么些年了，你寻思寻思，没个后人的坟堆子还能留得下吗？再说，这屯子也大了，原先只是几十户，现在可是几百户近千户了，一天天往外扩。我老了，走不动了，也有好几年没往屯外走一走看一看了。我估摸着，三叔三婶家的那块地，也早变成房场啦……唉，要不是小伙子你今天问起，谁还想着这些陈芝麻烂谷子的事呀。哎哟，你莫不是姓佟吧……唉，对不住了，你要是佟家之后那有多好，三叔三婶在天有灵，也会乐得抹眼泪呀……唉，不说了不说了，再说心里揪揪，疼啊……

我不好向关爷爷承认我是佟家之后，因为我当时还只是心中揣测，并没有充足的证据。但我心里已认定，我姓佟，祖籍就是阳鲁山下的这个村庄。那大午后，在冬日西斜的阳光里，我面对苍莽大山，跪倒尘埃，重重叩首。我相信，我的祖爷爷祖奶奶，还有我的太爷爷、太叔爷、太姑奶一定就站在大山上空的云端，相伴相依，深情凝望。

我的太叔爷佟国俊，日本人视他们为"抗匪"，对手无寸铁的家属都要斩尽杀绝；而抗战胜利后的国民政府当局，却将他当成弑兄霸嫂的恶徒，以法律的名义将他推向刑场，其中的反差太过巨大，也给人留下太多的疑惑。作为佟氏家族的后人，我有责任，也有义务，竭尽心力，穷尽所能，在岁月的沉积中寻找证据，还历史一个真相，也还先人一份清白。

5

发生在1931年9月18日夜里沈阳城北柳条湖的那一阵枪炮的较量，东北军某部侦察排长佟国俊可能并没浴血其中。那时，他可能驻守在吉林或辽宁的哪座城市。可消息很快传来，北大营当夜就失守了，第二天，沈阳城也落到了日本人手里。真是太他妈的窝囊了！且不说东北军在关里还有十多万官兵，光关外的守军就是日本关东军的好几倍，真要下死命厮拼起来，小鬼子未必捡得到便宜。那些天，远在吉林梅河口的佟国俊和弟兄们天天擦枪磨刀，只等着上峰一声令下，就杀上战场拼他个你死我活。

可等来的命令却是退守辽西锦州，驻守大凌河以西地区。也行，可能长官们另有谋划，锦州是关内外的门户，关起门来打狗也算得一步好棋、大棋。可在锦州还没较量几天，命令又下，这回是往河北唐山撤守。他妈的，连长城都不守了，养兵千日，用在一时，这还没怎么较量呢，咋就把老祖宗留下来的大东北这大片宝地撒手让给了日本人？部队撤退当夜，佟国俊特地选了几个平时关系亲密、有血性又有些身手的弟兄，逐一单独对他们谈话，说再往后撤，咱爷们儿胯裆里就白夹了两个卵子啦。我可不是想开小差，听说齐齐哈尔那边马占山还是条汉子，正跟小鬼子打得你死我活不相上下。人活一世，我想另投明主。兄弟若也有此心，跟我一块走，当然最好。若是另有想法，我佟国俊也不怨不怪，只求别坏我的大事。兄弟这就算告别了。有四个弟兄点头称是，其中就有那个俊俏帅气的兄弟吕青林，他的老家在黑龙江海林县，自打当了兵就跟在佟国俊身边，是侦察连的班长。那次回老家参加哥嫂的婚礼，带上吕青林，就是佟国俊特意选上的，结婚不比别的事，必须给爸妈长脸，不光长得要好，还得有脑子有身手，关键是得有骨气。五兄弟一致商定，趁着撤兵的混乱，随着佟国俊另选一条杀敌报国的道路，宁可搭上这条命，也不能让小鬼子白占了白山黑水这片大好的土地！

兵荒马乱，日本关东军重兵围攻锦州，想往北去并非易事，那得等机会。佟国俊率领四兄弟，是在一个无风无月的夜晚悄然溜出兵营的。最初的一段时日，佟国俊等人潜伏在锦县南侧的苇荡里。那片苇荡，受的是辽河和大凌河水系九河下梢的滋润，连绵数百里，直与营口港相接，面积有数十万公顷，不说世界第一，在亚洲肯定是首屈一指的，猫下几个人堪比大海藏针。好在那一年日本人还没来得及利用和掠夺这片苇荡，要是再过几年，日本人在大凌河畔的金城建起了巴尔布株式会社，采取苇浆工艺造纸，一入冬便驱使大批中国劳工将大苇荡割剃得一干二净，只怕连这么个藏身之地也不会给他们留下了。但那个时节已是隆冬，脚下是冰冻的沼泽之地，枯黄的苇海里最难寻找的就是食物，以前只听说苇荡里肥美的鱼蟹随手可抓，可眼下那些鱼鳖虾蟹都去了哪里呀？也跟东北军一样跑到关内去了吗？那甜嫩可口的芦根倒是还有，可在冰封如石的泥土下，又如何挖掘？再有就是苇海里的寒冷，寒风从渤海湾刮来，湿漉漉冷飕飕，针刺一般直往骨头缝里扎，岂是一般的寒冷。

很快听说，马占山也战败了，齐齐哈尔、哈尔滨也相继落入日本人手中。几个人的共识是，再猫在这里，别说杀鬼子，只怕能不能活着跑出去都难说了。一个弟兄说，锦州北去百十里就是朝阳，听说那里出了个赵尚志，进过黄埔军校，杀鬼子可是一个头儿的（实打实的），没二话，我们投奔他吧。佟国俊说，我老家辽阳，也出了个李兆麟，文武全才，一门心思打鬼子。又有人说，听说这两人都是共产党，跟中央军可不是一挂车上的。佟国俊说，咱东北军倒易帜随了中央军，到头来咋样？小鬼子一整事，把老家一扔，跑了。到这时候，咱们也别管他这个党那个党的啦，谁真心打鬼子，咱们就投奔谁吧。几弟兄商量来商量去的结果，便是舍远求近，先奔朝阳，如果找不到赵尚志，再去辽阳找李兆麟。

1932年初的隆冬时节，一行人从老百姓那里讨来几身棉袄棉裤，沿着大凌河河套昼伏夜出，一路向朝阳方向挺进。数日后，几人到了朝阳县喇嘛沟村，听说是赵尚志的老家就在这一带。可只要一问起赵尚志，村人便都摇头，一脸的小心。后来，有个老汉见单独摸进村庄的佟国俊确实不像日本人的奸细，还悄悄给他亮出了东北军的军官证，才对他说，倒是听说事变后，赵尚志从大牢中被放出来了，可他出来后，根本没回老家，直接就奔北满打鬼子去了。佟国俊问是北满的哪儿，老汉摇头说，北满的地场可实在太大了，又是大小兴安岭，又是松嫩平原的，说不清啦。

投奔赵尚志未果，一行人再奔辽阳寻找李兆麟。李兆麟的老家是辽阳县铧子乡小荣官屯。可寻找的经过与结果与寻找赵尚志惊人地一致。佟国俊说，咱们别再没头苍蝇似的乱撞啦。我的老家也在辽阳，我对这一带的地形地貌还算熟悉。辽阳东边就是辽东大山，紧挨着本溪，山高林密，好藏人。缺了吃的穿的，还可让我爹我娘暗中帮助张罗，总比咱们一路手心朝上要饭似的强。再有一宗是，自从日俄战争后，辽阳城里一直驻着小鬼子的重兵，这也好哇，他们以为老虎的须子没人敢捋，老虎的屁股没人敢摸，这倒正好形成灯下黑，咱们好藏身，也好抽冷子出手，宰他几个鬼犊子就再躲回山里去。既到了人家老家，再说一路也确实跑烦了，跑累了，众人无异议，便在辽阳东部大山里伏下了。

佟国俊自从入伍当兵后，再不说自己是旗人，就是和弟兄们说起父母和家人，也将阿玛和额娘改成爹娘。辛亥年武昌城闹起革命，喊出的口号就是"驱除鞑虏，恢复中华"。晚清政府确实没干什么好事，把一个大好江山祸害得七疮八孔。那些八旗贵族的子孙后代也多是些不着调不争气的东西，一个个玩鹰架鸟，活生生把自己祸害成了一帮秧子。可往远想一想看一看哪，康熙爷乾隆爷那一阵，咱们大中华八方朝拜，又是何等强盛，咱普通人家的旗人后代又差在了哪里？可这些道理跟谁掰扯去？

佟国俊带几兄弟在老家附近藏身，应该有将近两年的时光。他们是住在山林深处的地窨子里。隔段时间，佟国俊便带弟兄披着夜色回家，背走老父老母为他们备下的粮食和衣物。为筹措这些东西，佟家二老忍痛将那块菜地卖了。女儿佟国洁随着母亲也没日没夜地为山里的兄长们做衣做裤，屯里人问起，倒也好搪塞，说大嫂病了，又生了孩子，大哥的换季衣裤总得帮着做一做。在几兄弟没事的时候，佟国俊也跟大家扯扯闲篇，比如说当年闯关东的主要是山东人，河北河南的也有，后来又加上了山西人。说闯关东主要是走两条路，一条是走海路，从胶东半岛那边上船，在庄河附近下船，一路向北，哪处好活人，就在哪处留下，所以就留下了"金复海盖，尽是精怪"的说法。那金是金州，复是复县，后来又叫了瓦房店；海是海城，盖是盖平县。这几个地方，都是大东北地区的腰条肥地，富可流油。所以大家看，鬼精鬼怪的小鬼子为啥把关东军的总部一家伙驻扎在辽阳城了。吕青林问，那另一条路又走的是哪儿？又是咋个说法？佟国俊说，除了山东，另一路闯关东的就是河北、河南和山西人了。他们是走陆路，走山海关、辽西走廊。所以那一带的说法是，宁坐三年大狱，不交锦宁广义。锦就是锦县、锦州，宁是宁远，就是眼下的兴城。当年有个宁远大捷，就是明朝的宁远总兵袁崇焕带兵对阵清王朝的开国皇帝努尔哈赤，一炮把努尔哈赤轰下了马，回到奉天城没两天就蹬腿归西了。广是广宁，就是广宁镇，眼下叫北镇，明朝的辽东总兵祖大寿领兵镇守之地就在北镇，义是义县，在锦州北边不远，紧挨着大凌河。这四个地方，都在辽西走廊的腰条上。为啥史上出了这两种说法呢？自古以来，开疆拓土之人，遇到物丰富饶之地，必要留下子民住在这里过美日子，而后来的人呢，不服，必要争夺，这争来争去的，能干能拼的也有头脑的人便留下了，那斗不过人家的人只好远走高飞，继续北去，反正大东北的土地多的是。眼下，连日本小鬼子都眼馋这宝地了，除了派军队劫掠，还打发来不少在那弹丸小岛上没地可种的，取名叫"开拓团"。"开拓团"是啥？奶奶个孙子，就是要抢占中国的土地嘛。

　　如果这般像山兔一样伏草不动，也许佟国俊和他的弟兄们会藏在辽东大山里三年、五年，以至更长的时间。可佟国俊不是兔子，他的弟兄们也不是。他们是豹子，是猞猁，是东北虎，他们要出击，要搏杀，不如此便枉长了利爪利齿。青纱帐起的时候，他们伏在首山火车站外的茂密高粱地里。首山是号称千朵莲花峰的千山山脉第一峰，紧靠哈大铁路东侧，距离辽阳城不过十来公里。山不算高，但巨石裸露松柏青。日俄战争时，双方为争夺南满铁路，并以此作为扼守沈阳城的屏障，在此地曾有过极为惨烈的角逐与厮杀，至今仍可见山上的碉堡与战壕。首山车站虽不算大，但南来北往的日本军列常在这里停靠。那天傍晚，趁着日本兵下车去军需点吃饭的时候，佟国俊先派两个弟兄分别在车头和车尾露露面，都是在地里干活的农民模样，手里还拿着刚掰下来的高粱乌米。为军车站岗的日本兵挺枪吆喝离开，佟国俊从高粱地蹿出，手起刀落，登时将车尾的日本兵宰杀，扔下一个白布条，抓起日本兵的三八大盖，又钻回了高粱地。军车头部毫无防范的日本兵听到了动静，急转身射击，没想身后又蹿出一人，也是干净利落，让小鬼子眨眼间就蹬腿见了阎王。

　　听到枪声，吃饭的小鬼子都冲了出来，一时不知高粱地里的虚实，便一个劲地机枪扫射，又用迫击炮轰击。可那时，几勇士早钻进另一片青纱帐，躲到山里去了。

佟国俊扔在小鬼子尸首上的白布条，巴掌宽，尺多长，上面血书四个大字，抗联一师。关于行动后要不要留下点记号，几个弟兄是有过一番讨论和争议的。有人说，咱们来无踪，去无影，让小鬼子摸不着头脑，也利于咱们下次的行动。佟国俊说，这事咱们得学学武松武二爷，凡是杀了仇人，就要坐不更名，行不改姓，留下名号，要不然，小鬼子还以为咱东北军都撤回关内真怕了他们呢。不留名号，咱们回来干啥？关于留什么名号，大家也有争议。有人说，写复仇大侠，还有人说写戚家军，说古时候的戚继光杀倭寇天下闻名，让小鬼子闻风丧胆。写抗联一师也是佟国俊的主意。有人反驳，说抗联是否也有一师呀？佟国俊说，管他有没有，咱这"一师"二字是不服天朝管的意思。以后，就是咱们哪位兄弟出手，在哪出手，也是一师，一人即一师。听这么一说，大家都笑了，一齐立正喊报告师长，还自封谁是参谋长，谁是军需官。吕青林年龄最小，说你们都当官，师长大人也不能没个卫兵啊，那就我吧。大家商量的结果，便是舍出了佟国俊的那件部队发给军官的花旗白洋布衬衣，撕出数条，再咬破手指，用鲜血一一写下"抗联一师"。不识字的也写，照着佟国俊写下的模样一笔一笔地描画，然后将白布条揣在怀里，借此明志。

留下近一年，总算杀了两个鬼子，弟兄们稍得心安，在山林里又躲过了一冬加一春。这期间，日本人也进行过数番"清剿"，但莽莽山野，其奈我何？看看青纱帐再起，大家又开始谋划新一番的杀敌行动。首山车站是不能再去了，附近其他的火车站也不能去。小鬼子吃了上次那一亏，吸取了教训，不光火车站四周都围起了栅栏或刺网，还喝令铁道线两侧三百米内再不准种高棵的庄稼，违抗者一概视为"通匪"，格杀勿论。有兄弟说，我记得国俊二哥以前说过灯下黑的话，咱们这回何不就杀到小鬼子兵营去，闹就闹翻他们的老巢。这一锤子下去，保准让鬼子兵以后连睡觉都不敢闭眼啦。佟国俊大喜，说这步棋可行。他们越以为固若金汤，可能越马大哈。兴他们攻打我们的北大营，咱们也来他个以眼还眼！

　　经过数番侦察，弟兄们选定的是驻扎在太子河畔日本关东军二师独立守备联队的军营。那年夏日的一个清晨，佟国俊先在乡路上拦截了一辆拉青菜的马车，对赶车送菜的农民说，我们知道你是给小鬼子军营送菜的，只想借你的大车用一用。至于我们是干什么的，大哥先别问，一会儿你就知道了。我们这就得把你捆上，扔庄稼地里，等日本人来时，你实话实说就是。农民求告说，日本人哪讲理呀，误了他们的事，不说一枪崩了我，挨上那顿打都受不了哇。佟国俊说，那我不捆你，你就在这儿等着，听到枪响后，赶快往家奔，家里的东西啥也别要了，带上家人立马就跑，能跑哪儿去跑哪去，先保住命要紧。那农民说，兄弟，你还是另换一家吧。我家值点钱的也就这匹马了，还瞎了一只眼。没了这匹马，我有家不能回，往后我还咋活命啊？佟国俊说，大哥，你命是一命，我命不是一命啊？我还比你年轻几岁，少活了几年呢。可谁让咱们都是中国人呢。我这一去，那就是虎口拔牙，比你悬百倍。以兄弟的眼光看，小鬼子折腾不了几年，他早晚有一天得滚犊子滚回小日本去。真要到了那一天，咱哥俩只要碰到一起，只要提起今天这个事，我保准认账。不认账那算不得爷们儿。到那时，我手上、身上、家里家外都算上，有啥赔啥，随便你拿，这中不？大哥记住，我姓佟！

佟国俊独自赶上大车往小鬼子的军营奔，留下吕青林看住农民，防的是他们跑去报告。对赶大车这行当佟国俊不陌生，小时没少随阿玛赶车进城卖菜。那天，他只带了吕青林这一个弟兄，没让全员出动，说偷袭不在人多，要的就是出其不意速战速决。人多了，反倒容易引起警觉。我们两个要是回不来，你们一定要接着干。大车到了军营大门外，站岗的鬼子兵以为是送菜的，且只一人赶车，果然没太当回事。两个鬼子兵执枪逼着，让佟国俊展开衣襟，由一个值星官上前搜身，又去翻看车上的青青绿绿。趁着鬼子们转身离去的机会，站在辕马旁的佟国俊突然从马鞍下拔出手枪，照着两个鬼子的脑壳就是两枪。值星官撒丫子急往大门里跑，佟国俊又追上一枪，将他撂倒。前后不过只是十几秒的时间，佟国俊不敢恋战，丢下一片白布条，又用手枪把子照着辕马的屁股蛋子给了重重一击，转身就往高粱地里跑。马儿经不住惊恐与疼痛，拖着大车疯了一般直往军营里冲，惊得迎面而来的日本兵和摩托车好一片混乱。事后，佟国俊总结说，那天，咱们要是有炸药或手榴弹什么的就美了，让大车在军营里炸，起码再报销他娘的几个。

那真是一场极成功的袭击，灭敌三个，无一伤亡，三比零！但那一战，也彻底激恼了日本人。辽阳城是日本关东军的大本营之一，抗日分子连番偷袭，甚至杀到了军营大门口，无异于太岁头上动土。尤其不能忍受的是，"抗匪"打出的旗号竟然是"抗联一师"。在此后的日子里，日本人一方面派大批军警"围剿"辽阳周遭山区，一个山头一个山头地搜，各路口都设了卡，一方面由宪兵队警察局负责，派出大量密探，还重金悬赏，收买情报。当又一个冬天来临的时候，日本兵包围了佟国俊和弟兄们藏身的山林，在一场短兵相接而火力又极为悬殊的对抗后，四弟兄全部壮烈战死，只有佟国俊凭着对地形的熟悉，侥幸逃出了包围圈。

佟国俊拉糊（东北话，大意）了，他只小心着日本军营里的杀人魔鬼，却忽略了被小鬼子收买的那些汉奸，他们早已化装成当地农民，进山砍柴，上山采药，盯准了藏在密林深处的地窖子。本来，佟国俊对小鬼子是加着小心的，五个人的营地，他一天二十四小时必派出两人站岗放哨，哨位还要放出三百米外，足有半里地。可那天，两个哨兵都被日本兵不动声色地杀掉了，等沉睡在地窖里的人察觉外面动静不对时，抱着机关枪的小鬼子已将咫尺之地紧紧包围。佟国俊拉起睡在旁边的吕青林，借着夜色往外冲，枪声中，一个兄弟应声倒下。吕青林也受伤了，他借佟国俊的力量跌跌撞撞跑到林子里。此前，佟国俊仗着地形熟，指挥弟兄们贴着地窖子挖了一条暗道，还告诉弟兄们说，发现紧急情况先别急着开枪，钻地道躲出来再说。可那天，躲出来的却只有两人。而且吕青林也受伤了，子弹打中了胸部。他再不让佟国俊拖着，而是喘息说，二哥，自己快跑，别管我了。佟国俊哪扔得下兄弟，还是要背他。吕青林说，二哥，你再不撒手，我就先给自个儿一枪了，咱不能都扔在这儿。那一刻，吕青林还塞给佟国俊一件小东西，说这个给国洁妹子，让她去海林，见到这物件，我爸我妈就啥都明白了。佟国俊还要说什么，吕青林已扣动了扳机，枪口直对着自己头部。那是一支三八大盖，日本步枪，那次偷袭首山火车站时缴获的武器，回到林子里就被吕青林抱在怀里了，还说用这杆枪打鬼子才过瘾。吕青林射向自己的那一枪并没引起鬼子兵们的注意，那一阵枪声正乱，他们还以为是自己人打的呢。

佟国俊流着泪水逃出了山林，不用看，他也知道攥在手心里的是什么。吕青林早说过，我身上也没啥值钱的东西，以后我有了媳妇，给她的就是这个了。那是一只银制的小锁，上面刻着长命百岁四个字。昔时，东北庄户人家有了新生儿，过百日的时候，父母常给孩子脖上挂这个，算作老人送给孩子的最早的人生祝福了。

其实，吕青林心里的这个秘密，佟国俊是早看在眼里也心存高兴的。平时，他回家取衣物嚼裹儿，常带上吕青林。那吕青林到了家里后格外勤快，国洁妹子有啥活计，也都愿意喊青林哥帮忙。这一点，其他几个兄弟早看在眼里，还不时半开玩笑地喊青林妹夫，对此，青林从不羞恼，佟国俊也是一笑了之。有一次回家，妈妈看似唠闲嗑地问他，要是青林带国洁回海林老家，你当哥的愿意不？佟国俊说，听说他家也没啥地，他爹种的还是租别人家的呢。妈妈说，可听他说，海林那边林子大，闲地多，只要人勤快，去山里开荒不难。那边还常见有人偷种大烟呢，反正林子密层层，森林警察管不过来，也懒得管。佟国俊说，那营生咱可不干，不光坑别人，也坑自己。妈妈撇嘴说，这我还不懂。没事时，我还问过青林，你们那边可有养童养媳妇的？就是先把姑娘领进门，先不急着圆房，等过两年姑娘大些再说。佟国俊明白妈妈的意思了，便问，那他咋说？妈妈说，青林说，那不太正常了吗？他有个叔伯哥就是这样娶的媳妇，就连他亲妈都是这样过的门。听娘儿俩这般聊，一直坐在旁边吧嗒老旱烟的父亲说，国俊哪，你和你妈把话都说到这儿了，那我也说一句早憋在舌根下的话。也不是你把几个兄弟领到家来，爸妈嫌供吃供穿的忙活不过来了，我才说这话，这事还得从长算计呀。你也听说过以前山里出绺子的事吧，绺子是老百姓的说法，又叫胡子，官家叫土匪，你带几个兄弟专杀小鬼子，当然和绺子不是一回事，但说起来，肯定更招小鬼子恨，恨得牙根直。绺子平时除了几个头头脑脑，很少聚在一起，只有到了起事前，才暗中联络，夜里聚到一起，等把那富户抢了劫了，然后立马烟消云散，各回各家，该种地种地，该搂柴搂柴，抢他个人不知鬼不觉，啥时想起事再说。可你们几弟兄就不是这么回事了，虽说是大义之举，可越大义越让我和你妈夜里睡不着觉。小鬼子可都是些抱着刀枪杀人不眨眼的牲口哇，我们只怕哪天一睁眼就再看不到你们了。所以，我和你妈商量，能不能先让青林把国洁带到海林那边去，青林愿跟你们杀鬼子，那就再回来，等圆房时再回去。其实，自从你和几个兄弟回家来，我和你妈就动这个心思了，所以你看，你哥和你嫂子这一阵再没回家来。其实他们早不在鞍山了，我防着小鬼子斩草除根，早让他们隐姓埋名，另找个地方猫起来了。你们那几个弟兄，我也是这个主意，做过一票，就各回各家，神不知鬼不觉，啥时看小鬼子祸害中国人气不过，弟兄们再聚一起，起出藏在林子里的家什，再干他一炮。你看我说的这道儿可中？可不要嫌我和你妈人一老胆就尿，担不起大事儿啦！

佟国俊闷着头，想了好一阵才说，爸妈说的这番话，其实我也想过好几回了。儿子又不傻，这点利害得失还是算计得开的。大义归大义，讲大义也不能不顾利害。我跟爸妈说句掏心窝子的话，我一直没采取聚绺子的办法，不是担心兄弟们责怪我说大话做小人嘛，当初召集兄弟们一块回东北杀鬼子，就是我先出的主意。爸妈且等我几天，等我和兄弟们商量商量，过大年前，我们一定会拿出一个更好的办法。

那天，佟国俊回到东山密林深处，就和兄弟们商量了，五弟兄共同的意见是，趁着大年前的这一阵，再干他一回大的，多杀他两个小鬼子，然后就各奔东西，各回老家过上几天安稳日子，等明年开春时节，再悄悄回到这里，学学绺子又何妨，过一阵再聚嘛。佟国俊说，这次咱们要是分开，也别白分，回家后都多动动耳朵，打听一下可有杨靖宇的消息。看报纸上的意思，这一阵他可能在长白山一带呢。那可是位打鬼子的真英雄。如果能打听到他的消息，那以后咱们就一心一意投奔他了。那一次，几兄弟还商量，头两次杀鬼子，差就差在手上没有应手的炸药或手榴弹，若手上不缺那东西，杀的小鬼子就不是三个两个了。关于怎么搜集弹药，大家也各抒己见，出了很多主意。

只是万万没料到，小鬼子就突然下手了，偷袭了地窖子，那天离佟国俊和爸妈商量怎么杀鬼子不过三五日。

万恶的小鬼子还当着村人的面杀了佟家三口，那是在鬼子偷袭地窖子后的第二天。鬼子得手后，发现没有领头的佟国俊尸首，便连夜封锁消息，第二天一早就杀到佟家来了。他们早把佟国俊视为"匪首"了。

如上描述，绝非我的臆想和揣测。我拜访过关爷爷后，又去了辽阳市图书馆，翻阅了日伪时期的老报纸。在1933年冬的一张报纸上，有一条消息称："大日本皇军日前围剿东部山区，悉数歼灭流窜到我地区的抗匪数十众。据被生擒的匪徒供陈，这股抗匪已流窜我地区两年有余，自称'抗联一师'。发生在去年夏天震惊一时的首山火车站袭击军列案和发生在今夏的袭扰大日本皇军军营案，皆为此股抗匪所为。以卵击石，胆敢破坏大东亚共存者，只能自取灭亡。"消息旁还附了两张照片。一张是被小鬼子缴获的几支步枪和刺刀，有三八大盖，还有汉阳造。另一张照片则是四具血肉模糊的尸体，尸体上横陈着白布条，上面的粗犷血书赫然可见：抗联一师。

恬不知耻的日寇小鬼子！那一战，杀害反抗侵略的中华志士不过四位，他们竟敢称数十众。生擒之人又在哪里？怎么不登出照片让人们看看？也许，他们就是从战后的废墟中发现了一些佟国俊家中物件，才顺蔓摸瓜，冲进阳鲁山下的村庄，将手无寸铁的佟家三口尽皆杀戮。呜呼，佟家祖上，满门忠烈呀！

6

佟国俊九死一生逃出山林，已是独自一人，本想躲回家中，又怕小鬼子守株待兔，便辗转着又在大山里躲藏了一段时间。临过年时，他曾有心回家，看望老父老母，再一块过个团圆年，反正山里也没弟兄需要惦记了。可离近村庄才得到消息，家中老父老母和妹妹都被日本人杀害了，连同房子一块化为灰烬。佟国俊心中大恸，几不欲生，心想，真就不如和妹妹国洁一道跟小鬼子拼个鱼死网破，也好去另一个世界陪侍二位老人。昔日跟在自己身边的小兄弟吕青林虚岁才二十，长得结实帅气，也机灵，杀鬼子没二话。随自己回过两次家，眼睛就粘在妹妹身上挪不开了，妹妹也把他当亲哥哥看，两人说说笑笑好不亲热。他还在山里捉了两只小野兔，精心养在用荆条编的笼子里，准备带回佟家给国洁妹子玩。佟国俊看出了小兄弟的心事，主动对他说，等把小鬼子打跑了，我妹子也大了些，我就让我爹我娘把她许配给你当媳妇。小兄弟说，大哥可别忽悠我。佟国俊说，我敢忽悠你天忽悠你地，还敢拿我亲妹妹的终身大事开玩笑哇？君子一言，驷马难追，信不信由你。可如今，一奶同胞的亲妹妹和那个亲如手足的异姓兄弟，两个花骨朵还没开，就都被摧折在小鬼子的屠刀下了……

佟国俊曾在夜色中潜回村庄一次，听乡亲们说起妹妹临死喊哥的情景，两眼灼灼冒火，恨不得立时烧塌整个世界。国难家仇，足比海深，岂可不报，最起码，也得再宰上三个小鬼子，才算得一还一报吧。哦，不对，最少得七个，我还死了四个兄弟呢！

至于去哪里，佟国俊也曾有过好一番思忖。最初，他也曾动过北上小兴安岭或东去长白山的念头，再去投奔赵尚志李兆麟或随便哪支抗日义勇军队伍，只要能打鬼子就行。可转念一想，又觉得不切实际。莽莽大山，茫茫人海，寻找一个人或一支队伍，难似大海摸针，东北地区太大了。况且，此时的所有抗日武装都是深藏不露，隐密出击，就是面对面打个碰头，人家信不着你，还未必会认账呢。也莫怪大丈夫隐姓埋名，听说那些抗日武装也接连受到重创，大亏往往是吃在队伍里出了叛徒和奸细。经历了这次挫折，佟国俊心理也发生了重大变化，几乎对所有人都信不着了。自己和弟兄们藏在深山密林里的地窖子是怎么被日本人发现的，姑且不去追究，但小鬼子得手后，为什么又突然杀向家中，十有八九是屯中有人为得赏金当了密探。看来，往后要打鬼子，最好是独往独来了。可吃的穿的呢？难道还能去当剪径的绿林好汉不成？对，投到哥哥身边去吧，打仗亲兄弟，上阵父子兵，也不能谁都信不着不是？老爸不是也说，早让他和嫂子隐姓埋名另找个地方谋生去了吗。

1934年清明前的那一夜，佟国俊潜回阳鲁山下，跪在父亲母亲坟前，热泪长流，立下不报国恨家仇再不回乡的誓言，然后奔了北口。

关于哥哥佟国良，佟国俊是留了心眼的，或曰是打了伏笔，跟昔日的那三位弟兄都没说。记得刚藏进山里后的一天夜里，佟国俊带吕青林回家取粮食，母亲和妹妹忙着去厨间烧火做饭，父亲陪两人坐在炕上闲聊。父亲说，国俊，你哥……坐在身旁的佟国俊闻言，忙在大棉袄的遮掩下捅了父亲一下，父亲会意，接下来的话便是，先前是在鞍山城里卖苦力，后来听说黑龙江林区挣的能多点，就带老婆孩子去了。这一去可有年头了，一直没消息，兵荒马乱的，还不知是死是活呢。事后，佟国俊单独对父亲说，阿玛，我哥啥时回家来，你跟他说，我干的这营生，可是脑袋别在裤腰上的，悬着呢。小鬼子杀人不眨眼，动不动就整株连，我这边不定哪天有个山高水低，可能就牵扯上他。你让他带上我嫂子和侄子赶快离开鞍山，随便去什么地方，没事尽量少回来。去的新地方，除了咱家这几口人，对谁都不能说，更不能说他有个兄弟是一对双，最好连名字都改一改。再有，等我哥我嫂在新地方落下脚，你带我额娘和我妹也奔了去，家里不可久留。父亲说，让你哥你嫂躲远点，算你小子想得远，我没二话。可我和你额娘走了，家里的这房子和地谁管？再说，家里人都走了，你们在大山里喝西北风啊？佟国俊情知父亲的顾虑有理，不再多言。数月后，佟国俊再回家，父亲便悄然告诉他，你哥已经在北口落脚了，在火车站当脚力呢，用的新名字叫刘大年。为图保险，眼下我连你额娘和你妹都没告诉，我怕女人嘴松，露出去。

佟国俊到了北口，舍出两张票子，让一个进城的乡下女人去车站货场捎话，跟哥哥在城西一个叫大营的镇上见了面。那年月，北口还有城墙，日本宪兵队和警察局在各城门和路口设了卡，进城的人都要出示"良民证"，"良民证"上贴着照片，但出城时管得松些，除非紧急戒严。佟国良听兄弟说了父母和妹妹都死于小鬼子屠刀下的事，兄弟俩好一阵抱头痛哭。佟国良看疲于奔命的弟弟一身瘦弱，说我一会儿回城，让你嫂子将我的"良民证"给你带出来，反正咱哥俩长得一样，小鬼子看相片也不怕。你回家先将息一阵，我在老城大杂院租了一间房子，你日常少出屋，少和邻居打照面，好糊弄。佟国俊不去，说我不是信不着嫂子和侄子，我是怕大杂院里人多嘴杂。我还是在城外山里找个地方，你帮我准备点粮食和穿的盖的就成，过几天我来取。佟国良说，那我把眼下的这间房子退了，在僻静点的地方另租一处，找两间的。佟国俊说，哥，自家兄弟，你就别逞强了。凭你一个人卖苦力，我还不知你手里有几个钱儿啊。往后，家里的开销还得加上我一份呢。再说，咱哥俩是一对双，长一样，这先就容易让人起疑，再传到小鬼子和警察那儿去，那就更没有好日子啦。

时节已快入夏，天气一天天暖上来，人躲在哪儿都冻不着。佟国良情知兄弟对此事思谋得已很周密，有了主意，便不再勉强。佟国俊又说，还有，我来北口的事，对谁都不能说，最好连我嫂我侄都别告诉，别让他们担惊受怕。佟国良说，你侄刚三岁，还不大懂事呢。可不告诉你嫂怎行。现在城里粮食都凭"良民证"配给，就是我躲着藏着另在黑市上买一些，也瞒不住你嫂子的眼。再说，我还得从家里往外给你拿穿的盖的呢。你嫂子那人你是没在一起处过，不光贤惠，心里还装得住事，懂得哪头大哪头小，别看是个女人，遇到事，一般男人也难比，天生就是咱老佟家的媳妇，你放心吧。佟国俊点头说，那哥就替我先谢过嫂子吧。

北口城的规模跟辽阳差不多，都是中等城市。城东城西城南都有山，虽没辽东大山的连绵，可也森林茂密。只是北侧一马平川，从内蒙古高原扑过来的风灌进那道口子，四季不歇。当地人调侃说，其实北口一年只刮两次风，只是刮得时间有点长，一次刮半年。北口之名是不是由此而来，不得而知。

佟国俊在城西的山里藏了三年，他没再挖地窖子，而是找了一处山洞，那洞里没水，挺干爽。在这与哥嫂分手的三年中，佟国俊虽没听哥哥说，可也知由于家中添了一人，加上自己又是一日也饿不得的壮汉，还是苦了哥嫂。那年，小侄已经三岁了，按夫妇俩的打算，本想再生一个，最好是女孩，可这个想法也只好作罢了。小夫妻自然还短不了床笫之事，但都克制着，能不冒险就不冒险，实在板不住，也无师自通地想办法。为了增加家里的收入，嫂子开始给火柴厂糊洋火盒。火柴厂是日本人建的，那个年月，人们都把火柴叫洋火。大杂院里有位大叔在北口火柴厂做事，能带回糊火柴盒的营生，计件付费，一把一利索。蚂蚱腿虽小，可也算是肉哇。嫂子从那家分过来一些活计，便一边看护孩子，一边夜以继日地与糨糊纸壳打交道。佟国俊听了这些情况，也曾对哥哥说，也别让我这么白吃白喝地养膘，我也可以去干点啥，没多有少，挣点总比闲待着干嚼强。佟国良说，可别，眼下不管干啥，招工都得先看"良民证"，你有吗？佟国俊说，我用哥的，谁又辨得出。佟国良说，先藏住你的身子要紧。真要弄露馅了，咱这家可就砸了。不到非出手不可的时候，你还是先这么眯着吧。

兄嫂给佟国俊备下的东西，多是佟国俊到大营镇取，有时佟国良也会借辆洋车子（自行车）送到山里去。大营镇有个不小的集市，三六九开集。城里人图集上的青菜新鲜便宜，常出城赶集。在约定好的时间，哥哥佟国良会提着小包裹，走在人来人往乱哄哄的人群中，佟国俊手上也提个小布袋，两人像陌生人问路似的，将非说不可的交流压缩在极简洁的对话中，趁别人不注意，手中的物件已做了交换。那情景极似地下党接头。佟国良小包裹里装的主要是粮食，还有衣物，或者火柴、咸盐和煤油什么的，都不多，多了也没有，能让兄弟对付上十天半月就行，也方便携带。佟国俊的小布袋里则装着在山上采来的蘑菇、榛子和野果什么的，有时还有他在山里套的野鸡和山兔。如果佟国俊不再想报仇，日子似乎完全可以这般平静也平庸地过下去。听说日本人在长春扶持傀儡皇上登了基，把东北大好的江山叫什么"满洲国"，小鬼子整天挂在嘴上的"日满亲善、建立大东亚共荣新秩序"，是不是就是这样子呢？但有着国恨家仇的佟家两兄弟又岂能庸常地苟活此生！家中血脉相连的至亲之人，三条活生生的生命，就那般惨死在小鬼子的屠刀下了。兄弟俩每每想起妹妹临死时喊哥的情景，就热血偾张，心如针扎。还有，跟在佟国俊身边的弟兄，那也是活蹦乱跳的四个人，同生共死情同骨肉，而今也都死于非命。此仇不报，枉称男儿！

在这期间，佟国俊又杀了两个鬼子，是分两次出手的，一次杀一人。第一次是主动出击，第二次当然也是主动而为，但其中却含着被动的因素。1935年春天，佟国良上山送粮食，跟兄弟说起火车站上的事。佟国良说，北口站的站长是个鬼子，瘸了一条腿，是在战场上炸的，因为入伍前在日本铁道学院念过书，伤好后就被派到北口来了。这鬼子好打人，见了哪个中国人不顺眼，就往死里打。日本人打中国人，不足奇，是常态，连小学校里的鬼子崽子都好以欺负中国孩子取乐。可这鬼子站长的变态之处是，他打中国男人时，常吩咐将人架住，他专用拐杖往裆间打，疼得人满地打滚。后来才知道，原来这王八蛋在战场上不光炸残了一条腿，还被炸飞了裆间的那挂悠当，彻底废了。佟国俊恨道，这头残骡子是活腻了，活该他今世碰上我。佟国良听明白了兄弟的意思，知道他要出手了，便说，不会打草惊蛇吧？佟国俊说，咱哥俩本来就不是打草的，而是打蛇的。像这号疯了的毒蛇，岂能让它再乱窜乱咬。哥，你抓紧把他住的地方摸清楚，再让嫂子出趟城，把你的"良民证"带出来，你手上一时没证了，那就多加点小心，最好只在那些工人堆里混，我宰了那东西就把"良民证"退给你。

关于怎么杀鬼子，佟国俊到了北口后重新谋划过。若再像在辽阳时那般袭军列冲军营，单枪匹马的，肯定是难上加难了，那就专挑丧心病狂又缺少防范的下手吧。数日后的傍晚，一辆龟壳轿车开进铁路住宅区，鬼子站长下了车，挂着拐杖往家走。日本人在中国建住宅，是很讲究的。那一片，数十幢，每幢两家，幢与幢之间都很开阔，留出宽阔的空间栽花种草，花圃间再植树墙间隔，树墙每年入夏时节派专人修剪，齐整整甚是美观。可也就是因为这树墙，让小汽车开不到门前去，日本人从车上下来，总要沿着甬道走上百十米。那天，鬼子站长快到家门时，佟国俊突然从树墙后扑出，抢起铁路上检车人员用的那种长柄尖嘴小锤，一锤下去，那尖利的锤嘴便深深锲进了鬼子站长冬瓜样的脑壳。鬼子站长吭都没吭一声，蹬蹬腿，瞬间毙命。佟国俊没有收回那小锤，在鬼子腰间摸出一把手枪，还搜出了钱包。钱包里应该有币子，币子就是军需，不拿白不拿。当然，佟国俊没忘在鬼子身上扔下一片白布条，血写的"抗联一师"。

关于怎么杀鬼子，佟国俊也是有过思谋的。从今往后，最好一次一个招法，要有变化，不能总用匕首和短枪。听说日本人破案的技术很高明，能从弹头和枪口测出是不是以前谁杀过他们的人，但白布条是无论如何不能不扔下的，不能让小鬼子真以为已经把"抗联"杀干净了，那死了的那些弟兄也不会同意。那只长柄尖嘴锤是从旧物市场上买来的，很便宜。中国工人生活得很艰苦，用不着的家什就是能换来一块大饼子也是好的。

那天，佟国俊出了城，先在大营镇将"良民证"交到候在那里的嫂子手上，然后就迅速遁去，了无踪影。一石激浪，这个事件不能不在看似平静的北口城引起轩然大波，那片白布条更令小鬼子们胆战心惊，特别是比对了在辽阳时得到的笔迹，那份恐慌越发深了几分。看来"抗联一师"并没被斩尽杀绝，还有人活着。日本宪兵队先是拉来警犬，那条狗嗅过长柄小锤，便一路往西追去。好在城西有条长年奔流不息的小河，佟国俊那天没敢走桥梁，而是蹚水登岸，还故意逆水走了有半里地。气味顺水而去，害得东洋警犬在河边转起了圈子。宪兵队盯牢长柄锤，将其视为侦破线索，并将当初在辽阳参与"追剿""抗联一师"的宪兵队队长临时调到北口协助破案。那个宪兵队长想起在辽阳追捕"抗匪"时，得知佟国俊有个双胞胎的哥哥叫佟国良，至今下落不明，便提出也做一个追捕线索。好在佟国良听从兄弟之言，对此早有防范，来北口时就改了名字，纵使宪警在北口城内掘地三尺上下翻腾，纵然找出过三五个佟国良，但或是苍迈老朽，或是几岁稚童，年龄上根本不相符，只好作罢。而以"刘大年"的名字隐在北口城内的佟国良则在这股滔天的浊浪中安然无恙，稳坐鱼台。

且说改名字之初，佟国良曾想叫梁果同的，说把名字倒过来念，就还是佟国良，我不过是将几个字按同音改了，将来小鬼子滚蛋了，咱们再改回来也好说明。媳妇说，小鬼子要是连这个也想不到，那就不是小鬼子了。他们对中国人的事琢磨得透着呢，像这样改字不改音、倒着念的招法，真要叫他们看透了，还不如不改。我看就叫刘大年吧。咱俩是过大年时结的婚，也算留下一个念想。佟国良钦佩没念多少书的媳妇思虑得周密长远，便这般改下了。那个辽阳来的宪兵队长在找不到佟国良的情况下，果然曾命令再按倒着念的办法寻找，自然又是竹篮打水一场空。

但要不要把牙牙学话的儿子喊额娘喊阿玛的习惯也改过来，佟国良却犯了犟，坚持不让改，说我家就是旗人，祖祖辈辈都是，咋啦？旗人也不都是祸害国家的慈禧和认贼作父的小皇上，旗人的祖上还出过康熙爷乾隆爷呢，开疆拓土，统一中华，哪个能比？再说，东北是大清朝的龙兴之地，旗人自然多，你没见小鬼子假模假式地整天喊"日满亲善"，咱不改旗人身份，一点也不妨碍蒙住日本人的眼。媳妇听他这般说，也就随他了。

因那长柄锤，宪兵和警员便将铁路检车所的所有工人拘于一室，不让回家。可工人们的小锤都在手上，那便是自身清白的证明。宪警自然也想到了旧物市场，又威逼又利诱的，旧物市场上有人便说出了购锤人的模样，那模样与有人看到的曾出现在铁路住宅区的佟国俊颇为吻合的。宪警们画出头像，再按图索骥，将北口城内数十位与佟国俊体貌相近的汉子囚禁在一起，再一一排查。其中就有身在车站货场扛大包的佟国良。车站是排查重点，因为只有车站的人才最容易生出对鬼子站长的仇恨。在工友们惊愕的目光中，佟国良很坦然，很从容，还笑着对大家说，我没事，大家放心吧。佟国良被带到宪兵队，由着凶神恶煞过堂。佟国良说，那个时辰我在扛大米包哇，一共扛了二百多件，站上说运大米的车要急着挂走，连晚饭都没让吃。宪兵队急派人去核实，佟国良所言不谬，那天下午，他确实是一直在装卸队扛大米。工友们怕佟国良吃亏，还一起去找车站派出所所长龚寂，说都是中国人，这事你不能不管，得出面保一下呀。那龚寂也没推诿，很快就把佟国良带了回来。

佟国俊的算计，果然精明到位，严丝合缝。在兄弟出手那一时段，哥哥是一定要在岗位上的，而且要有多人做证，由不得宪警不信。但佟国良有了不在作案现场的证明，却难保其他被排查的人也可平安过关。几天后，佟国俊再去大营子市场取粮食时，佟国良对他说，听说还有十多个人被关在宪兵队呢，说是再拿不出足够的证据，就是不杀，也都发配到日本国去当劳工，那就更是九死一生了。佟国俊闻言，思忖良久，说这不行，都是中国人，咱得出手救，不能因为我而遭这么大的殃。佟国良说，怎么救？都关在牢房里，里三层外三层地防着呢。佟国俊说，你再让嫂子把"良民证"给我送出来。这三天之内，你除了上班下班，哪儿都别去，就在大杂院转悠，能多跟街坊打打照面更好。

佟国俊拿了哥哥的"良民证"，去车站票房子买了火车票，便乘车奔了辽阳。在辽阳的旧物市场，他本是想再买把尖嘴锤子的，却没的卖了。日本人接受了在北口的教训，竟将锤呀铲的统统没收，再不许出售，连每家厨间不可缺的菜刀都做了登记，只可留用一把。但这难不住佟国俊，他在路边捡了一块石头，专选带尖棱的，揣在怀里，然后走进一条住有日本人的胡同。那个胡同有处四合院，三进的，雕梁画柱，古树参天，据说是写出《红楼梦》的曹雪芹的祖上老宅。正当晌，入夏后已有些燥热，胡同里基本没人。有个穿和服留着人丹胡的中年人走出来，还踢里踏拉地穿着木屐。佟国俊装作漫不经心地迎面走过，在两人擦身而过时，突然用石头照着那人后脑勺就砸下去。日本人倒地，腿脚还在抽搐，佟国俊没砸第二下，却没忘摸出日本人腰里的票子，也没忘再丢下坐不更名行不改姓的印记。那是一张白纸条，是用蜡笔写下的"抗联一师"。血书的白布条是不能带的，坐火车可能被搜身，搜出去就坏菜了。那就到辽阳后再想办法，买片白纸，再买盒小学生画画的蜡笔，专选用了其中的深红色，乍一看，颇似鲜血。将就吧！

赶在日本人戒严之前，佟国俊已坐上了返回北口的火车。在车轮的铿锵声中，佟国俊心里说，这可怪不着我姓佟的心狠手辣滥杀无辜了，你日本人在自己国内放着好好的日子不过，却偏要跑到别人的国家作威作福横行霸道，这是侵略，是作恶，作恶就是找死，活该！又想，只那么一下，也许那个日本人并没死，没让他一下见阎王，倒也对，作恶有轻重，惩治便有轻重，那就麻溜儿地滚回东洋国去养伤保命吧。

佟国俊这步棋立竿见影，北口方面的宪警见"抗联一师"又在辽阳出现，况且那留在纸片上的蜡笔字迹完全与白布条上的相同，便很快转移了视线，逼着被拘押的所谓嫌疑人家属交出保金，将那些人放了。作为东北军侦察排长的佟国俊出此声东击西之计，当是小菜一碟。

1935年夏天，北口和辽阳的报纸对此事都有过语焉不详的披露。辽阳的报纸上说："近日出现在我地区和北口袭击大日本侨民一事，可确认是同一恶徒所为。有人仅凭现场所留布条和纸片，便疑测已被彻底剿灭的'抗联一师'死灰复燃的说法，正中了恶徒企图以此转移追捕目标的奸计，不足为信。此前的抗匪手持枪械，专袭军警，且鼠藏一隅，而此番恶徒却流窜作案，专袭日侨，所用凶器也或锤或石，得手后不忘劫掠钱财，均与此前的抗匪大相径庭。至于恶徒袭侨后亦丢布条或纸片，似可视为障眼小技，不足为虑。据悉，宪警日前已锁定恶徒踪迹，或擒或毙，指日可待。"

小鬼子这是故意揣着明白装糊涂，还是在释放烟幕弹呢，也许两者兼而有之吧。

7

说起佟国俊躲在山里的日子，也不都是枯燥无味乏善可陈。春暖花开的时节，佟国俊发现山谷里出现了一个人影，是个姑娘，年龄不大，应该和死在小鬼子手下的国洁妹妹相仿吧。一想到国洁，佟国俊心里便酸上来，如果不是自己带着几兄弟回到东北打鬼子，国洁是不是还跟在老爸老妈身边忙活庄稼人的日子呢。或者，早几天让吕青林把国洁带到海林老家去，就是当童养媳，大冰大雪的，日子过得苦点，也总让家人有个盼头哇。每每想到这里，佟国俊就热泪长流，有时忍着，浑身都跟着抖。

来到山谷的那位姑娘已换去冬天的棉袄棉裤，身上只罩着夹袄夹裤了。东北农村的春天常是这种打扮，褪去一冬的袄裤，揪去袄裤中的棉絮，还不是因为穷嘛。姑娘手上提着一把小镐，腋下夹着一只小布袋。她用那小镐，不时在山野间刨几下，清除掉顽石什么的，再从布袋里摸出点什么，丢在土坡里，伸脚将土坑边的浮土踢回，再踩一踩。做这些时，姑娘不时四下张望，看来是加着十分小心的。不用问，佟国俊也知姑娘必是来自附近村屯的农家户，家境不会好，她这是趁着春暖花开时节，来山里小开荒呢。在山里，随手刨出两个小坑，丢下或玉米或高粱或黄豆绿豆小豆什么的，随它是死是活，随它自由生长，入秋时来收小秋就是，收获不喜，无收不恼。时光倒退百十年，东北山野的农户多是这样，好在那时地广人稀，说东北大地好活人，这也是其中的一个理由。至于姑娘四下观看，那则是加着小心，防着山里有狼狐野猪之类，主要还是防着坏人。一个十几岁的姑娘，寻常人家岂敢让她一个人上山。

果然那天，佟国俊就发现有两个男人从山里闪出来，个子小些的从谷底来，堵住了去路，大个子的则从另一个方向来，挡住了来路。姑娘显然也发现了这两个人，手执着小镐，退到了一块山石下，瞪圆了一双圆圆的杏眼，厉声喝道，你们要干啥？滚！

两个男人却不滚，还嘿嘿地坏笑了两声。那个大个子对小个子做了个手势，似乎在说，这回我先，下回我让你先。

佟国俊就是在那一刻从他藏身的山洞闪了出来，纵身一跳，直落在山间的一块草地上，手里还拄着一根棍子。那天，也多亏他手里有根棍子，随手一拄，便稳稳地落在了地上。那两人发现山里突然有人，便都惊呆了，不知如何是好。

佟国俊却满脸堆笑，说，天下不太平，就不要中国人欺负中国人了吧。

那大个子怔怔神，似乎还对比了一下力量，二比一，他们人多。他还说，哥们儿，别坏我们的好事，以后不好见面。

佟国俊突然变了脸色，抢起棍子，狠狠砸向山石。那山石碎了，那棍子也顿时飞散成几段。

佟国俊说，咱们就不用比试了吧，今天，看在你们也是中国人的面子上，我就不跟你们计较了。我不信你们谁的脑袋比这石头硬。

那两人傻了眼，情知遇到了高手汉子，眼见是练过武的。两人撒丫子就跑，哪还管他东南西北。

佟国俊拍拍手，对姑娘说，我都看妹子好几天了。往后再搞小开荒，千万别离山上这个洞太远，有我看着，除了野牲口糟蹋，就等着秋后小秋收吧。

姑娘从惊魂中醒来，说谢谢大哥了。大哥你能不能告诉我，你是谁呀？怎么还在山洞里住哇？

佟国俊又是笑，说别问我是谁了。只求妹子一个事，跟谁也别说我在这里住，大哥就深表感谢了。

佟国俊转身离去，再不回头。姑娘一双眼睛跟着，估计快看不到了，才大声喊，大哥，我姓陈。哪天，我给你烤地瓜，地窖里藏了一冬，可甜呢。

1936年入冬时节，天气一天冷似一天，佟国良在约定的时间没有见到来取粮食的兄弟，心中甚是不安。每次带给兄弟的粮食只是十斤八斤，随手一提的分量，想多带也难。即使兄弟在秋日里备了些山果，在庄稼地里捡拾些落地的残粮，在约定好的日子也该来见上一面哪。不会出了什么事吧？思之再三，佟国良还是决定利用休班的时间上山。

佟国良是偏晌出发的，到了佟国俊藏身的山谷时已是暮色四合。因心里揣着怕兄弟出事的焦虑与疑惑，他便没急着爬山，而是伏在丛林中悄悄观察动静。这一观察就觉不得了了，果然山林中发现有火星闪动，那是有人在抽烟，最少是两个人。那个位置距离兄弟藏身的山洞一二百米，正好作观望。山里除了庄稼人就是猎人，什么人这时辰还不回家呢？耐心等了一阵，见又有两人走了过来，鬼鬼祟祟的，都捂着大棉袄，臃臃肿肿穿得像狗熊，似乎与前两人还低声交谈了几句什么，前两人便撤走了，也是蛇行鼠窜的模样，鬼鬼祟祟。

不好！这是两伙人在交接，国俊已被人昼夜不舍连轴转地盯上了！

辽阳的宪兵队长被请到北口后，依据辽阳"剿灭抗匪"的经验，给北口宪兵队再出主意说，反满抗日分子多是散兵游勇，为活命，他们不大可能长久地藏在城里，但他们又不会就此罢手，那就极可能再在城里出没。日本人悬重金收取情报，再派出便衣，守住出城的所有路口，发现可疑之人便一路尾随。发现藏身地也不急于出手，专等着看还有哪些人与他们联系，他们的目的是一网打尽。北口宪兵队依计，派出的侦探果然在一年有余之后盯上了佟国俊，但一连数日，并没再见他人出没。宪兵队便张起网，不动声色，只等更多的"鱼儿"游进网里。

佟国良估计，既然小鬼子这般派人堵窝死死看守，国俊就肯定还在山洞里，人活着就好。可国俊知不知道已被人瞄上了呢？那么警觉的一个人，别说洞口外躲着两个大活人，就是跑出只耗子也瞒不住他，应该是知道吧。可知道了为什么不赶快逃命呢？又不是没有逃路。

精明而寂寞的佟国俊自从躲进山洞，就没闲着。他发现山洞深处另有个洞隙，只有碗口大小，黑洞洞的，不时还有阴森森的凉风吹出。他在大营子市场买来旧弃的钎锤，一点一点将那洞隙凿大，大到足可容一个人的身子钻过。原来那边也连接着洞穴，曲曲折折，坑坑洼洼，凿下的碎石正好可以铺垫。小不如意的是山洞另一口是在悬崖上，距下面的乱石滩有数丈，洞口处有一棵高大的老槐树，枝叶繁茂，虽可将洞口遮掩，但上上下下也只得攀爬了。佟国俊将这个秘密告诉了哥哥，说我虽没有狡兔的三窟，起码这也算另有一条退路，万不得已的时候兴许有用。佟国良随兄弟爬过那个洞，望着脚下的悬崖说，我再帮你弄些麻绳，你没事时拧粗了。真到了走这一步的时候，你将一头拴牢实，然后抓着绳子就可顺溜下去，总比攀着树枝往下爬强。树枝支棱八翘的，到了数九天，又枯又脆，一个闪失摔下去，不丢命也难保不会摔坏胳膊腿。

那天，夜色中，佟国良绕到后山，找到洞口下的那棵老槐树，先是学了几声鸟叫，又往上扔了几块石头，巴望着兄弟能把绳索放下来，但足足等了有两顿饭的时辰，也没个回应。是国俊没听到，还是被人控制住了呢？佟国良想了又想，还是下了决心攀缘枝杈往上爬。那一年，两兄弟都年近三十了，佟国良虽说少年时也练过几年拳脚，但这些年以靠卖苦力为生，筋骨早已僵硬，哪里再有年轻时的柔韧轻巧。佟国良爬进洞口时已是满身大汗，手上也划出了几条血道子。那汗水有攀爬时累出的热汗，也有几次险些失手坠落惊出的冷汗。漆黑中，佟国良再一步步摸着石块往里爬，里面终于传来兄弟虚弱的问话，谁？是哥吧？那声问话让佟国良心里稍安，可心也陡地提了起来，国俊这是怎么啦？是伤了还是病了，怎么遭霜打了似的？佟国良再往前爬，先是摸到了佟国俊的巴掌，又摸到了他的脸。不用问，佟国良也明白了，国俊这是病了，浑身火炭似的，盖着厚厚的被子，还压着大棉袄，身子却在簌簌地抖，在打摆子呢。

佟国良问，这是几天啦？

三四……天吧，烧蒙了，记不准了。我……估摸着，哥就能来。佟国俊喘息着说。

火柴呢？

可不能……点火。山下有人，别让人……用枪瞄上，够得着的……哥，快把你巴掌……给我。

干啥？

我看你巴掌……湿着，让我舔舔。

佟国良急在脑门上和脸上撸一把，将汗水和泪水一块撸到掌心，送到兄弟嘴巴前，感受着那小猫小狗一般贪婪的舔食，手心被舔得痒痒的，心里却刀扎一般疼。泪水汹涌地流出来，他用另一个巴掌再捅。兄弟病着，渴着，饿着，三四天了，存在瓦罐里的水早喝光了，连见到沾着汗水的巴掌都亲，这是受着怎样的煎熬！可他不敢下山，也没力气下山，只能这般生生地挺着。

哥，摸枕头左边的……碗，你尿尿给我，快点……渴死了……佟国俊又发话了。

佟国良大惊。兄弟这是要喝他的尿！人饿着，或可挺上三五日，可渴着，两天也扛不住，尤其是发烧中的病人。事情逼到这份上，光惊也没用。佟国良摸出碗，撒出臊臊的一泡热尿。佟国俊接过去，毫不犹豫，咕咚咕咚一饮而尽，放下碗，还感叹地说，痛快，真他妈的……痛快！又说，我早喝过自个儿的了，可没了，早没了。

放着现成的后山洞口，为啥不早点撒出去？我要不来，你还活等着让他们来抓呀？佟国良说。

佟国俊说，发现洞外……有人时，我已经病了，连渴带饿的，身子软得爬都爬不动，哪还敢去爬崖。我腰里还有颗手榴弹呢，我寻思，最好没等我渴死饿死，小鬼子就冲进来，炸死一个够本，炸死两个也算赚了。

兄弟一声饿，佟国良才想起怀里还揣着几个鸡蛋，煮熟的，临出门时媳妇塞进怀里的，媳妇还开玩笑说，这可是给他叔的，你可不许半道上偷嘴。家里养着几只鸡，囚在大笼子里，媳妇天天早上去摸鸡屁股。好不容易生下几只蛋，儿子有时还可以喝上一碗鸡蛋羹，俩大人只能捡捡孩子的剩儿了。

可鸡蛋早碎成了一团，是爬树时挤的。佟国俊还想摸黑将碎蛋皮剥净，闻到了味道的佟国俊却连着哥哥的巴掌一把抓过去，连壳一块往嘴巴里塞，说鸡蛋皮也抗饿，正好压压嘴里的尿臊味。

看兄弟喝了尿液，吃了鸡蛋，有了些精神头，身子似乎也不那么热了，佟国良说，一会儿我把绳子捆你腰上，你从后洞口顺着下去。我来时，还带了点粮食，爬树时怕身子笨，留树下了。你下去后，先将粮食拴绳上，让我揪上来。然后你在山沟里找水喝足了，带着我的"良民证"抓紧进城回家，让你嫂子给你弄点药，先养好身子要紧。

佟国俊说，那你呢？怎不一块下去？

佟国良说，我怕鬼子在后山也派了人。咱俩只有一个"良民证"，真要叫他们一勺儿抓了去，那亏可就吃大啦。我算计着，小鬼子派人守着洞口不抓你，那是放长线钓大鱼呢。那就让兔崽子们守着吧，见有鱼还在水坑里扑腾，他们就不会太注意坑外的动静。现在你病着，先保你要紧。

佟国俊问，那你还想在这儿留到什么时候呀？

佟国良说，顶多一天一夜，好撑。不到天亮，小鬼子不放人进城，你就是这时候到了城门口，也只能等到天亮。你到家后，让你嫂子后天早上出城，我明天夜里下去，天亮在大营子等她，中吧？

佟国俊想了想，还是摇头，说这山洞子，眼下已是个死窝，小鬼子都守了好几天，耐性再大也有限，不定啥时就冲进来。咱哥俩一块下去，多少还有个照应。最好是哥先回家，让嫂子带"良民证"出城接我，天黑关城门前也赶趟。哥要是不下去，那我也留下，要死一块死。

佟国良听兄弟说得也有道理，便不再坚持。两人爬到后洞口，佟国良先将绳索一头缚在兄弟腰间，另一头在山石上拴牢，两手抓着一寸一寸往下放，待兄弟落地，自己再抓着绳索顺下去。经过这一番折腾，佟国俊的身子又烧起来，嘴巴里吐出的热气都烫人，软软地站不起身，大喘着粗气一个劲地喊渴。佟国良让他坐在乱石滩中等候，自己顺着山沟去找水。还不错，总算听到了潺潺的山泉声。他奔过去，先俯身喝了个饱，又两掌掬着往回跑。可巴掌里哪留得住水，没跑几步，已只剩了湿湿两手。情急之下，他便将小棉袄脱下来，浸在水里，然后提着往回跑。

小棉袄挺能吃水，挤出来落进佟国俊的嘴里，也基本让他喝了个饱。佟国良摸摸兄弟的脑门，高兴地说，这可挺好，都出汗了，出汗就能退烧。佟国俊也觉身上又有了精神，说大难不死，全靠哥啦。咱们这就走吧。佟国良将装粮食的细长布袋子又缚在腰间，还往兄弟衣袋里装上几把，说生的也抗饿，备着吧。佟国俊说，现在最要紧的是保命，这个……还是扔下吧。佟国良说，粮食就是命，扔不得。再说，身上多条布袋子，也能遮遮寒气。你没听说过那句话呀，赶上十冬腊月，大车老板盖鞭鞘，多条布丝都是好的。我眼下身上可缺了件小棉袄哇。

佟国俊心中惭愧，怎么忘了哥哥身上只剩一件布褂子了呢。时已入冬，又是大山里的后半夜，那种侵人不侵水的寒意比那隆冬时节还要甚上几分。

佟国良说，把手榴弹给我。那玩意儿拉了弦就能响吧？

佟国俊惊了一下，下意识地用手捂住腰间，说，哥拿这东西干什么？有我呢。

佟国良说，咱俩不能走在一块。我在前面走，走上百十步停下等你。等碰了头我再领头走。你总得让我手里有点抓挠哇，要饭的手里还抓根打狗棍呢。你手里不是还握着枪嘛。你要是听前面这玩意儿响了，赶快另找道走，千万别来救我。我听后面枪响，也跑。咱哥俩好歹得活下一个，对不？

佟国俊说，那就我在前面。

佟国良笑道，扯淡。你以为我让你跟在后面是逛景啊？要是让小鬼子从后面兜了底，更可怕。亏你还当过兵。

佟国俊心里默默赞许哥哥，要是也当了兵，肯定是个好兵，观敌料阵，利用地形地物，竟是无师自通。他将手榴弹插进哥哥腰间，还做了一下拉弦的演示，说，最险的关口已经过来了，咱哥俩一定都得平安到家，一根汗毛不许丢。

佟国良说，那当然最好，可越在这时候，越不能马虎大意。他将"良民证"塞到兄弟手里叮嘱，你病着，身子虚，还是你先进城回家。还有，手里有了这个，身上就什么都不能带了，都交给我。出了山，你找个牢靠的地方，把枪和刀也藏起来。等我出了山，手榴弹也不能带在身上了。

佟国俊交到哥哥手上的东西中，还有两片已写好的白布条，另加从鬼子站长手里缴获的那个钱包，不知是什么皮的，他摸着细细软软，做工也精致，没舍得扔，就留下了。佟国良将钱包里不多的毛票拿出来，塞到兄弟手里两张，余者放进自己怀里，然后搬开脚下的一块山石，将布条和钱包都压在下面，说这都是幌子，带不得了。转身走时，他又故作平静地拍拍佟国俊的肩头，笑着说，兄弟，哥要是有个山高水低，那娘儿俩可就交给你了。

哥哥的话犹如一道阴影掠过，似有不祥。佟国俊突觉心窝窝里有一股酸酸热热的东西涌上来，想哭，却忍着。他上前抱住哥哥，还跟哥哥贴了贴脸，说，哥，一定要小心！

哥哥脸上的胡楂子虽有些扎人，但不长，刮也是两三天前，可自己脸上的胡须却足有半月没刮了。哥哥拍了拍兄弟的脸，说，到了大营子，先去剃头棚把脸刮一刮。不然，这就是幌子。

茫茫夜色中，两兄弟相距百十米，一截一截地往山外摸。到了沟口时，高空中星星稀了，天已有点见亮，远方隐隐传来报晓的鸡啼。突然，前面传来哥哥的大声说话声，你说什么？我耳朵背，听不到。问话人的嗓门却压着，不知说了什么。哥哥再大声说，我是采药的，迷道了。前面的屯子是八家子吧？接着听到的就是人的奔跑声，不是一两个人，而是好几个，很杂乱。追赶的人不压嗓了，大声喊，站住！仍是跑，向着左首的山梁。枪响了，一声连一声，有手枪声，也有三八大盖。再往后，就是爆炸声，轰。是手榴弹，肯定就是那颗手榴弹！

佟国俊知道那声爆炸意味着什么，他记着哥哥的叮嘱，不可救援，保一个是一个。趁着还没有更多的宪警扑过来，他借着林丛的掩护，奔出了那道山沟。

关于那天的情况，《北口时报》说："日前，我地区宪警成功击毙反满附逆恶徒一名。据悉，此徒潜藏城西丛山洞穴中数载，终被查得踪迹并被宪警秘密围堵于洞穴中监视，以图再获同伙踪迹。恶徒在企图向山外窜逃时被巡山宪警追捕，窜逃无路，拉爆带在身上的炸弹而亡，并造成追捕宪警一死两伤。因亡命之徒身上没有良民证明，且面目和身躯都被炸得一片模糊零碎，姓甚名谁暂不可考。

但据宪警搜山时查获的写有'抗联一师'的白布条两片和日式钱包一件可证，一年前杀害北口火车站日籍站长及在辽阳地区杀害日本侨民的事件，均为此徒所为。"

佟国良在企图冲出重围时力争将追捕宪警引离，以掩护兄弟佟国俊安全撤离，中枪负伤后被宪警按伏于地时，拉响了手榴弹。就是在那一刻，他也没忘了把手榴弹送到脸颊前，自毁面容也完全是为了掩护兄弟佟国俊哪！

8

那天深夜，睡在炕梢的佟国良的儿子馗子被压抑的哭声惊醒。屋子里没开灯，从窗帘缝隙透进的微弱光亮中，馗子看到额娘歪着身子伏在炕沿的枕头上，正在痛哭，可嘴巴捂在枕头上，那声音虽悲痛，却不大。一个男人跪在地下，哭着说，嫂子，我知道我哥是为我死的……我知道……我知道……

拉线灯绳本是悬在炕头的，阿玛接了一截，在炕沿下钉了颗钉子，套上一个小木线轴，再将线绳绕过来，便在炕沿下任何一处都可以拉亮电灯了。馗子拉亮了电灯。跪在地心的男人受了惊吓一般猛地站起了身。原来是阿玛。阿玛为什么哭呢？阿玛怎么还给额娘跪下了呢？阿玛的眼神怎么不像以前了呢……

额娘也急忙坐起了身，看了一眼已站起身的阿玛，忙着擦了一把脸上的泪水，说想尿尿是不，自个儿下地，尿盆在墙角呢。

馗子没有下地，却扑进了额娘的怀里。额娘的泪水又下雨一样地淋下来，却没哭出声。馗子叫了声额娘，伸出小手给额娘擦。额娘又看了地心的阿玛一眼，说，你……阿玛病了，还烧着呢。快让你阿玛也睡吧。

原来真是阿玛。

馗子知道阿玛的陌生眼神一直没有离开自己。阿玛往前凑了一步，将馗子紧紧地揽在怀里，说这是我们佟家的根哪！

馗子感到了阿玛身上衣裳的冰凉，那手却是滚热的。他还从阿玛身上闻到了和以前不一样的味道。他从阿玛怀里挣脱出来，重新回到额娘的怀里。

额娘将她自己的被子往炕梢拉了拉，把馗子放进去，说不去尿，就睡吧。今晚跟额娘睡。

馗子闻到了被窝里额娘的味道，却冰凉凉的没有额娘的体温，可能是因为额娘还没睡下吧。额娘已有一段时间不搂着他睡了，还说他是大小伙子了，回归额娘身边让馗子感到慰藉。可这又是为什么呢？

额娘又对怔怔地站在地心的阿玛说，家里还有两片退烧的药，你吃下，就躺下歇着吧。是不是还饿着？我给你去熬碗粥？

阿玛没再说话，只是摇了摇头，就上炕了。竟然没脱衣，也没脱裤，就那般盖上了被子，只是将大棉袄压在了脚下。这也和以前的阿玛不一样。阿玛以前好脱光了睡，只留大裤衩，还说那是一等觉。馗子想跟阿玛学，可额娘不让，说小孩子不能露肚脐眼，那样容易着凉得病。

那一夜，馗子是睡在阿玛和额娘中间的，却好久好久睡不着。因为家中与往日不同，还因为额娘一直在哭，躺在被窝里仍在抽泣，只是忍着，不出声，但浑身都在抖。馗子还知道，那一夜，躺在炕头的阿玛也一直大瞪着双眼没睡，却一声也没安慰额娘。那两只眼睛亮亮的，似喷火，就像黑夜里随时要扑向耗子的大狸猫。

那年，馗子六岁了，虚岁。六岁的孩子虽懵懂，那一夜的记忆却深刻无比。

9

佟国俊从此在北口城内落脚了，他对外的身份是刘大年，是刘岳氏的丈夫，是馗子的父亲，是北口火车站货场的一个苦力。只能如此，别无他路。

那天，佟国俊出山后，先将子弹满膛的手枪和寒光闪闪的匕首藏在八家子村外的一棵大榆树的树洞里，又凭着此前的经验，估计小鬼子又要拉出警犬追捕，便仍是蹚水过河，先在大营镇理发刮去胡须。进城后，他没敢当即回家，而是进小饭店填饱肚子，再买了点药吃下，又凭着"良民证"住进了一家小客栈，蒙头大睡了半日。等到夜深，估计大杂院里的人已睡下，这才悄悄回家。一年前杀鬼子站长时，他已把大杂院附近的路径踩熟了。嫂子还没睡，坐在炕桌前独自糊火柴盒。门没闩，佟国俊轻轻推门而进。嫂子抬头看了一眼，两手仍在忙，说总算把你盼回来了，我心里这个慌啊！饿了吧，我这就去给你热饭。佟国俊轻声叫了声嫂子，双膝一屈，咕咚一声跪落尘埃。嫂子大惊，这一跪就什么都明白了，可她站起身，还在他身后找，你哥呢？你哥为啥没回来……

佟国俊不会没从六岁的侄子眼中读出疑惑。那之前，他只见过嫂子，却一直没见过侄子。嫂子是哥哥带到大营子集市上，专程去看从辽东大山里逃出来的兄弟的。那是和嫂子第二次见面，哥嫂结婚时，佟国俊还远在梅河口的东北军军营，好不容易带着小兄弟吕青林请了三天假，却有两天一夜都白搭在火车上和派出所里，赶回家时嫂子的喜轿已进了院门，为赶返回营房的火车，两人连喜酒都没来得及喝。那天，找了个僻静处，佟国俊恭恭敬敬地给嫂子鞠了一躬，说老嫂比母，兄弟拜见嫂子。嫂子说，我可没老，我比你们哥俩还小两岁呢。佟国俊说，这不能按年龄算。额娘被日本人杀了，嫂子不光要操持家务，服侍我哥和我侄，还要辛辛苦苦地给我缝衣筹粮，这和额娘在世时没两样，兄弟心里有数。这一说，几个人的眼圈都红了。佟国俊又说，啥时哥哥和嫂子再出城来，把大侄子抱出来让我看看。佟国良说，这个事就先放放吧。小孩子的嘴哪有个准儿，说出去不定惹出啥样的麻缠，还是等小鬼子滚犊子了再说吧。佟国良还特意叮嘱媳妇，说兄弟的事，不管对谁，一个字都不准露，就当根本不存在这个人，记住没？嫂子抹搭了丈夫一眼，恨恨地说，你越不让说我越说，有这么个好小叔子为啥不让我往外说？我见人就说，没锣我敲铜盆，我说我小叔子跟他哥长得一模一样，说我小叔子别的能耐没有，就敢杀鬼子，杀得那个狠，跟宰猪碾耗子似的。嫂子这么一说，兄弟俩都笑起来。佟国俊说，嫂子的性格真是好，怪不得我哥背后常夸。嫂子说，我看兄弟喜欢孩子的这个劲儿，也该抓紧娶媳妇了。我也盼着有个妯娌说说话呢。佟国俊笑着说，嫂子这话也撂撂吧。兄弟这辈子，不打走日本小鬼子，绝不娶媳妇。佟国良说,国俊这话说得是,不等小鬼子滚犊子,啥都白扯。

躺在哥哥先前睡觉的热炕头养病那些天,佟国俊一次次想起这些事。一切恍若昨天,一奶同胞的亲哥哥的音容笑貌宛在眼前,哥哥身上的味道也保留在被子里,人却阴阳两隔,连给哥哥送送行都不可能。哥哥是不折不扣为了掩护自己死的,他若不执意走在前面探路,他若不是故意将宪警引开,是不是不一定死呢?每每想到这里,佟国俊就热泪不止,痛不欲生。

佟国俊再一件悔恨不已的事便是没答应让哥哥留在山洞里。如果按照哥哥的安排,哥哥在山洞里躲一天,第二天夜里再下山,会不会哥俩就都平安无事了呢。趁着尴子去外面玩,他将心中的这个悔恨悄悄说给嫂子,嫂子抹了泪水安慰他,说可别瞎想了。要是你先一个人下山,被王八蛋们堵住,他们再上山把你哥也搜出去,那可更亏了。总算还跑出来一个,烧高香吧。

嫂子第二天头晌就出去了,说是买药,回来时,却用借来的手推车推回一面闸板。所谓闸板,类似于屏风,半人高,一人多长,多是用薄木板或胶合板做成,下面加两个木脚,正好隔立在火炕中间。那个年月北方的穷苦人家,人口多,房子小,多用这种简便的办法隔隔眼。嫂子推闸板进大杂院时,正好有一个邻居大嫂蹲在水龙下洗衣裳。院子里两个女人的对话,躺在炕上养病的佟国俊听得清清楚楚。

哎哟,你家尴子才多大,小屁孩一个。炕上立这么东西,不碍手碍脚哇?

哪还小,都七岁了。

哪七岁，前两天还说六岁呢，两天就长一岁？

六岁也啥都懂了。

那你就板着点。扛脚行可是四大累的活计，可别让大年累坏了，让他好好养养身板吧。

那你怎么不板着？嘀里嘟噜的，生了一个又一个，都赶上一帮猪羔子了。

哈哈哈，我服了，你这张嘴呀！

也不光是为挡眼。俺当家的这几天病了，总是心烦，嫌馗子在他眼前闹腾。早晚得添置的东西，就添下了。

当家得病就病了呗，还心疼地哭了呀？看你这眼泡肿的。

哪是哭的。他病了，传染了我。整天鼻涕拉瞎的，眼泡还不肿啊。

哥哥刚刚丧命，嫂子却要在人前强欢作笑，不光要瞒住邻居，还要瞒住儿子。嫂子这么做，跟哥哥一样，完全是为了保护自己。还有，家里挡块闸板，总强似让馗子隔在中间，那相当于给自己隔出个"单间"。佟国俊在心中感叹，怪不得哥哥常夸嫂子，果然是思虑缜密，确是非寻常女人可比呀！

虽是痛不欲生，却总得活下去，不为自己，也要为嫂子和侄子想想。哥临走时留下了话，已把娘俩托付给了自己。几天后，身体好了些，佟国俊对嫂子说，可不能再在家里躺着了，坐吃山空，我得去找点营生干了。嫂子说，还找啥？还是顶你哥的名到站里货场上去吧。说不去就不去了，反倒先让别人起了疑心。北口城才多大，这个馅儿可露不得。我已经去货场那边给你请了假，占着坑，只说你病了，病好就上班。佟国俊说，这个事我也想过，虽说我和我哥长得一样，生人乍眼看不出，可我哥的那些工友可不是生人哪。连尴子那么点的孩子看我的眼神都不一样呢。让他们看出来，毛病更大了。嫂子说，这一宗我也想到了。我还怕你一时辨不清你哥那些熟得不分里表的哥们儿呢。再有的，就是你眼下这体格，怕是也撑不住，那大麻袋包，二三百斤一包，还不把你压趴下呀，你也不能总用病刚好遮绺子（掩饰）。这我也替你想好办法了，先去车上小和物，不光活计能轻巧点，也能避开那些工友眼睛。扛脚行的那些人流动大，今儿我来了，明儿他又走了。你实在想去，总得混过一年半载，你身子骨硬实些了，跟你哥的那些哥们儿也多少混熟些。

小和物是日本话，就是行李房。票车上运的行李包裹，咋大咋沉也比不上货车厢上的麻袋包。以前佟国俊和哥哥闲聊时，也曾劝哥哥不妨另找轻松些的活计，常听说扛大个儿的人一口血喷出来，就一头栽下了踏板。可哥哥说，一家子好几口人张嘴等着嚼物呢，我还年轻，撑撑吧。佟国俊知道，一家人中，自己是一张最大的最能吃的嘴。佟国俊说，去小和物当然好，可能进去吗？嫂子说，豁出嫂子这张脸，也豁出点东西，人求人呗。车站派出所的所长叫龚寂，对咱中国老百姓还算和气，认识的人也多。我已经把出嫁时娘家陪送给我的一只镯子递上去了，说你的病可能是肺痨，不敢干太累的活，可一家人总得吃饭。那只镯是岫岩老玉刻，还是我奶奶出嫁时带过来的呢，估计值点钱。他挺认真地看过玉，接下了，让咱等等。等就等吧，正好你再养养身子。

佟国俊再一次由衷钦敬嫂子的大度与周密，女中丈夫哇！

半个月后，佟国俊去了北口车站的行李房，当了搬运工人，每天按着列车进站的时间去站台上接送行李，物件都不大，足以胜任。一年多后，他坚持着去了货场，嫂子也不再勉强。馗子一天天大了，正是长身体的时候，饭量已足比大人，还要进学堂读书，不能不想办法增收了。卖苦力讲计件，总能挣得多些。

那几年，可能是佟国俊一生中过得最平静的几年。他不能忘记哥哥的嘱托，他要保护嫂子，他要将侄子抚养成人，而要完成这两项任务的前提就是要确保自身的安全。所以，他只好压下冒险杀鬼子的念头，暂且把自己当成一个没了反抗之心的"良民"，安心养家糊口。勇猛的豹子为了活命，有时也要像兔子似的伏在草丛中，任凭猎物大摇大摆张牙舞爪地从眼前走过。

当然，蛰伏的那几年也是佟国俊的心性最受煎熬的几年。国恨家仇没彻底了断，小鬼子还在中国大地上肆虐，而且铁蹄不光踏遍了关东大地，还踏向了中国的半壁江山。佟国俊为心中这与日俱增的仇恨直咬得牙根嚓嚓作响，哥哥硬扎扎的胡楂子仿佛又贴在自己脸上，妹妹伏在父母尸体上哭叫哥哥的声音依稀在耳畔回响。在梦中，佟国俊梦到最多的就是自己藏在八家子村外树洞中的手枪和匕首，醒来，便再难入睡。都还在那个大榆树树洞里吧？什么时候我才能抓枪在手再去爆小鬼子的脑壳呀！什么时候我才能手执利刃去割断那些兔崽子的喉咙啊！他曾多次动过出城去看看的念头，起码那枪那刀也该擦一擦了。但转而又想，还是算了吧，刀枪在手也带不进城里来，若为这事露出马脚，可就太不值了，不能再让嫂子和侄子担惊受怕呀。

半年前，我再次去北口查阅档案和资料，住进宾馆时，在当天的《北口时报》"社会"栏目里读到一条消息。消息说，日前，我市某村乡镇企业在西郊八家子村附近扩建厂房砍伐树木时，无意间在一棵百年老榆树树洞里发现一把手枪和一柄匕首，均已锈蚀斑斑。手枪弹匣内还装满子弹。这不由得让人想起电影《小兵张嘎》中的故事。据专业人士辨识，这把手枪为日本制造九四式，是二战时期侵华日军为战车乘员、汽车兵、飞行员等重要而非直接地面战斗人员所装备的自卫性武器。八家子村年近九旬的老年村民说，当年日本人侵占东北时，山里确曾有过抗日勇士藏身，并与日伪人员发生过小规模战斗。据此分析，手枪和匕首或为当年抗日勇士撤离时藏匿于此。

也许，记者对战争的了解与认知只限于影视剧，他哪里会知道真实的场景曾是怎样的血腥与惨烈。

那枪和匕首也许就是佟国俊逃出大山时藏下来的吧？

10

尴子对那一夜回到家里就与以前不一样的阿玛的疑惑与日俱增。第二天，额娘买回了闸板，并立即横在了本不大的小炕中间。他问额娘，立这个干什么？额娘说，你阿玛病了，嫌烦，要安安静静地休养。这似乎也对，那就养吧。但日子不长，阿玛的病好了，闸板也没撤去。额娘为糊火柴盒，夜里睡得更晚了。见尴子熬不住，她便先将尴子的被子在闸板另侧铺好，安顿他在炕梢睡下。可尴子夜里起夜时，却发现额娘也睡在了闸板这边。以前可不是这样的，以前额娘都是紧挨着阿玛睡，有时还会钻到阿玛的被子里去，还说阿玛被窝里热乎。有一天夜里，馗子被额娘的呻吟声惊醒，刚喊了声额娘，额娘的呻吟立刻停下来。馗子问额娘怎么了，额娘答，我肚子疼，让你阿玛揉揉，快睡吧。因为额娘不再睡在阿玛身边的事，馗子以前也问过，额娘说，我烦你阿玛打呼噜，牛似的。馗子问，牛夜里打呼噜吗？养牛的说老牛都是夜里倒嚼（反刍），不打呼噜。额娘笑着打了他一下说，那就猪似的，行了吧？可额娘以前怎么不烦呢，还说听不到阿玛的呼噜睡不踏实呢。

阿玛的再一个变化是爱看报纸了。他从车站回来，常带回一些捡来的报纸。阿玛以前也捡，但很少看，都是往灶门前一丢，留给额娘点炉点灶时当引火。可现在阿玛不光看起来没完没了，有时还会为看过的什么东西高兴，抱起馗子在脸蛋上猛亲，还用胡楂子扎他，说少帅，到底是我们爷们儿，没串种！当然，更多的时候，他看完报纸就生气，还骂娘，有一次，一脚踢飞了小板凳，把凳腿都摔折了。高兴那次是馗子六岁的时候，冬天，外面冻冰了。馗子借着阿玛的高兴劲，求他做个冰杂。阿玛立刻答应了，还不知从哪里带回滚珠和黑色的胶皮套。滚珠嵌在冰杂的底部，听说胶皮套是火车上做制动连接用的，冰杂套上这东西，抽起来就不光转得又稳又快，劲头也大，一下就把别家孩子的冰杂远远撞开了。阿玛踢飞凳子那次是下年的夏天，阿玛骂，他奶奶的，这癞蛤蟆的嘴也太大了，吞下一只肥兔子，还想再吞一头牛哇！小心早晚撑死它！馗子那时还没上学呢，要是识了字，就会知道报纸上说的是西安兵谏和卢沟桥事变，都是国家的大事。

再一个明显的不同，便是阿玛对额娘温和多了，或者说温顺、恭敬更合适。以前，虽说阿玛也很少对额娘吹胡子瞪眼，更别说像大杂院里别家男人那样动不动就仗着胳膊粗力气大打女人，但偶尔发发脾气的事也是有的。阿玛发起脾气来是光生闷气不吃饭，有时还得额娘低眉顺眼地去哄他，好像他也是孩子。可自那夜之后，阿玛就再没发过脾气，有时生起气来也是因为家外面的事，完全跟额娘或馗子无关。比如阿玛以前吸烟，抽自己卷的老旱烟，额娘叫它蛤蟆癞，一颗接一颗，抽得屋子里跟熏獾子似的，呛得额娘不住地唠叨，有时气不过，数九天也把窗子大打开放烟。可自那夜以后，阿玛只要看额娘和馗子在家，就再不在屋子里抽烟了，烟瘾上来实在憋不住，也是去门外。夏日里出去抽烟没的说，连纳凉落汗都有了。可大冬天的，阿玛抽完烟回屋，就冻得直搓巴掌跺脚。额娘说，想抽就在屋里抽吧，可别冻感冒了。阿玛只是一笑，说了声这小北风是挺硬，就拉倒了。

七岁那年，馗子上学了。学校里有中国的小朋友，也有日本的孩子。有一天，教日语的老师说，是满族、蒙古族、朝鲜族的同学请站起来。有同学问，满族是什么意思？老师说，就是旗人，旗人是"满洲国"皇帝最亲最近的子民。有些学生站了起来，馗子也站了起来。老师又说，你们要和日本同学友好亲善，大和民族永远是你们坚强的靠山。馗子听了这话，又坐下了。老师问他为什么坐下，馗子答，我妈妈是民人（汉族），我觉得当民人也没什么不好。馗子回家说了这事，阿玛抚着他的脑袋夸奖说，这小脑瓜，没白长。答得好！

对额娘性情温和再不发脾气的阿玛有的事也做得让馗子很是不解。他八岁那年的夏天，额娘的腰突然疼起来，连带着膀子也疼，疼得在炕上直打滚。阿玛急得在地心搓巴掌，让馗子快去找邻家的大妈。大妈来了，骑在额娘背上，在喊疼的地方好一阵揉捏，又对阿玛说，我小姑子前一阵也得了这毛病，去医院看过，大夫说是腰椎出了毛病，叫什么腰脱，就是脊梁骨有点错位。我小姑子是好打毛衣，整天整天地坐在那儿打。你媳妇是坏在糊火柴盒上，哪有没日没夜总坐在这儿糊，不要命啦？这个病也没个什么太好的办法治，有钱人是去找人按摩，有的还做做牵引。咱们没钱的，就让家里人多给揉揉捏捏吧。来，我教教你。阿玛红头涨脸地嘿嘿笑，扭捏着就是不肯上前。大妈说，老夫老妻的，孩子都这么大了，还有啥磨不开的，还没等你媳妇生孩子下不来奶让你给揉奶子呢。趴在炕上的额娘说，我以前也疼过，他也给我揉，是我不让他揉了。我怕他没轻没重的，再把我按坏了。大妈说，又不是让他扛大包，小点劲还不会呀。行了，我家里还有事，你让他多给你揉揉吧。往后，这火柴盒还是少糊点吧，啥钱都不好挣。邻家大妈走了，阿玛却仍没给额娘揉，反倒让馗子学着大妈的样子，骑到额娘背上去。后来，就见阿玛将擀面杖头上裹了毛巾，再用细绳捆牢，用那头充巴掌，在额娘背上又是揉又是敲的。额娘还夸他的办法好。

时光荏苒，不觉几年时光过去。小孩子对生活中的差异和变化，感觉是粗糙的，就像小孩换牙，掉下一颗，又长出来，慢慢就淡忘了，也习惯了。馗子再记得的一件事是，有天家里吃饭，阿玛说，要不就另租处房子，换个两间的吧。额娘说，也不光是钱的事，这院子住熟了，人熟是宝哇。换个地方，谁知碰户啥样人家。阿玛听额娘这样说，只是一笑，便再不说什么。以前可不是这样。以前家里的事，都是额娘管门里的，阿玛管门外的，像租房子这样的事，自然是该由阿玛拿主意，额娘也乐得背靠大树好乘凉。

　　馗子记得最清楚一辈子忘不了的事，是他十岁那年，深秋里的一夜，天都快亮了，他在热被窝里睡得正香，忽听房门被咚咚地敲响，还有人大声吆喝，开门，快开门，查户口。睡在身旁的额娘急起身，一边卷铺盖一边附耳对馗子说，不管谁问啥，你都说睡着了，不知道，记住没？额娘将铺盖送到闸板另一侧阿玛旁边，又回身悄声叮嘱，要是问家里怎么睡觉，你就说一直这么睡。馗子揉着眼睛问，为啥呀？额娘说，不这么说，额娘和你阿玛就得被抓走，没命了。这话说得很严重，十岁的馗子不会记得不扎实。家里添了闸板后，院里的叔叔或大妈（伯母）们也曾不时笑嘻嘻地问馗子，你家有了闸板，夜里是怎么睡觉哇？小馗子知道那神情后面跟着的没好话，常是应了一句你管不着，就跑开了。那些叔叔和大妈常在背后笑哈哈地骂，这小人精！

　　门开了，查户口的人冲进来，两个穿黑衣服的警察，还有一个穿黄色军装的日本兵。日本兵端着枪，不说话，枪上的刺刀寒光闪闪，吓得人不敢说话。一个警察看过额娘和阿玛的"良民证"，问，家里几口人？额娘说，三口，两口子带个孩儿，不是都在这儿嘛。警察又问阿玛，你前半夜跑哪儿去啦？阿玛自起身就一直披着衣服端坐在炕头，还慢条斯理地卷起老旱烟抽起来，说扛了一天大包，腰都直不起来，我不趁早歇乏还乱跑什么。黑狗子警察伸手去额娘的被窝里摸了摸，说既是两口子，为什么还分开睡？阿玛冲着地下呸了一口说，回家问你爹你妈去，是不是老帮嚓咻眼的还总往一块黏糊？警察尴尬地干笑两声，说要真是两口子，那你就摸摸你老婆的奶子给我们看。阿玛肩膀一抖，把衣裳甩了下去，厉声骂道，没脸没臊的东西！日本兵挺着枪刺逼过来，嘴里叫着八格牙路。事情越发地吓人了，额娘上前一把抓住阿玛的手，贴在自己胸前，冷笑道，人家"皇军"在家就讲究看这个，他娘他姐的都看，人家在家没看够，那就再给他看看。站在旁边一直没说话的另一个年龄大些的警察说，哟，我想起来了，这两口子我还真认识，错不了。这爷们儿是叫刘大年吧？前几年去车站小和物卖劳力，还是我给说的话呢。要是怕叫不准，把院里人再叫来两个，一认便知。

看来这个警察还不错，关键时刻，能替中国人说话。十岁的馗子对这个人心存感激。

查户口的撤去了，又去院子里其他人家闹腾。额娘和阿玛仍呆呆地坐在那里，谁也不看谁，也谁都不说话。院子里又狼呼鬼叫地闹腾了一阵，总算安静下来。邻家的大妈跑过来敲窗子，问，他婶，看你家灯还亮着，没睡吧？额娘说，哪还睡得着。门没关，有话嫂子进来说吧。邻家伯母进了屋，脸上竟是掩饰不住的兴奋，低声说，听说没，城里协和医院那个作恶的鬼子大夫叫人给灭了，就是今晚的事。额娘惊喜地说，真的呀？大妈说，是那个姓龚的警察临出院门时亲口对我说的，还说让我转告大家一声，说日本人急眼了，这两天没什么特别要紧事，少上街，也少议论。额娘说，这可是恶有恶报。邻家大妈说，可不，要是再有这样的事，就是夜夜来查户口都高兴。

邻家大妈说还要去告诉别家，走了。额娘起身去送，顺便关了房门，回来时，竟重重地望了阿玛一眼。那眼神挺怪异，有惊愕，有惊喜，还有探询，也让馗子刻骨难忘。阿玛的回答是重重地抹搭下眼皮，似乎还微微点了点头，然后就拉下了灯绳，说睡吧，总算睡个踏实觉。

黑暗中，额娘又把铺盖抱过来，躺在了馗子身边。馗子知道额娘并没睡着，还伸过胳膊将馗子紧紧地揽在怀里，隔着被子，馗子也感觉得到额娘的心跳得很紧，像打雷，又像捶鼓，咚咚的。可阿玛那边却果然睡得踏实，很快打起呼噜了。

这一阵闹腾，让馗子想起夏天里的一件事。夏日天正热，院子里的人好在晚饭凑到院心去，摇扇了喝茶水扯闲篇，直等暑气消退一些后才回屋。那天，一位拉黄包车的叔叔说，协和医院今天可热闹起来了，围得人山人海。听说是有个中国小伙子半月前住进了医院，只是因为肚子疼。日本大夫说要住院检查，家人同意了。那户人家在城里开了两家店铺，还是有些钱的，不然也不会把小伙子往日本人开的医院里送。前两天，日本大夫说小伙子必须手术，不然性命难保，家里也同意了。没想，小伙子不光没下得手术台，连尸首都没让家里人看到，家人看到的只是骨灰盒。日本人给出的解释是，死者生前患有传染病，为防扩散，必须火化。可在医院里当护士的中国人偷着对外说，那晚，进了手术室的大夫、麻醉师和护士都是日本人，中国医护人员连边都不让靠。只是手术失败后才让中国护士去收拾病者遗体。护士留了心眼，特意注意了遗体腹部外侧，那两个长长的刀口只能是做肾脏手术才会留下的。据说有些西方国家的大鼻子大夫们已在做肾脏移植实验，暂时还没成功，日本人怕落在后面，极可能是拿中国人做了活体实验，就是把那个小伙子的腰子生生摘下去，另给别的肾脏有毛病的病人安上去。至于那个小伙子事先所住的十多天院，是因为日本大夫要先做肾脏配型，好比木匠干活，卯和榫对不上，也是扯淡。小伙子家属听了消息，自然火气冲天，带上许多亲友去了医院，只让把遗体交出来。日本人看事不好，连宪兵队都调上去了，还架起了歪把子机关枪，说谁敢破坏"日满亲善"，再不撤离，就死啦死啦的。

虽是暑日，可黄包车叔叔的这番话还是说得院子里的人直觉脊梁骨飕飕冒凉气。有人说，这事要是真的，可就太作孽缺大德啦，别说是大活人，就是让咱们从小猫小狗身上生生地割下点啥，怕是也没谁下得了手。一个捡破烂的爷爷说，这还有什么假的。我听黑龙江那边的亲戚说，日本人在那边专门办了一个什么研究所，高墙刺网围得外三层里三层，只见用汽车往里拉中国人、朝鲜人，还有老毛子俄国人，却从没见一个活着出来的。你们说那些人哪儿去了？小鬼子就是畜生，比豺狼还狠呢。有人说，听说人身上都长着两个腰子，有一个也能活，为啥把人家两个都摘下去呀？捡破烂的爷爷冷笑说，做下这种丧尽天良的事还能让你活下来？灭口呗。

那天，馗子一直坐在阿玛身旁。阿玛听人们这般议论，一直没吭声，馗子只听阿玛把两个巴掌捏得嘎巴嘎巴响。好一阵，阿玛啪地拍死一只蚊子，一边将蚊子血往鞋底上抿，一边看似漫不经心地问，知不知道那个主刀的日本大夫叫个啥？

黄包车叔叔说，好像是叫龟野一郎吧，四十来岁，泌尿外科的。我听坐黄包车的人说，那东西治尿毒症啥的还挺真拿手，有一套，在世界上都有一号的。

阿玛笑说，不管得啥病，咱还是信中医的吧。慢就慢点，总比让人家下黑手夺了性命强。

夜里查户口的事过去没两天，馗子听学堂里的一个日本孩子说，医院里死的那个日本大夫确叫龟野一郎。那天，龟野值夜班，半夜时死在了值班室里，被人发现时，身子都硬了。杀龟野的肯定是中国人，会中国功夫，没用刀，也没用枪，只是将龟野的脑袋一拧，颈椎就断了。馗子是在饭桌上跟阿玛和额娘说起这个事的，他问人身上哪儿是颈椎，说那个小日本崽子还骂中国人没良心，早晚得死绝。哼，是谁没良心？那个龟野就该死！死绝的不定是谁呢！我真想跟他打上一架。阿玛将鸡蛋羹一匙接一匙地舀到他碗里，说拌拌，多吃点饭。额娘拦阻说，中了中了，你还得去扛大包呢。阿玛又对馗子说，谁该死绝那是大人们的事，你小孩子别掺和。

十岁少年馗子眼中的阿玛，是年过八旬的爷爷亲口对我说起的，那天，爷爷的精神状态不错，我相信，不会有错。

11

佟国俊以亡兄佟国良（刘大年）的名义生活在北口，凭着力气养家糊口，辛苦，劳累，似乎也平静。可他的内心是难得安静的，日本人欠下的累累血债，逝去的都是他的至亲骨肉，那个仇恨是深深地刻在骨头里的。可为了嫂子，为了侄子，他只能忍着，忍得极其痛苦。有时在街上，看着日本宪兵耀武扬威地走过，或看到某个衙门口木桩子似地立着站岗的日本兵，他一次次设想，如果采用猛虎下山之势，出其不意，用不了十秒钟，足可结果了那只豺狼的性命。可袭击之后怎么办？自己搭上一命不足惜，可嫂子呢，还有侄子，那是佟家仅存的根脉呀！在报纸上，他知道国民党和共产党又一次合作了，停止内耗一致对敌了，这太好了，真的太好了。豺狼咬住一头牤牛的命脉，可能会致牤牛于死命，可一群牤牛扑上去，不说用犄角顶，踏也会踏烂它们。他从报纸上又知道，日本人偷袭了珍珠港，美国宣布和日本开战了。这也不错。如果把中国人比成一群牛，勤劳、厚道，不惹急眼了不伤人，那美国人可就是一头猛虎，你敢去捅他的猫蛋试试，他不回头咬死你才怪。老虎咬，群牛踏，豺狼作恶的日子也该到头啦！

虽住同一屋檐下，在邻居面前又是以夫妻的面目出现，嫂子又比自己小两岁，但佟国俊对嫂子一直敬重着。老嫂比母，小嫂也当比母，事嫂更须比同孝敬母亲。嫂子不光是至亲之人，还是自己山高海阔的恩人。如果说异姓男女住在一起，就会生出一些别的想法，那是扯淡。别人家的事姑且不论，但在佟家，嫂子在佟国俊的心目中，就是至高无上的神圣，岂可来得丝毫的轻慢与亵渎。

但佟国俊毕竟是肉身凡胎的年轻人，拧断了鬼子大夫脖子那一年才三十出头。人年轻就会有欲望，那是上天的赐予，尤其是在衣食基本无虞，生活又相对平静的日子里。佟国俊欲望的关注点是一个叫陈巧兰的姑娘。陈巧兰的哥哥在车站货场外开了一家小饭店，主要是卖包子，陈巧兰来小饭店帮忙。哥哥在城外还有几亩菜地，每天头晌要和嫂子在菜地忙，傍晚时才会来店里，那时的客人多，前堂后厨的，陈巧兰一个女孩子照应不过来。货场里的苦力时常因忙着装卸车皮，随身带的干粮又吃光了，饿得受不了，就来小饭店垫补，一盘包子一碗甩袖汤，大肚子汉们风卷残云，顷刻告罄。

佟国俊来小饭店比别人更多些，也不光是为充饥，有时也借着垫补的由头，想多看上陈巧兰一眼。他不光喜欢陈巧兰那充满青春活力的身体和有着一双杏眼的笑靥，尤其喜欢她的勤快、开朗与大度。有时弟兄们来吃饭，走时尴尬地翻找不出票子来，陈巧兰便会笑着说，大哥再找，就让我脸红了，往后多来两回，啥都有了。弟兄们赊账的事也常是有的，却从没见过她追着讨要过。苦力歇息时嘴不闲，不时有人说，谁要是能把那丫头娶进家，可是八辈子修来的福分。

陈巧兰二十岁那年，有天后晌，佟国俊又来到小饭店。那个时辰，饭店里比较清静，只有几个拉脚人围坐在餐桌前。陈巧兰见佟国俊进门，便说，大哥，你先坐着喝茶，我就来。那几个人却不让她走，说别走哇，我们哥几个还没乐和够呢。陈巧兰说，大叔大哥们还想添什么，请吩咐就是。一个红脸汉子说，我们就想添上你，快坐我身边，陪我们喝两盅。陈巧兰转身欲走，说大叔喝多了，我去给你们做碗醒酒汤。没想红脸汉子一把抓住陈巧兰的腕子，说爷们肚里的汤水正多得想往外冒呢，让我给你浇浇，保准你这朵花开得更鲜灵。陈巧兰正色道，请大叔放尊重，松手！桌上又一个黑脸汉子趁机抓住了陈巧兰的另一只手，嬉笑说，他放我还舍不得放呢。

佟国俊实在看不过眼，便起身到了那桌前，随手拉只凳子，紧挨着红脸坐下，抓起了桌上的满满一杯白酒，说几位大哥想找人陪酒，那我来。快放开人家姑娘。黑脸怪笑，哎哟，你怎么知道她是不是姑娘？红脸则低头看了看自己裤裆，说我裤子扎好了呀，怎么还露出这么个东西？在众人的怪笑声中，佟国俊一仰脖，将一杯酒都倒进了嘴巴，起身去了墙角，将一块砖抓在手里。几个汉子见状，呼地都起了身，有人还抄起了凳子。佟国俊站在众人面前说，各位大哥，咱们中国人活得够窝囊的了，可别再自己祸害自己啦。我不想打架，自己给自己一下，行不？说着，他双手甩起砖头，照着自己头顶就是一下。砰，砖头粉碎，四散溅落。那帮人目瞪口呆，转眼间便夺门而去。气得陈巧兰追过去喊，你们还没交酒钱呢。那个红脸汉子跑回来，丢下几张票子，还说了声抱歉，又跑了。

这一手，好多年没练，未免手生。佟国俊只觉头顶先是火辣辣地疼，接着便有两道血流蚯蚓似的顺着脑门往下爬。陈巧兰把佟国俊扶进了后屋，那是她自己夜间住的房间，挺小挺小的，除了一铺小炕就没多大闲地方了。陈巧兰让他坐在炕沿上，自己忙着找包扎的东西。佟国俊说没那么娇气，要是有碘酒或红药水，抹抹就行了。陈巧兰说，跟那帮痞子，大哥何苦？开饭店，这种人我见得多了，二两酒下肚，就要酒疯。佟国俊说，都是看着他们也是中国人，我这就够忍着了，不然，我叫他们满地找牙。

陈巧兰给佟国俊抹红药水，还轻轻地吹拂，一再问是不是杀得慌。佟国俊闻到了她身上的油烟味，还有淡淡的体香。他问，妹子，有句话，不知当不当问。我算计着，你今年有二十了吧，可是不小了，为啥还不找个婆家？

陈巧兰退后一步，俊秀的脸庞突然间就红涨起来。她低头说，我爹我娘死得早，我哥我嫂帮我找过几家，都是我不愿意。大哥……有句话……我只跟大哥说，其实……我心里早有了一个人……

佟国俊心里动了一下，问，那个人是谁呀？他知道你的心思不？妹子要是脸皮薄不好说，大哥乐意去帮你透个话。

陈巧兰仍低着头，脸蛋越发比红药水都红了，我说了……大哥可不许笑话。

你说吧。佟国俊应道。

陈巧兰的回答让佟国俊顿吃了一惊，她说，我心里的那个人，其实，其实……就是大哥你。

佟国俊猛地站起身，妹子，这个玩笑可开不得。我……我是有家有口的人，我儿子都十来岁了。

陈巧兰仰起了头，目光逼过来，射着灼人的炽火，才不是。你不是刘大年。你是大年哥一对双的兄弟吧？不然为什么长得这么像。

佟国俊大惊失色，上前一把捂住了陈巧兰的嘴巴，妹子，这话可不能瞎说，你还想不想让大哥活命啊？陈巧兰一语道破天机，那个秘密与一家三口的性命相关，换了谁，也再难把握住分寸。

可一声"想不想让大哥活命"，就等于认了账。陈巧兰趁势搂紧了佟国俊的腰，把脸贴在他胸脯上，喃喃地说，我自打十五岁来到这小饭店，就认识大年哥了。虽说大年哥也是大好人，可你跟大年哥还是不一样。你看我的眼神里是蹿着火的，虽说你什么都没说，可我看得懂你的心思。你看人看事的眼神也不一样。我不知道你的名字到底是个啥，可我知道你是个爷们儿，是想大事干大事拿得起放得下的人，我喜欢这样的男人。还有，大年哥左腿肚子上是带着伤的，挺长挺深的一条，是我刚来那年他干活时被钢条划下的。他一瘸一瘸地来到这里，让我帮着洗，又帮着找药包上了。那年我还小，血糊拉的，吓得我直哆嗦，大年哥还一再安慰我，说不疼，没事。夏天时你有时也卷起裤脚，露出腿肚子，你腿肚子上哪有那道疤呀。那么长的一条，还能消得一点痕迹都不留哇？再说，我还特意去过你家，先是跟在你的身后走进了老城里的那个大杂院子，后来就装作哪家买包子我送错了门。家里糊火柴盒的女人看样子是你媳妇，可我猜不是，炕上立的那个闸板不可能只是挡家里孩子的……

佟国俊听得心惊肉跳无言以对。哥哥腿肚子上有伤，他是知道的。从小和物转去货场时，嫂子也提醒过他。所以，在货场，无论冬夏，他从不卷起裤腿。下工后工友们拉着去洗大澡塘，他也不去。但独自坐进小饭店，他就忘了那个茬儿。暑热伏天，卷起裤腿自是凉快，却哪里想到这里还有一双格外关注他的眼睛呢。

佟国俊说，妹子，咱俩其实是见过面的，那时你还小，可能不太记得了。

陈巧兰应道，妹子哪能忘。八家子那次也是救命之恩哪！那以后，我曾多次进山沟里找大哥，却哪里找得到，我想起大哥那次分手时郑重叮嘱我，不要说见过我这个人，还说，对任何人都不要提起你，我就多少明白些了。后来，八家子外那条山沟里又发生了那个事，一个大哥拉响了手榴弹，听到消息，我还专程去山里看过那个人的尸首，虽说心里也很难受，但看出不是你，我的心才安定了些。后来，我就不在家搞小开荒了，而是来城里随我哥开饭店，从心里说，我是一直在找大哥呀。我一直没敢认大哥，就是怕大哥又有什么为难遭窄的事。

心仪已久的姑娘偎在怀里，又说了如此动人心魄的贴心话，让佟国俊不知如何是好。正巧，小饭店里来了客人，在外面大声喊掌柜的，陈巧兰淘气地将满是泪水的脸颊在佟国俊衣襟上擦，又拢了拢头发，大声应来了来了，就跑出去了。

12

男女间的事，犹如一层窗户纸，捅开了，双方或退避三舍，或干柴烈火如胶似漆。都是初涉情事的佟国俊和陈巧兰自然是属于后者。自那次说开后，壮年雄豹一般的佟国俊若货场里后半夜没活，便会悄悄地闪进小饭店。两人有暗号，陈巧兰听了窗响，便会放雄豹进门。夏日里，赶上休班，雄豹会出城去郊外，陈巧兰也会如约关了店门赶过去。两人的第一次，就是在小饭店的后屋里。三十出头的雄豹子，竟笨笨拙拙找不到门路，就像刚上套拉犁的小生牯子，愣头愣脑，还是陈巧兰顾不得羞涩引导了他。事毕，陈巧兰知他还是童子之身，佟国俊也看到了留在褥单上的那一片红，两人竟是抱在一起好一阵痛哭。哭过，两人又双双下地，跪了天，跪了地，又给已不在人世的父母高堂叩首，夫妻间还行了对拜礼。那是一场只有两人的婚礼，悄无声息，却隆重虔诚，里面还含着悲壮的味道。佟国俊说，当初既知我不是刘大年，若密报给日本人，那就是赏金大大的给，连嫁妆都有了，还不比烟熏火燎地开个小破饭店强啊？陈巧兰用指尖狠狠地掐佟国俊胸脯上的肉，咬着牙齿说，那哪比让我亲口活嚼了你过瘾解馋。在陈巧兰面前，佟国俊已无任何秘密可保，自然就把杀鬼子那些事都说给她听。陈巧兰听得热泪横流，越发死死地抱住佟国俊，说这才是我男人，我早看出我男人不是个馕糠的蠢货。又说，爹，娘，你闺女没能耐，可你们姑爷一点不比打虎英雄武二郎差，他此番露面，就是专来给你们报仇啦！

陈家祖上是从河南跑关东过来的。陈巧兰十岁那年，爹娘赶着小驴车去大山里走亲戚，正赶上日本兵骑摩托顺着山道冲下来，毛驴子受了惊吓，连人带车都翻到山崖下去了。细算算，陈家二老丧命的那一年，跟佟家三口惨遭杀害的时间差不多。这王八蛋的小鬼子，究竟是欠了中国人多少血债呀！

隔年入冬时的一天，休班在家的佟国俊站在门外一连抽了好几颗老旱烟，再回屋时，就红头涨脸地对糊火柴盒的嫂子说，嫂子，这回我没辙了，人家姑娘怀孕了，可让我这个爷们儿怎么好哇？

嫂子怔了一下，头却没抬，好一阵才说，那有啥为难的。明天，咱俩就正儿八经地去办个打八刀（离婚）手续，然后你另租间房子，把她娶进来，让她踏踏实实地生。你早该娶个媳妇了。那姑娘不错，我特意去小饭店见过，长相和能干那股劲，都配得上你，能跟你过上一辈子。

这回轮到佟国俊发怔了，原来……嫂子啥都知道哇。

嫂子停下手里的活计，抬起头，淡淡地笑了，除了我，别忘家里还有一双眼睛呢。馗子不小了，十一了，啥不懂？放伏假的时候，他去城外捉蛐蛐，看你出城，就一路跟了去，还亲眼看见你带着姑娘钻了高粱地。馗子回家就跟我哭了，哭得嘀里吐噜的，说阿玛不正经，跟那个女人扯哩哏楞。我骂了他，说你阿玛出城替人办事，跟我说了，他钻高粱地是图抄近道，你屁大的孩子胡咧咧些什么。尯子还想跟我犟，我就给了他两巴掌，打得我心里直疼。

佟国俊越发吃惊不小。身后跟着人，自己竟一无所知，呸，还当过侦察排长呢。是不是当时自己的心思都在陈巧兰身上了，就情迷心窍，活该如此呢？

佟国俊说，嫂子的主意，我也想过，可巧兰不同意。她说我要一休妻另娶，那就招人眼了，不定让别人猜想出什么来，真要再把别的事勾起来，报告给小鬼子，就更悬得大发了。她说她宁可让人们骂她大姑娘养孩子丢人现眼，也不能把我往小鬼子的刀尖上推。

要照这么说，这个陈巧兰就更是咱们老佟家的人啦，心气够用，想得远，也看得开。嫂子想了想说，那就这样，哪天我去找个医术高点的中医郎中，开服堕胎的药，但这就让巧兰多少遭点罪了。对外，只说她病了，连对她娘家人暂时都不能讲实话。休小月子那几天，我去帮照看小饭店，一顺手地连她也侍候了，中吧？

佟国俊心里的石头落了地，忙着打拱向嫂子致谢，说嫂子就是救苦救难的菩萨。都是兄弟不着调，才闹得猪八戒要生孩子。

嫂子呸道，少扯，你才是猪八戒呢。人吃五谷杂粮，谁没个七情六欲。要不是小鬼子来祸害，你的孩子也该有尯子大了。就是你不盼着娶媳妇，我还盼着有个妯娌说说话呢。又说，一会儿我就去巧兰那里。要是没有什么特别要紧的事，这些日子你可别去，人多嘴杂，不可不防。真有什么情况，我自然会跟你说。

一天云散。自那以后，虽说佟国俊和陈巧兰免不了还会有亲热，但都克制多了。尤其是陈巧兰听了佟家嫂嫂的暗中叮嘱，教她如何躲避可能踩雷的日子，确是立见成效，再没招惹麻烦。这期间，陈家兄嫂似乎也听到了什么风声，一再给陈巧兰找婆家催她速嫁，陈巧兰只是不从。催得紧了，陈巧兰便是又哭又闹，甚至以死相逼，说小饭店还是你们的，我又不是想贪占你们的产业，赔了赚了都有账可查，怎么我凭自己一双手挣口饭吃都不行？兄嫂无奈，也就只好由她去了。

这般过了一段日子，趁家里没有馗子那个机灵鬼时，嫂子又说，家里似这样，一家不一家，两家不两家，总不是个长久的办法。前两天，大杂院里他马婶说北口城里八大户有户有钱有势的人家在招老妈子，她去试了试，没想因为她是回族，吃喝上的忌讳太多，没试成。听她回来说了这事，我就想，我要是去外边吃住，每月还有些收入，日子总会好过些。再说，我腰上落下的这腰脱毛病也弄得我有点怕了，听大夫说，这毛病还真没什么立竿见效的好办法，想叫腰不疼，最好往后离那个小炕桌远点，连女人爱做的织呀缝啊的活计也尽量少做。我寻思，要是去当老妈子，虽说也是劳累，但毕竟比那总坐在小炕桌前不动窝强点。听说眼下当老妈子也有假，隔个十天八天的，当家的总会放人回家看看。再说馗子也大了，你愿意给他做，你就受累；你若嫌烦，就让他去外边小铺吃，也花不了多少钱。家里有缝缝洗洗的，都给我留着。你看我这样考虑，中不？

佟国俊听嫂子这般说了许多，眼见是把家里前前后后里里外外的都思谋得周全了，便笑道，一切听嫂子的，家里和馗子，你放心就是。

13

　　能住到八大户院子里的人都不是寻常人家，听听这名字起的，八大户。一户是县长，日本人，瘸子，听说是跟老毛子（俄国人）争夺旅顺口时被炸断了一条腿，虽接上了，也瘸瘸拐拐的难顺溜。另一个是警察局长，也是日本人，上战场跟中国人打仗，受了伤，但手脚齐整利索，尤其是打起中国人时的那个狠劲，好像恨不得再多长两个巴掌才好。八大户里只有这两户是日本人，其余的六家则是中国人，但官帽子都戴得不小，税务局长、民政局长、财政局长……出了大院门都是跟中国人用鼻子打哼哼的人物。

　　嫂子自从去了八大户，才有了自己的名字。刚结婚时，她叫佟岳氏，随佟国良到了北口后，她就改叫刘岳氏。初来八大户时，这里的管事的人便对税务局长的女主人说，为了方便管理，新来的人都得办个出入证，也别都张氏李氏的了，不好记，改一个吧。女主人觉得用人连个正经名字都没有，自己都没面子，改日便带她去了派出所。女主人原是沈阳城女子大学一个学生，叫何静娴，本是正儿八经读过几年书的，读的还是财经管理专业，出了校门后，就在北口乡间帮助她参管理矿业上的事。她参原是一个土财主，手里攒了点钱，就把票子投到开矿上。开矿自然少不了缴纳税款上的事，每有那种业务，她参都带上女儿去北口，而每次去，交出的钱都比心里估算的少，而且还少不少。老参感觉到了其中的奥妙，再去交税款时，就发现每当女儿坐到柜台前，那个柜员都去后面请示，税务局长有时还会赫然出面，亲自指点一番，或再给何静娴出上什么主意，那税款立马降下来了。在回家的路上，老爹问局长大人指点了她什么，女儿便说，有些税本是可以不交的或躲开交的。原来交税还有这么多学问，真是太长见识了。此后不久，老爹又带何静娴去办业务，那柜员竟然还请何老板去街上一家不小的酒楼喝酒，还说要当红娘，给何静娴提亲，男方就是局长大人。原来局长大人早把何静娴相上了，看上了她年轻漂亮，而且屁股不小，一看就是个能生男孩的主儿。老爹问，你们局长四十多了，家里不会没有老婆孩子吧？那人说，老婆要是只会生丫头片子，算什么？我们局长说了，只要新媳妇答应入门，先把那娘几个撵到老家去，从此不许再登门。新媳妇也不用再来局里整天扒拉算盘子了，只管在家享福生儿子。那老爹说，可我还指望这闺女给我理账呢。那人说，你家那点小账算什么。我们局长说了，局里专派一个人给你们管账，总的支出费用肯定比你闺女管理时还节省。何老板听明白了媒人的意思，答应回家和女儿商量。为这事，何静娴也是好抹了一阵眼泪，可思谋来思谋去，再加老爹已先有了主意，也只好点头了。

却说那天刘岳氏跟着何静娴到了警察局管户籍的地方，办事人是个女士，见刘岳氏扭扭搭搭地进来，先就抿嘴笑。何静娴说了给人改名字的事，办事人问了姓氏，问改成什么，刘岳氏便答，您有学问，您说出来保准好听，你说是啥就是啥。办事人随手便写下了岳金莲几个字，还问叫岳金莲，行吧？岳金莲连连点头，说行行，谢谢啦。出了门外，何静娴问，你知不知道金莲两字是啥意思呀？还谢谢。岳金莲说，金莲就是笑话我脚小呗。可脚丫子裹已经裹了，还能裹成大脚片子呀。将来这活计不干了，回家后我愿叫啥，再改回来就是了嘛，太太你信不，好笑话人的人早晚得报应。何静娴又问，除了笑话你脚小，你还知道金莲有啥意思不？岳金莲说，《水浒传》里有个坏女人叫潘金莲，谋害了亲夫武大郎，后来怎么样，连同奸夫西门庆，还不是叫她小叔子武松武二郎给杀了。哼，所以我说，为人别做伤天害理的事，早晚有报应。何静娴大为吃惊，说你刚来我家时不是说没读过书吗？怎么连这都知道？岳金莲说，我真没读过书，我爹不让我读，说女孩读了也没用。中国字里除了一、二、三我认识，再别的我就两眼一抹黑了。可我听过书哇，除了《水浒传》，《三国演义》《三侠五义》什么的，我都听过，我还听过《说岳全传》呢，有人说，我家八成就是岳飞元帅的后代。何静娴说，再有人说你是岳飞家后代的事，你就摇头，说不知道。也别说听评书的事，我的意思你明白不？岳金莲紧摇头，说不明白。何静娴便说，眼下这个世界太乱，遇事咱装憨作傻，比啥都强。

初来八大户的头半年，岳金莲基本不出屋。待家里的事熟悉些了，孩子蹒跚学步了，也需要常抱到外面晒晒太阳，岳金莲便跟外部的世界有了更多的接触。八大户差不多家家都雇保姆，有的还不止一个，天气好的时候，保姆和奶妈们聚在一起，或晒晒太阳或吹吹风凉。那年春天，八大户的大门外突然围来很多人，一个个跪在那里不起身，差不多都是来找警察局长的，说是家里的男人被抓了，求警察局放人。院里的用人们一时清闲，凑上前看热闹。跪地的人看有人过来，也不管是谁，忙上前磕头，说各位大姨，求你们跟局长递个话，求他把我家男人放了吧。我家只那么一个壮劳力，没了他，这一家人可就没了活路啦。那天，岳金莲趁身边没人，低声问抱她腿求告的老太太，你家什么人被抓啦？可是因为啥？老太太说，抓去的人是我儿子。我家在河洼地种了两亩水田。开春育完秧后，家里剩下一捧稻种。前些日子，我孙子病了，发烧，好几天吃不下饭，我就把那捧稻种捣（舂）了，给孩子熬了碗大米粥。哪承想，这碗粥就惹下了大祸，警察局的人把我儿子捆了，说是经济犯。岳金莲叹了口气，安慰说，大婶你别着急，又不是杀人放火，不就是一碗大米粥嘛，他们关几天也就放人了。老太太又抹眼泪又擤鼻涕地说，要是光押几天我还怕啥，他姨呀，你可能不知道，听局子里的人说，这拨人，不管犯啥罪，也不管事大事小，一码都送日本去当劳工，那就是进了十八层地狱，想回来比登天还难啦！

岳金莲正惊愕间，突见两辆挎斗摩托突突地疾驰而来。大门口堵了人，摩托车不能直接开进去，小鬼子局长和警察们跳下车，二话不说，对着那些跪地求告的人便踢便踹。小鬼子局长还一边踢一边骂，八格牙路，死啦死啦的，滚，都滚！警察的鞋是高帮的牛皮鞋，厚厚的鞋底下挂着铁掌。那铁蹄朝着人们脑袋胸脯上踢，踢倒了还径往脸上蹬踹。原先守着院门的伪警察见状，也抡起手里的棍棒上前踢打，哪里还容得跪地求告的人们有半句申辩。

这样的情景持续了数日，几乎每天都有中国的老百姓跪在大门外。有一天，那个因给病孙子熬大米粥被抓了儿子的老太太又来了，从挎来的荆条筐里捧出一只陶罐，跪着对持棒而立的警察说，这位长官，我老太太求你给大日本局长捎个话，说我知道给小孙子吃大米不对，我犯罪了，该死。那我就去死，只求把我儿子放出来。我那一家子，老的老，小的小，离不开我儿子呀。老太太说着，抱起陶罐就咕咚咕咚喝下去。初时，人们还以为老太太喝的是凉水，可那罐里液体的味道飘散开来，人们才知大事不好，要出人命了。那是卤水，点豆腐用的。人身子里的血液要是像豆浆一样被点成脑儿，那还有个活吗？人们慌乱起来，有经验的大声喊，快去豆腐坊，找豆浆，灌下去兴许还有救！连那提棒的警察也慌了，转身往小鬼子局长家跑，局长家有电话。说话间，有人端着瓦盆子赶回来了，也顾不得豆浆凉热，捏开老太太的嘴巴就灌。说话间，又听摩托车轰轰作响，小鬼子局长跳下摩托，飞起一脚踢飞了盛豆浆的瓦罐子，又一脚将灌老太太豆浆的人踢翻在地，然后便抡胳膊吼骂，叽里哇啦，八格牙路不离口。眼见着，又见警察从随后驶来的摩托上抱下一只腰粗的瓦坛，咚的一声放在门前的石墩上。跟在小鬼子局长身后的翻译官大声说，太君说了，中国人不是爱喝卤水吗？那就喝，管够。太君把东西给你们预备在这儿，谁愿喝多少是多少，免费喝，一分钱不要。想拿死吓唬大日本皇军，做他妈的大头梦！

这一幕，岳金莲眼睁睁看得一清二楚。见小鬼子局长坐着摩托来了，有人怕惹麻烦，扯着她的衣襟往后撤。可岳金莲不走，站稳一双小脚非要看看小鬼子还怎样逞凶。这日本人也太他妈的没人味了，且不论中国人吃一口自己种的大米是犯了多大的罪过，老太太已经喝下卤水，正是说咽气就咽气的紧急当口，你不说赶快救人，还把卤水坛子摆上来，这他妈的还是人吗？

当晚，税务局长回家吃饭，岳金莲便把窝在心里的话说了出来。当然，话出口，还是比较委婉的。她说，局长是有身份的人，有些话，您说出口，肯定会比我们小老百姓有分量。中国人偷吃一口大米，是自己一夏加一秋辛辛苦苦种的，又不是鬼摸眼障做贼偷的，日本人怎就非往死逼，还非得把人家的男人抓去当劳工。再说，就在这大院门口，整得哭哭叫叫死去活来的，别人害不害怕我不敢说，只怕吓得夫人连奶水都没了。局长媳妇也说，可不是，有本事，去跟中国军队真刀实枪地打，值当跟手无寸铁的小老百姓吹胡子瞪眼耍凶神吗？税务局长沉下了脸，先还只是闷头吃饭，放下筷子时才说，日本人眼下可不光跟中国打，在太平洋上连美国军队都敢公开叫板了。美国军队什么实力你们可能还不知道，那是飞机、大炮、航空母舰要啥有啥，一样都不缺。日本人也怕美国人把战火烧到日本本土去，所以不光要抓紧把大批中国物资弄到日本去，还需要大批劳工去日本修筑地道仓库什么的战备工事，不抓中国人，他们哪还有那么多青壮男丁。所以呀，以后你们在家，外面的那些热闹还是少去凑为好，不咸不淡的话也尽量少说。别的不会，把嘴巴闭紧了还不会呀？嫌外面闹，就把家里的门窗都关严实了。小心那个日本局长哪天打人打红了眼，连你们也踹上两脚，踹也白踹，你们别吃亏了再后悔就行……

那一夜，岳金莲睡不安实，满脑子想的都是白天的事，还有税务局长的话。闭上眼，眼前晃动的就是那个喝了卤水的老太婆惨白惨白的脸。那个老太婆太像自己的娘家妈了，年龄、体态都像，连说话的语气都像。老太婆走了绝路，是不是在外挨小鬼子欺负，回家又受了儿媳妇的责怪呢，怪她不该给孙子偷熬大米粥，又怪她熬过粥后没将锅碗收拾干净……狼吃看不见，狗吃打个死，为什么就不责骂日本人不应该来中国土地上横行霸道呢？

再去大院里散心时，听小鬼子局长家的保姆嘀咕过，说局长全名叫龟岛一郎，刚来中国时是在军队，还当着一个小队长，可打仗受了伤，就来北口县当了警察局长。龟岛挨的那一枪也挨的是地方，活该在裆上，上蹿下跳的不受影响，可从心理上讲，就是废人一个了。龟岛恨中国人毁了他的命根子，所以对中国老百姓无所不用其极，就是回到家里，那种变态的心理也不时在自己媳妇身上发作。时常夜深，他不能在媳妇身上一逞男人的能耐，便又是咬又是掐百般折磨。媳妇有苦说不出，早生出带着儿子回日本的想法，但龟岛又不让，说日本和美国的仗越打越凶，"满洲国"兴许比日本国本土安全，他不能再丢了儿子。日本男人受中国传统文化的影响很深很重，骨子里认为只有儿孙才是传宗接代的承续，他不能让龟岛家族的根系在自己这儿断绝。

岳金莲睡不着觉的时候好想在娘家时白家三叔的评书。白先生是旗人，年轻时读过几年私塾，后来，白家家境日渐衰落，白先生不再读书，变成了二八月庄稼人，其他时光，他还是与书本相伴，只要手里有书，不定歪在哪里，都能看上半天。再后来，老辈因抽大烟连房子和田地都卖了，白家也开始了揭不开锅的日子，白先生便利用漫长的冬季说书，说三国，讲水浒，有时还讲杜十娘怒沉百宝箱，讲卖油郎独占花魁，据说都是"三言二拍"里的故事。白先生不光在本屯讲，有时还去相邻的村庄，一讲就是几天几夜，除了拉撒睡，往往是睁开眼睛就说书。讲到兴致处，白先生就抹抹嘴巴，说傍黑喝稀粥，水了咣叽的，太不抗饿，说不动了。每到这时，就有人将带在身边的嚼裹儿倒进白先生早备好的布袋里去，或一升玉米，或两碗高粱，有时还有黏豆包或地瓜土豆。每当其时，白先生总会合起双手，坐在那里作揖打拱，嘴里叨念，辱没先人，辱没读书人了，谢谢，真是谢谢啦。

乡间的说书场所多是热烘烘的大火炕，挤坐二三十人不成问题。若是南北通炕，那就更美，可坐四五十人。所谓南北炕，就是在两间屋内，不仅靠南的一面铺炕，临北墙的一面也铺，两炕之间有烟道相连。农舍这般布局，也是天地使然。东北的大冬天冷啊，屋内两炕相通，就可省了许多柴火，还可聚了更多人气。家里有两代人，甚至三代人、四代人，都无妨，两炕之间拉起布幔，大炕中间再立起障板，就什么都有了，别挨冻是硬道理。看看夜深，总有耐不住的汉子放话，说先放放三气周瑜，来点干的吧。白先生一笑，说那就请妹子侄女们回去歇着吧，记住我说到哪儿了，明天接着讲。据说，碍嘴的女人们离去后，白先生便要重讲潘金莲杜十娘卖油郎了，但不再按书上的套路讲，而是添油加醋，荤荤素素，掰开饽饽说（唆）馅，重点是男女间的那点花粉事。白先生杂书读得多，加之口才不错，有时兴之所致，还唱上两段，京剧、评剧、二人转、东北大鼓，啥都来得，虽说水平不太高，但也合辙押韵，比那些滥竽充数之人强得多。落魄之士，岂敢再充斯文，自古以来，乡间这种人物不少，放下不提。

岳金莲在娘家时，自然也曾是被人称为碍嘴之人中的大姑娘小媳妇中的一员。白先生嘴巴里吐出的莲花虽没听得完全，但那些上得了台面的英雄豪杰的故事却听了一遍又一遍。岳金莲虽没进过学堂，可记性好，悟性更好，且不乏回味反刍举一反三的能力。有一次，白先生讲完华容道关羽捉放曹，岳金莲突然问，诸葛亮既是如此知人善任神机妙算，为什么还把荆州那么重要的地方交给骄傲自大的关羽镇守？一时间，先生竟被问哑了嘴巴，好半天说不出个所以然来，倒是在座的有人责怪说，听古就是听古，哪来的那么多为什么？事后，看岳金莲没在身边，白先生感叹说，这丫头若不是生为女流，再读几年书，前程不可限量啊！还有一次，白先生问，你可曾在家里问年长之人，可知祖籍在哪里，又怎么来到了关东？岳金莲说不知，也没问过。白先生说，岳家祖上可是世代忠勇的爱国将领，在中华历史上可是有得一号的英雄人物。据说，风波亭冤案之后，南宋小皇上和大奸臣秦桧情知"莫须有"难以自圆其说，怕岳武穆岳元帅的后人和曾经的将领们报仇，所以又将杀人的黑手大面积地铺展开来。岳家后人为保性命，只好隐姓埋名，四处逃难。听说有一支血脉就逃到了东北，甚至奔向了朝鲜半岛。所以我才问知不知你家祖上是哪一支呢。家里祖上的事，岳金莲确是不知，也不懂，但从那一天起，她就为自己姓的这个"岳"字在内心深处生出几分自豪，无论如何，岳家姑奶奶也不能为这个"岳"字丢脸哪。

那一夜，当窗外传来报晓的鸡啼时。岳金莲突然生出那个计谋并迅即做出了至死不渝的决定。在此之前，她究竟想到了什么，是刘备去东吴娶了孙权的妹子，让周大都督赔了夫人又折兵呢，还是梁山好汉智取生辰纲？不得而知。反倒是主意一定，她的心绪也就沉静了下来，岳金莲是在一声接一声的鸡啼声中酣酣睡去的。

第二天，趁着女主人吃饱睡沉，岳金莲只说去外面转转，直走到县"国高"的校门外。等到下课时分，操场上拥满了学生，她便请学生把一个娘家族中兄弟叫到校门外来，扯到僻静些的地方，低声吩咐，你赶快替姐姐写封信，寄给岳奉杰，叫他快来一趟，就说我摊上大事了，人命关天。

兄弟吃惊，瞪圆了眼睛。岳奉杰？姐姐知道他去了哪儿啊？

废话！叫你写你就写。他在哪儿，还有我让你写信的事，可就你知我知，漏出去半个字，小心姐姐从此不认你。

那姐姐摊上了什么大事，总得告诉我一声吧？

我就在你跟前活蹦乱跳地站着呢，你说我摊上了什么大事。你手上也没个纸笔，我说下的这个地址，你不会记不住吧？

姐姐还信不着兄弟这个脑袋瓜呀。

岳家这个兄弟确是天生一颗爱念书又会念书的脑袋，可家里穷，供不起，若不是姐姐担承，并一力做主从当老妈子的工钱里一月拿出两块银圆，再好用的脑子也只好认了在庄稼地里爬垄沟的受穷命。所以，叔伯姐姐的话，在岳家兄弟这里，堪比懿旨。

数日后，岳奉杰的身影出现在八大户院门外。岳金莲闪身出去，与娘家兄弟擦身一过时低声吩咐，看到大院门里那个正爬树的男孩子了吗，给我记扎实了。岳奉杰轻咳一声，算是回应。岳金莲进了一条胡同，岳奉杰跟上来。岳金莲说，也就在这三两天内，你想办法把那孩子整走，往远处带，越远越好。

岳奉杰前后瞄了一眼，见没人，才说，二姐派的活儿，兄弟照办就是。可二姐能不能再交个实底，也让兄弟下手时知个轻重。

岳金莲说，这孩子是日本种，爹妈都是小鬼子，爹还是警察局长，太不是个东西，对咱中国人什么狠招子都往出使。我就是想让他知道，家里人被祸害到底是个什么滋味。

岳奉杰冷笑道，原来是个鬼崽子，那就好办了，大不了，我当个耗子捏巴死他。

岳金莲狠狠剜了岳奉杰一眼，说那可不行，绝对不行！他爹是个王八蛋，孩子却没罪。如果只想要孩子的小命，我也犯不上把你大老远地找来。我再跟你说一遍，我要活的，只要活的，不管你把他带到哪儿去，都要保他个全须全尾。

岳奉杰说，要死的容易，想养活却难。孩子这么大了，什么记不住，又什么不懂。抽冷子一眼没盯住，让他跑回来，只怕不光你我，还得搭上咱老家和你婆家，都是塌天之祸。小鬼子报复起来，比狼都狠。

岳金莲叹了口气，装作生气的样子，拧身往回走，说用不着你给我掰扯，我掂得出斤两。这事你要是不答应，就请回吧。

岳奉杰忙追上两步，说二姐别生气嘛。我就是把这条命搭上，也不让那个孩子有半点风险，这总中了吧？

岳金莲停下脚，又说，那就这样，把孩子带到妥当的地方后，你抓紧找家照相馆，给孩子照张相，给我寄过来。以后，我什么时候想要照片，你再照，再寄，这能做到吧？

岳奉杰问，这又是为啥，莫不是二姐还想那个孩子？

岳金莲说，甭问，我要照片自然有用。

岳奉杰说，那事既然一定要办，我不好再在这儿逗留。二姐，后会有期。

岳金莲将三块银圆塞给岳奉杰，说，我手上也就这么多了，一时遇急，你再想办法吧。

岳奉杰笑道，大不了，我就钻林子当了好汉。

岳金莲正色道，事情还远没到那一步，不能因小失大。

岳奉杰说，放心吧，兄弟当好汉，也是石秀，不会是没心没肺的李逵。

14

岳金莲自从去了城里八大户当用人，大杂院的家里只剩了佟国俊和侄子馗子，按笨理说，佟国俊和陈巧兰的往来会更方便随意了，可恰恰相反。家里女主人不在，常有个年轻的女人来家里，邻居见了不定怎样想。再说，若是让馗子撞见又怎样解释？那孩子的一双眼睛就像狐狸，就是啥也不问不说，让人见了也是不舒服，先自缺了胆气。所以佟国俊不是遇了特别的事，再不让陈巧兰来家。陈巧兰自然也懂佟国俊的心思，就把两人的幽会都改在车站货场外的小饭店里了。

入夏时节，天气渐暖。那日，陈巧兰回乡下家里取换季的衣物，回来时已是夜深。正巧那天佟国俊忙完装卸的体力活，时候已是不早，便在饭店后厨里留住下来。陈巧兰将裹在包袱皮里的一个物件放到佟国俊头下，佟国俊以为是让他当垫枕，便说，我还是用以前的那个小木凳吧。陈巧兰说，你也不看看是啥，小心龙王爷怪罪你。佟国俊打开包袱皮，见到的竟然是他此生头一次见到的东西，尺多长，七八寸宽，也就一扁指厚吧，拿起来掂了掂，死沉，就是一块石头。再细端详，原来石面上还有三条鱼骨，每条都是一拃长短，再细看，那石面上似乎还有两丛水草。

佟国俊笑了，问，咋的，还想拿这个给客人上菜呀？那是油焖还是清炖？

陈巧兰说，真是属猫的，还是只馋猫，就知道吃。你再仔细看，这是块石头，听人说，若论年龄，足有一亿年了。

佟国俊一怔，一亿年是啥意思？

陈巧兰说，就说你的祖爷爷吧，活到今天，充其量也就一二百岁。

佟国俊说，我想起来了，记得小时候念私塾时先生说过，有文字记载的人类历史，也就几千年。可古来留下来的东西有些变成石头了，叫化石。

陈巧兰说，不错，这就是化石。

佟国俊说，那它可就金贵了。

陈巧兰说，放在别的地方金贵，可到了我舅舅家的龙兵营子，它就是碎石头一块，还不如窑里烧出来的砖头瓦片值钱呢，那里人常拿这东西换点火柴煤油，还没人肯换呢。我今天回来得晚，就是住在龙兵营子的表哥来家了，说起他家里这一阵闹腾的事，可真叫人上火，还差点出人命呢。愁死人了。说到这里的时候，一直没露笑脸的陈巧兰还抹起了眼泪，说我舅家一家几口人这回可就悬啦，小鬼子杀人不眨眼哪！

下面就是陈巧兰那夜说起的龙兵营子和化石的事。

原来陈巧兰舅舅家所在的龙兵营子距离巧兰家所在的八家子村不过二三十里，是个有五六百户人家的大村。那个村庄虽说也是土地贫瘠，但附近的山沟里出了一种很令人稀罕的石头。据有学问的人说，那是沉积岩，久远的时候，那里可能是一片湖泊或海洋，后来也许是地震或火山爆发，地壳升起，那里便形成了这样的地质结构。后来，人们果然在山里采石的时候，发现了不少鱼化石。那种石头石质坚硬，还一层一层的可剥离，山里人对石头里藏着鱼骨和水草不好奇，倒觉得有实用价值的是那种沉积岩，正好可用来盖房砌墙，日常用来垒猪圈搭茅房也都方便。慢慢地，附近村屯里的人只要动土木，都到那里找片石，为此，乡公所还专门发了公告，说为了保护山林植被和土地，禁止村民随意采掘山石。可村民哪理睬这些，打着帮助亲戚干农活的旗号，该来的还是来，想采掘的也是照样采掘。前些年，为了修整家里的房屋，陈巧兰没少去龙兵营子村，哥哥们进山干刨土掘石的苦累活，巧兰便陪嫂子在家烧火做饭。

几年前，也就是佟国俊因病被困在山洞里，哥哥佟国良为掩护兄弟拉响手榴弹不惜一死的那次，第二天，日本人在山洞里搜出佟国俊的衣物，还搜到佟国俊蘸血手书的"抗联一师"白布条，日本人立时瞪圆了狗眼，百倍警觉起来，命令宪兵队加强对那一带山林的巡查和警戒，务必"全歼"抗联。

说来也巧，两年前的一天，日本宪兵队驶出四辆摩托车，每车两人，车上架着歪把子机关枪，突突突一路狂奔。傍晌，小鬼子队长吉桑次郎指了指山坳间密层层几百户的屯子，问通译官这是什么地方。通译就是翻译，答，这屯子……可能叫龙兵营子吧。吉桑所在的侵华部队原在华北地区跟中国军队作战，他随部队移防关外不过月余，对这里还几乎一无所知。吉桑侵华前是个读过一些书的人，他摇了摇头，用日本话再问，这里穷乡僻壤的，龙兵营子是什么意思？莫不是中国古时候的真龙天子还住过这里？翻译官巴结地笑答，中国人起地名，多是取当地特征，可也有的地方，越是缺什么，越要起什么，反其道而取之，可能含着期盼的意思吧。这地方眼见是缺水，老百姓想留下龙王，不过是企盼清泉甘霖，五谷丰登。吉桑往山间一指，下去看看，就在这里造饭。

村民见日本鬼子进了屯子，青壮年和年轻妇女忙带了孩子躲到山里去了，鬼子兵进了屯东的一个院落，伪保长于润田满脸堆笑地迎过来，手里还提了两只嘎嘎叫的母鸡。翻译官说，"皇军"自己带着大米，你把鸡留下，再去弄点蘑菇。于润田点头哈腰地去了。那日，就在日本兵们等着开饭的时候，吉桑走到院落一角，又开腿，解开裤门，一线黄白的膘尿直向墙根冲去，眼见墙根一块石板上的泥土被冲溅得干净。那吉桑突然嘴里发出一声"嗨"，连裤门也来不及扣系，就蹲下身去，对着那块精湿的石板发起呆来。石板呈灰白色，锅盖大小，巴掌厚，引人注目处是石板中心出现了一条鱼的骨骸形态，那鱼有三寸长，尖长的嘴巴，鱼尾、鱼鳍和鱼刺丝丝毕现，清晰异常，都呈锈黄色，尤其是那鱼鳍，与人们日常所见的鱼有些不同，细长，像中国民间大片刀的尖部。吉桑发了一阵呆，不顾石板的肮脏，伸手用指甲在石板上划，当确认鱼骨与石板确是一体，根本划不掉时，他才转身惊喜地对翻译官喊，你的，你看你看，化石，鱼化石！

翻译官听出了吉桑语气中的惊喜，忙凑到石板前，却有些不以为然地说，这一带出这东西，很多的，不稀奇。

吉桑却不信，又指着石板问回到身边的于润田，这个的，这里，大大的有？

于润田忙点头，有，有，大大的有。

吉桑又问，哪里有，你的告诉我？

没想于润田只是站在原地，扭头探脑地扫了两眼，就带吉桑在院子里转起来。这一带的农户房宅和院墙差不多都是用石料砌就，石板随处可见，连院里供人歇憩的地方也不过是将一条长石板搭在两块石块上。很快，于润田就又找出两块有鱼骨样的石板来，一块垫着猪圈里的食槽，一块竟垒在农家茅厕里。于润田指着其中一块说，把它从中间分剖开，兴许还能多找出几条鱼呢。说着，从院里找出一只破瓦刀在石头上撬，一剖为二的薄石板上果然又发现了化石鱼，有一片上还是三条，两大一小，益显生动。石上还现出枝叶的样子。于润田说这是水草。吉桑把鼻子贴到跟前去看，那水草呈浮动飘曳状，连水草上的脉纹都清晰可见。于润田又介绍说，这里山上的土薄，一尺以下就是石层，乡下人为盖房垒院挖土取石时，常见到这种东西，多见的是鱼，有时还能见到贝壳、王八、螃蟹、小虾什么的。

吉桑听得越发兴奋，瞪了眼睛问，王八？什么的王八？

于润田一听傻了眼，以为是信口胡言说漏了嘴巴，让鬼子兵以为是在骂他们，忙青绿了脸解释，我是说，有变成了石头的王八……

翻译官忙解释，他说的王八是一种鳖，龟类的一种。

于润田哪知日本人是把龟和蛇视为神物的。那吉桑一听还有龟，眼珠子越发放光，龟的？大大的好！你的，找来的，我的看看。

于润田这回听明白了，日本人没生气，还很高兴，他却很为难地说，变成石头的王八我见过，但两三年也难碰到一块，见到了孩子们拿着玩，大人们却觉着不吉利，都砸巴碎了。不像鱼石头，好比高粱地里出乌米，不稀罕，谁上山采石头都能采出几块来。往后我留心，再见到就给太君留着。

吉桑很失望，可也只是一瞬，就在身上的衣袋里乱摸，很快，他摸出一只手电筒，那是准备夜里用的，又把手伸向翻译官，你的，香烟的。

　　翻译官知道吉桑不吸烟，今儿这是怎么了？他从衣兜里摸出一盒日本香烟，本想抽出一支递上去，却被吉桑一把抓过去，连那支手电筒一并递给了于润田，你的，大大的良民。这些的，我统统要了。往后再有的，统统地给我，奖赏大大的，票子大大的，你的明白？

　　于润田有些懵懂，翻译官又解释，"太君"说了，以后再见到这样的石头，尤其是那些有龟有蟹的石头，"太君"更喜欢。"太君"不白要，有赏的。

　　鬼子兵们吃过饭，又把那几块化石放进摩托车斗，扬尘而去了。在村外的那个高岗上，吉桑再次把摩托车队停下来，回望静寂的村落，对翻译官说，龙兵营，这是个很有深意的名字。一个留下了那么多鱼鳖虾蟹的地方，难道会没有龙吗？龙是中国的图腾啊。

　　翻译官奉迎说，"太君"高见，"太君"的学识，实在令人佩服。

　　吉桑突然变了腔调，你的记住，这里的化石，统统属于大日本帝国，一块也不许丢掉！

　　那个于润田自得了吉桑的示下和不值几个钱儿的礼物，好像得了圣旨，好不得意，转身就把那包香烟分发给了前来看新奇的男人们，并公布了"太君"临走时留下的话，说再见了那种化……化石，"太君"说他都包圆收了，也不白收，统统有赏，要是碰到那种隔路（特别）的，太君还说大大的赏。有人接话，还说日本人鬼呢，鬼什么鬼，白帽子一个，还画石呢，那石头上的东西是画的？他给我画一块试试。那是天生的，抠不掉沤不掉洗不掉，我家有一块带鱼的石板，垫在茅坑底，让屎尿沤泡了好几年都不走样，他有能耐也画一块放粪坑里试几天，看走样不走样？抽着香烟的男人便都笑，谁也没分辨"画石"和化石的说法有什么不同。倒是从这天起，村里果然不断有人将一些鱼、水草、贝壳之类的化石送到于润田家里去。那吉桑次郎果然不食言，很快便打发翻译官送来一些洋火、洋油，还有一些包着花绿纸的糖疙瘩，让于润田酌情赏给送去化石的人。翻译官对此很不屑，对吉桑说用不着，在乡下土包子眼里，那化石不值钱的东西，有了叫他们送来就是了。吉桑却冷笑说，你的，不懂中国人的谋略。我的，放长线，钓大鱼的。

　　吉桑次郎回到城里的当夜，就在那些鱼化石中选出几块，寄回日本国内家里去，还附了照片。原来吉桑的父亲是一位专门研究古生物的学者，吉桑来中国前，父亲就一再叮嘱儿子，说中国地域广阔，地质结构复杂，必有许多让人意想不到的古生物化石发现，他让儿子务必多为留意。那吉桑在家时也多受父亲熏陶，没少翻阅有关古生物研究方面的典籍文章，也算对这方面的知识有个一知半解，所以一见了鱼化石便知是宝贝。父亲很快回信，着实夸赞了一番儿子的发现，说那种鱼类是水生物进化过程中的一种过渡鱼种，至今起码有一亿五千万年了。信中再一次叮嘱，"盼吾儿不懈努力，如哥伦布再寻新大陆，尤其是你信中称可能还有其他物种化石，则更令老父振奋，这不仅是对为父学术研究上的支持，也将对大日本帝国的疆域扩展提供有力的证据。多杀几个中国军人只为武士之功，有此重大发现者才是我大和民族的永远功臣！"吉桑见信大喜，激动得在院子里抡舞了好一阵战刀。

却说今年开春，陈巧兰的舅舅带着儿子宋宝贵进山破土采石，目的只是备料，好在雨季来之前把家里的院墙修一修。父子二人累到夕日压山，已打算下山回家了，宋宝贵说，再破几块石头看看，兴许能给我儿子换几块糖疙瘩呢。说着便抡起尖镐，照着脚下一块半绦（绦，北方民间的长度单位，成人双臂伸平为一绦）长的条石横面重重劈下。没想一镐下去，宋宝贵顿时大惊，喊，爸，你看这是个啥？

父亲凑过去一看，也是一惊，我的娘，是个啥？

沉积岩的化石犹如合十的双掌，两掌分开，就成了对称的两片。眼前的片石虽只有夏日的单人凉席大小，上面木刻般的图物还是吓了父子二人一跳。那东西有鸭蛋大小的脑袋，有锋利如锯的牙齿，颈脊椎和肋骨都分明，前后四足，身后还拖着一条粗长的尾巴。从整个形体看，极像壁虎，却比夏日里常见的壁虎长大得多，足有尺半长。

爸，你看这到底是个啥？

像个大蝎虎子。

蝎虎子哪有这么大？咱家院里要有这么大的蝎虎子，我妈养的鸡还不都让它吃喽。

那你说是个啥？

也别管是啥，于大脑袋不是说越稀罕越隔路的越好吗，这回咱可得把价咬死点，他再给两块糖疙瘩两盒洋火可不换。

那你说换啥？

咱要他几尺花旗布，给我妈和我媳妇各做一件花衫子，让她们乐出鼻涕泡来！

父子俩正这般聊着，父亲突然重重跺了一下脚，我的天，想起来了，这八成是个龙驹子？

宋宝贵怔怔神，也叫，对，是龙驹子！咱这疙瘩叫龙兵营子可不是白叫的，兴许自古就有人知道咱这儿卧着龙。该着让咱爷俩今儿碰到它！爸，龙可是神物，你说，这是喜还是祸？

父亲拧拧眉，说，是喜不用乐，是祸躲不过。真要是神物，咱就不能拿了去换花旗布啦，尤其是不能换给日本人，那是冒犯神灵辱没祖宗的事，给咱一座金山也不能换。

宋宝贵忙点头，那是，人穷不能志短。爸，那你说可咋整？

父亲想了想说，等天黑透了，咱一人一块贴身带回家去，谁也不能让看到。夜里，咱俩去找找四爷，老人家见多识广，让四爷拿了主意再说，中不？

中，中，还是爸想得周全。

那夜，回家吃过晚饭，故意磨蹭到夜深，父子二人抱着石头去了四爷家。宋家在龙兵营村是大户，四爷又是宋氏家族中在世辈分最高年龄也最大的一位长者，年轻时读过私塾，又去锦州城、奉天（沈阳）府、天津卫等地闯过码头做过买卖，是位有见识有胆量也不乏心胸的人，因此满村人都对他有着族长般的敬畏与尊重，老人家眼下已年近八旬，却耳不聋，眼不花，步履稳健，颏下一袭银亮白须，在人前平添了几分不怒自威的分量。

昏黄的煤油灯下，父子二人将那两块对剖的片石摆放在炕面上，四爷见了也是一怔，又听宋宝贵说了八成是"龙驹"的话，沉思有顷，也点头，说，这也许就是龙石。当年我在奉天府时听人说过，却从未亲眼得见。你爷俩虑得极是，既是中华神物，便主中华吉凶，岂能到了王八蛋小鬼子手里？屯里人拿鱼石头去跟小鬼子换洋火糖疙瘩，咱们且不说不论，那种石头常可见，换便换了。可这块龙石便非比寻常，别说不能拿去换东西，连让小鬼子知道都不能。依我估摸，别看小鬼子把那些家常用的不值钱的东西放在于大脑袋家里等着换石头，你不换他也没说啥，可真要知道咱还里藏有这般神物，你不换他们可就要犯抢啦！他要抢，咱不给，小鬼子手里可握着杀人的刀枪呢，那就难免刀光血影，有凶事临头啦……

这便是老人家的超人之处，他看得远，也虑到了可能的灾难。宋宝贵的心陡然提溜到了嗓子眼儿，问，四爷，那您老说，这事下步可咋整？

四爷问，这块石头除了咱爷仨，还经了谁的眼？

宋宝贵说，也就刚才抱进家里时，我家虎子看到了，嚷着要抱去换糖吃。

四爷说，小孩子的嘴，一定要堵住。

宋宝贵说，我回家就告诉他，对谁也不能说。

四爷摇摇头，对小孩子，这个招法不行，你越不让他说，他越可能挂在心上，不定哪天一顺嘴就嘞嘞了出去。这样吧，一会儿我把我家院里的几块鱼石头找出来，你们带回去，给了他，只说用那两块换了这几块，让他随便去换糖吃。让小孩子在这事上把心淡了，比提溜耳朵叮嘱他一百遍都强。

宋宝贵连连点头，还是四爷高见！

四爷又说，这两块龙石你们爷俩带回去，任谁也再不能给看，也不能再对任何人说。依我说，最好连家里都不要放，连夜上山，找个稳妥的地方埋起来，要远点藏，啥时小鬼子滚球子了，啥时才能让龙石再见天日，明白了吗？

　　父子二人点头，四爷放心，我们这就去办。

　　四爷脸色越发凝重，口气也有了铁石凝霜般的冷峻，不是我年纪大想得多，我再说句可能不吉利的话，你们爷俩心里可得早有打算，就是日后真有了刀搁脖子上的那一天，宁可丢了性命，这龙石也决不能交到小鬼子手里。别忘了，咱们都是中国人，可不能进了祖坟却没脸面去见列祖列宗！

　　父子二人一听此言，互相对望一眼，忙跳下地，齐齐跪倒尘埃，发誓说，四爷在上，龙石见证，我宋天民、宋宝贵虽都是大字不识的粗人，却也知道做人的道理。不管到啥时候，我们父子宁可一死，也决不做有辱祖宗的事！若有半句假话，雷劈，火烧，猪狗不如！

　　可千叮嘱万咒誓并不一定管用，宋家祖孙三辈的几个男人谁也没料到，伪保长于润田还是知道了龙石的事。

　　事情是从宋宝贵的儿子虎子的嘴里漏出去的。

　　那夜，宋宝贵和父亲宋天民回到家里时，虎子早困得不行，睡得跟小猪一样了。天亮时，宋宝贵把几块有鱼的石头给了他，让他去换糖。虎子问，那两块大石头呢？宋宝贵说，那种石头人家不要，我就给你换了鱼的。妈妈见虎子抱了石头就跑，还追出门喊，你少要两块糖，别忘了给我换回一盒火柴。

　　虎子有了糖吃，果然不再把那两块隔路的石头放在心上。可有一天，虎子跟于润田的孙子玩，见有人拿了石头到于家换东西，那块石头上有一只蛤蟆，于润田就给了那人一升大米。那人说我这石头可是稀罕物，给得少点了吧？于润田果然又给加了一捧米。那年月，大米可了不得，寻常百姓家私藏一点就被定"经济犯"。吉桑肯把大米弄到乡下来，于润田又肯舍出一升多米换下一块石头，足见这块化石确是稀有之物。见了这一幕的虎子便想到了前几天爸爸和爷爷背回家的那两块石头，便问，我要是拿块有大蝎虎子的石头，你给我换多少大米？

于润田问，什么样的蝎虎子？

虎子便照着那天看到的样子比画，身子这般长，脑袋那般大，还有跟活蝎虎子不同的几个爪子，支巴开像小孩的手。

于润田似不信，真的呀？你小孩家家的可别瞎编谎。

就怕被别人说编谎的孩子登时涨红了小脸，大声喊，说瞎话是小狗。那天，我爹和我爷从山上抱回家的，我亲眼见了。

于润田情知小孩子不会说假话，又说得如此真切，心里不由得大喜，说，那你赶快把石头抱来，我给你两升大米，让你妈给你熬大米粥，让你喝个滚瓜肚圆。

虎子撒丫子往家跑，他不信爸爸真把那样隔路的石头换给了别人，他记起了爹说过要用那石头垒鸡窝防黄狼子的话。虎子进了院门直扑鸡窝，惊得在里面生蛋的老母鸡咕嘎乱叫。妈妈问他钻鸡窝干什么？虎子说找那天我爹拿回家的石头，于大脑袋说能换两升大米呢。虎子的妈是那种一心侍候爷们儿和孩子的女人，对家门外的事尽交丈夫和公婆去办，不跟她说的事从来不多语多舌。听儿子这么一说，一时间也很兴奋，便带着孩子在屋里院里一阵好找，终是一无所获，便对虎子说，拉倒吧，等你爹和你爷回来时问他们吧。

傍黑时，一身泥土的宋宝贵和父亲回家来，早盼得眼蓝的虎子扑过去，问，爹，那天你带回家的大蝎虎子石头呢？于大脑袋说给换两升大米。宋宝贵一听，登时变了脸色，问，你跟于大脑袋说啦？孩子心里急切，哪顾得看大人的脸色，忙点点头。宋宝贵情知不妙，气急，一巴掌就照孩子脸上抡去，我让你嘴欠！那一巴掌下去，虎子小脸蛋先是红了，紫了，很快就肿胀起来，嘴角也流出血来。孩子被爹的凶狠吓傻了，竟一时吓得不敢哭。宋天民忙把孙子揽在怀里，责怪说，这就是你不对，孩子才多大，他懂个啥？虎子妈闻声从厨间跑过来，见孩子被打成这样，气得叫喊，你可真下得去手！不换大米就不换呗，你打孩子干什么！有妈妈这么护着，孩子这才哇的一声哭起来。宋天民则忙着哄孙子，咱家哪有什么蝎虎子石头，是你睡觉时做了梦吧？虎子哭着反驳，我不是做梦，我真看到了嘛，是两块，你和我爹一人一块抱回来的，你和我爹进屋吃饭时，我亲眼见了。宋宝贵说，有时人做梦跟真事一样，醒过来分都分不清。有一回我梦到了你奶奶，就伏在你奶奶怀里哭，哭了好一阵呢。虎子问，那于大脑袋要再问呢？宋宝贵说，就照爹教你的说，就说是梦里的事，根本没那八出戏。你要再敢乱说，看我不撕烂你的嘴！吓得虎子抱死了爷爷的脖子不敢看爹。

且说于润田见虎子跑回家没回来，便猜或是孩子没找到那石头，或家里的大人不让抱出来换东西。等到第二天上午，他有意去宋家院外转悠，见虎子正跟几个孩子在墙根下玩，半张小脸仍红肿着，便越发坚信了自己的猜测。他凑过去问，虎子，你咋说话不算数，你的那块大蝎虎子石头呢？虎子便依爹教他的话回答，那是我做梦梦到的，我家根本没有。于润田又问，是你爹不让你换，还打了你，是吧？虎子眼里噙满泪水，低了头再不吭声。这一来，于润田不仅越发坚信了宋家必有那样一块石头，而且认准那块石头必是稀有罕见之物，宋家父子这是存在手里待价而沽呢。

于润田年近五旬，短粗虚胖，颈上长着一颗超出常人不少的大脑袋，颏下几绺稀稀疏疏的山羊胡子，是个典型的手脚拙笨又不勤快的二八月庄稼人。可于润田嘴巧，会说，硕大的脑袋也灵活。屯里的人都喊他于大脑袋，也有人喊他胖头鱼。于润田自我解嘲，说我这人尽为乡亲们干大伯子背兄弟媳妇的事了，挨累不讨好，大脑袋就大脑袋吧！大脑袋的于润田却很少做大头事，他精于算计，无利不起早，只说这替吉桑换化石，这热心里没少落好处，而且他也算计到了，越是经手稀罕隔路的石头，他落下的好处才会越大。

于润田很沉得住气，并没急着去惊动宋家父子，他要先去讨讨吉桑的底儿。隔天一早，他就骑上小毛驴直奔了北口县城。吉桑一听龙石的事，果然拍手叫好，连说，于的，你的功劳大大的，我的有赏，也大大的。于润田连夜回到屯里，饭也顾不得吃，拴好毛驴就奔了宋家。宋家人虽耿直，对保长进门不敢怠慢。几句寒暄话后，于润田便说了想换下那块大蝎虎子化石的事，宋宝贵忙满脸堆笑说，保长你挺聪明的一个人，咋能信小崽子的瞎话？虎子那是馋糖馋急眼了，顺嘴胡说呢。于润田也不辩争，直通通地点明价格，说我都跟"太君"替你们争下价了，一手钱一手货，五块大洋，这可是个多大的便宜？就你们爷俩，苦挣苦拽干一年，能不能挣进家五块大洋？宋家父子一听于大脑袋已把话说给了小鬼子，顿觉不妙，登时傻了眼，眼对眼互望着不知再说什么。倒是宋宝贵机敏些，很快做出笑模样，说一块破石头值五块大洋啊？那往后我还种地干啥，就上山凿石头得了。说笑间又对蜷缩在炕角的虎子瞪眼睛，说你个小屁崽子咋这么能吹大牛，长大还不把天吹破了！虎子因挨过爹的那一记巴掌，对这事早吓得连声都不敢吭。那于润田也不多说什么，蹬了蹬两条肉滚滚的短腿下了炕，扔下话，说你们爷俩再合计合计，想好了就去找我。走到门口时又扭过头，说货卖识家，这是日本人喜欢这种石头，才舍得出这么大价钱，换咱中国人，白给谁要？

于大脑袋一走，宋家父子连夜又去了四爷家。事情几天间就恶化到这步田地，两个憨朴的庄稼汉子真有些慌了手脚。四爷未待把事情听完，脸色已阴沉得要响雷泼雨了，捋着胡须好半天不说话。

王八羔子的，小鬼子比狼还贪还狠，如此说，要想避过此难，也就只好把龙石拱手让出去啦！沉吟良久，宋四爷才叹息一声，这般说。

宋宝贵急了，四爷，你老不是说宁可一死，也不能丢了骨气，做出辱没祖宗的事吗？

四爷说，可小鬼子断不会善罢甘休的，他们买不到就要抢，抢不到就要杀，咱宋家大难临头啦！

宋宝贵说，四爷，这不像你老人家说出的话。你老是不是还有点信不着我们爷俩？

四爷说，信着怎样，信不着又怎样？

宋天民说，信得着，你老就赏我们一个主意；信不着，我们爷俩现在就剖心亮胆给你老看，看宋家爷们儿是不是孬种！

四爷正色道，好，既有如此血性，那我就给你们出个主意。明天，或后天，你们爷俩给我当街打上一架，动刀抢棒都行，见了血更好，只是别伤了性命。打架就为的这块石头，老子要换钱，儿子却不肯，吵骂殴斗，要闹得满屯皆知。

宋宝贵不解，那不让满世界都知有这么块石头啦？

不然眼下还瞒得住谁？

宋天民更不解，为了一块破石头，儿子跟老子动棍棒，丢死个人啦！

四爷淡淡一笑，名声要紧，还是性命要紧？再说，为国家为祖宗甘受一时的屈辱，才是真正挺得起立得住的男子汉大丈夫哇！

宋宝贵催问，四爷，打完架呢？

儿子愤而出走，老子对外就说儿子把龙石带跑啦……

宋宝贵性急地问，我真带了石头跑哇？跑得了吗？

不。真到了刀压在脖子上的时候，你们就把事往我这儿推……

四爷，那你老……

宋四爷拂髯淡然一笑，你们活蹦乱跳拖儿带女的都不怕死，我八十来岁的人，还惜老命吗？就照我说的这么办吧。

隔天，宋家父子果然在自家院门外大打了一架，又是吵又是骂的，还揉搋在一起动了拳脚抢了棍棒，惊惹得媳妇哭孩子叫。正是冬闲时节，半个村子的人都围过来，拉架劝说之间便都知了因由，不由得唏嘘感叹议论纷纷，说真是人为财死鸟为食亡，同是一条根上的亲生父子，平日又是多么相互恭敬礼让，竟为了一块破石头说翻脸就翻了脸，人心不古哇。也有人说，这场架是早晚要打的，家也是早晚要分的，不为石头也为别的。人嘴两片皮，说啥的都有了。父子二人在乡亲心目中的品性，都在一日间受到了严重损失。

围观拉架的当然少不了于润田，他还跟着挨了几巴掌，疼得龇牙咧嘴直叫唤。有人把宋四爷找来，四爷一路走来一路骂，你们打，往死里打！宋家的儿孙多露脸，你死我活啦！有能耐去跟小鬼子拼，窝里斗算什么本事？你们两个浑犊子！父子二人受此一骂，便立时都蔫下来，站在那里呼哧呼哧大喘粗气，再没了以死相拼的劲头。

当天夜里，更深人静的时候，宋宝贵背了个褡裢，离家出村而去。这一幕，躲得了别人，却躲不了存下心来要追探化石下落的于润田的眼睛。未待天亮，于润田已又骑了毛驴再奔县城，一路上把毛驴抽打得张合着两个大鼻孔噗噗喷白气，浑身汗淋淋如同刚从水坑里挣扎出来一般。进了宪兵队，于润田向吉桑报告了宋家父子打架的情况，又说宋家儿子半夜起身就离家出走，背着沉甸甸的褡裢上路了。吉桑一听就急了，喊，你的，没拦他的干活？

于润田哭丧着脸说，那小子五大三粗的，我敢拦他？跟他亲爹都敢动手的主，我要往他身前站，还不把我削出屎来！

吉桑又问，他的，什么地方的去啦？

于润田摇头，去啥地方我可不知道。

吉桑立时派出四辆摩托车，每辆车坐了一个日本兵，还带一个龙兵营村的中国人，分四个方向去追去截。

傍晚时分，宋宝贵被摩托车带回了龙兵营，村里已有近百人被带到宋家院子。人的两条腿到底跑不过摩托车的轮子。于大脑袋上前说，听说你和你爹最近在山上弄到一块出奇的石头，你要是能把这东西给"太君"看看，"太君"就跟你认下最好的交情，朋友大大的，明白了吧？

宋宝贵早就明白了，为了那块石头，小鬼子不光要往死里整自己，还得祸害宋家所有人，甚至整个龙兵营村都要跟着遭殃。四爷料得对，这是塌天之祸，但愿自己一人就能把这比天大的祸事扛下来吧。

宋宝贵说，我听别人讲，这种石头不是好东西，谁见了谁倒霉。所以昨天夜里，我抡大锤把这破石头砸了，砸个稀巴碎，省得别人跟着倒霉。

砸后你丢在哪儿啦？于大脑袋追着问。

我扔西河套烂泥潭里了。

站在身边的吉桑突然骂了声"八格牙路"，抡起手中的荆条棍子，直向宋宝贵脸上抽去。宋宝贵脸上登时腾起一条黑紫色的棱子。

爹——虎子一声喊，就把自己暴露了。

翻译官嫫着衣领把孩子拖出来。吉桑上前一步，戴着雪白手套的爪子把战刀抽了出来，冰冷的钢刃压在了孩子柔弱的脖颈上。

小孩，你的实话，不说死啦死啦的。

虎子吓傻了，歪着脖子不敢动，一张小脸吓得灰白。

一块石头，上面的壁虎，有爪有尾巴的……你的见到的？

就在那一刻，人群里的宋四爷拨拨众人，走到前面来，声音不高还面带笑意地对吉桑说，化石在我手里，有话对我，少对小孩子耍凶。

吉桑收了刀，化石，你的拿来。

四爷说，你把人先放了。

吉桑却不依，你的，先的。

宋四爷冷笑道，我说你先你就先。你要敢伤一个人，就休想见石头！

吉桑再次拔刀，像压小虎一样压在宋四爷的脖颈上，你的假话，死啦死啦的！

四爷又冷笑，这一套，你吓唬穿开裆裤的小孩子去。我再说一遍，你先把人都给我放了！

吉桑犹豫了一下，手一摆，鬼子兵便收了枪，横在院门口的摩托车也让开了，乡亲们立时潮水般向院门外拥去，许多人离去时还巴巴地望着四爷，眼里闪着关切与疑惑，要不是为了救乡亲，耿直刚烈一辈子的老人能这般向小鬼子服软吗？四爷可不能因此陷入虎口哇！

院子里的乡亲走出去，只剩日本兵和宋家祖孙三人。宋四爷对吉桑说，让他们也走。

吉桑便又向外摆手。事情到了这一步，宋家父子虽不知四爷下一步还要做什么，但四爷要与小鬼子以命相搏，必是凶多吉少了。宋天民、宋宝贵拉住虎子的手，扑通一声跪下，说我们给祖爷爷磕头了。

四爷哈哈大笑，转身走向院心的磨盘，两臂稍一用力，就把那二百来斤重的磨盘端了起来。在日本兵们的惊愕中，他将磨盘重重摔在地下，又笑道，你们往这里看。就在吉桑和日本兵都围向磨盘时，四爷突然拦腰从身后抱死一个日本兵，瞬即拉出了挂在日本兵后腰上的手榴弹的导火索。院内的吉桑和鬼子兵转瞬就明白了，有的急卧倒，还有两个鬼子兵握着刀向四爷身上乱刺乱扎。四爷抱定鬼子兵不撒手，尽着最后的力气破口大骂，王八蛋小鬼子，中国人跟你们拼到底！

轰的一声，手榴弹爆炸了，宋四爷以身殉国，鬼子兵一死三伤。那天，吉桑为救被炸得头破血流的日本兵，急急驾着摩托车撤回城里，出村时对于大脑袋气急败坏地下命令，你的，带着"皇协军"，看好龙兵营，五天之内，"皇军"还会来的，不交出龙化石，统统死啦死啦的！

15

一夜，佟国俊和陈巧兰通宵未眠，陈巧兰带着悲痛与愤怒，说个不休，而佟国俊则瞪着两只喷着怒火的眼睛一直盯着天花板。天见亮时，陈巧兰说累了，给佟国俊拉条夹被盖在身上，说你睡吧，白天还有活计呢。佟国俊却仍不睡，说龙兵营子的事，这么说说就完啦？陈巧兰说，不完又能怎么样？那边是真刀真枪的小鬼子，这边咱俩又赤手空拳的，我是心里实在憋屈，要不就不跟你说这些了。佟国俊不言，仍是瞪着两眼，望着窗外越来越亮的天空。

佟国俊一整天都在想龙兵营子的事。白天，货场活计忙，他眼前仍一直转悠着宋四爷和宋宝贵的形象，虽然从未谋面，可那两个人，还有虎子和他爷爷，仿佛熟识已久，一个个活生生就在眼前转。傍晚，回到小饭店，他对陈巧兰说，多烙点馅饼，我给馗子送去。陈巧兰说，有现成的，我用毛巾盖着呢，凉不了。佟国俊说，那我先送回去，你接着烙，多烙点，等我回来吃。陈巧兰说，你是不是今晚又要加班哪？佟国俊说，今晚去龙兵营子，你也去，给我带路。说得陈巧兰好怔了一阵。

当夜，两人出发时，已是入夜，临出门，佟国俊顺手把陈巧兰日常切菜的刀抓在手里，用抹布缠裹了两下，掖在腰间。陈巧兰问，你带菜刀要干啥？佟国俊恨恨地说，四爷空着两只手，照样杀鬼子。陈巧兰一下就立住了脚步，半哭着说，我不让你去拼命。佟国俊拉她走，说，那个鬼子头不是说，五天后要回村吗？今天是第三天了。拼不拼命，到时再说。从现在起，咱俩都别说话，小心隔墙有耳。

好在龙兵营子村就在城西，几十里路程，不算太远，到了地方，不过刚过子夜。佟国俊问，你知道于大脑袋家吧？陈巧兰说，前两年为刨那种石头垒猪圈，我跟表哥去过，怕他挡害（碍事），还给他家送去半麻袋刚起的地瓜呢。佟国俊说，我一会儿进了于家，你守在外面，别动，也别吭声。隔一会儿，你就跑动几步。狗不叫时，你就抓块石头扔出去，让它再叫起来。明白了吗？陈巧兰摇头，说不明白，可我照着你说的做就是了。

佟国俊腾身跃出院墙，提刀直奔于润田的家门。于家为防战乱，设了两道墙，除了外墙，还有一个小院。佟国俊不呼不叫，仍是腾身再上墙，落地时，便有一条凶猛的大狗咆哮着直扑上来，一狗吠叫，满村的狗都帮腔呼应。佟国俊也不声响，直将菜刀抡得风起，那大狗也不知被劈中哪里，应声倒地，连声惨叫。佟国俊不走房门，直扑窗前，横抢了菜刀照窗棂扫去，只听稀里哗啦一阵乱响，人已蹿上窗台，再跨一步，便立在了炕心，厉声吼道，于大脑袋，你给我滚出来！

于润田这些日子怕有人报复，都是和衣而卧。听了院里动静，早屎壳郎样儿地滚下炕去，躲在地心的粮囤后面，听来人指名道姓地叫他，想夺门出逃情知不可能，便筛糠似的哆哆嗦嗦问，你……你……你是谁？

佟国俊破口大骂，于润田，你爷我坐不更名，行不改姓，杀人也要杀在明处！我是东北抗联派来的好汉，今夜专来取你的狗头，给宋家四爷报仇！

在劫难逃，末日到了。事已至此，于润田反倒有了些镇静，他说，是、是抗联好汉哪。我知道我该、该死，可你动手前，让我说、说句话，中不？

佟国俊仍是骂，你他妈的少跟我玩滑嘴调舌（油嘴滑舌），你今儿说出天花来，我也要取你这颗大脑袋！

于润田说，我、我认死……可好汉杀人总要杀在明处，我死也要死在明处。掌……快掌灯。

于润田是吩咐他老婆点油灯，可女人早吓得瘫成了泥，哪还能动窝。于润田只好从粮囤后参着胆子出来，哆哆嗦嗦地划火点灯。昏黄灯光里，佟国俊怒目喷火，凶神般横刀立于炕心，那寒光熠熠的钢刀正悬在于润田硕大脑袋的上方。于润田不由得浑身又抖起来。

你死到临头，我让你把屁放完，说！

我、我知我该死，我不、不求饶。我不该为贪一点蝇头小利，就替日本人跑腿办事，可我……并没有坑害乡亲的本意呀。你杀了我，出了气，就千万不要再来龙兵营了，小鬼子正瞪着眼睛要抓抗联的人呢。"皇军"，不不，是小鬼子王八蛋，那帮东西可真是心黑手辣呀！

你他妈的一辈子就会玩这张嘴，放屁都掺假！佟国俊仍是骂，怒气却减了许多。

是，我于润田一辈子别无所能，只好靠这张臭嘴混口饭吃。可说句真心实意的话，我也巴不得日本人快滚蛋，不给他们当奴才呀！绝望之中的于润田说到这里，也许是动了愧对后人的真感情，竟跪在地下呜呜哭出了声。

佟国俊不由得暗自叹息一声，横下一条心，猛然起脚，将抖缩在炕沿前的于润田踢翻在地，钢质的菜刀再次掠带起罡风的呼啸。于润田一声惨叫，那颗硕大脑袋的一只耳朵便落在地上。佟国俊从怀里扯出一片白布条，铺展在炕面上，又用菜刀刃在右手中指上一划，便见指上有鲜血渗出。佟国俊当着于润田的面，用正滴血的中指一笔一画地写下"抗联一师"四字，正色喝道，于润田，看在你是中国人的分上，今儿我且留下你的脑袋。这只耳朵，就是你给小鬼子当狗腿子的下场！

于润田吓得摇头，不敢，再不敢了。

再有，天一亮，就把这四个血写的大字交给小鬼子。

于润田还是摇头，不敢，我真的不敢了。

让你交你就交！跟鬼子头吉桑次郎说，抗联的队伍就留在龙兵营了，没走远，那块龙石也在抗联手上，终有一天，抗联的人会找他算总账！

是，是，算账，算账。

佟国俊跃出院墙，守在院门外的陈巧兰见他手提菜刀出来，又听屋里一声接一声的狼哭鬼嚎，问，没宰了他？佟国俊回道，回去说。陈巧兰压低嗓音问，还去看看我表哥不？佟国俊则故意放声喊，有账不怕算，咱们下回来再说。

两人这般说着，乘着夜色，踏上了返城的路。在路上，陈巧兰说，我刚才听了于大脑袋家里的动静，你是有意想把事整大，把鬼子兵祸害老百姓的恶狠之气往抗联这边引，是这意思吧？佟国俊说，我亲笔写下血书，跟以前丢给小鬼子的一般无二，对字体也看不出毛病，不由他们不信。其实，小鬼子得不得到那块龙石还在其次，眼下，小鬼子的心腹之患还是抗联。见了那血书，鬼子兵肯定要把吃奶的劲头都用到龙兵营这儿来，这里的老百姓虽说又得遭鬼子的殃，可短期内，他们不会再对老百姓下毒手，他们还想放长线，钓抗联这条大鱼呢。陈巧兰说，我在外面，听狗叫得那个厉害，只怕我表哥家那边的二鬼子杀过来。这边，只你一个人，算上我，也才两个人，手里还都没正经家什儿。佟国俊笑说，不见正宗的小鬼子在前头，二鬼子才不冒这个险呢，他们没这个胆。这我心里有数。对此，陈巧兰将信将疑，嘟哝道，但愿真是这样吧。

那夜，走到半路，遇到一条河，佟国俊拿出那把菜刀，说这东西沾了于大脑袋的血，不留了吧？陈巧兰说，我寻思你早扔了呢。留它干什么？恶心死个人。佟国俊便顺流而下，找到一处深水潭，将菜刀沉了下去。

夏日昼长，走着走着，天光渐亮，已见路上有了早起干农活的

118

大车。佟国俊说，你也走累了，天亮后饭店不开门不好，你搭一程吧。陈巧兰明白这话的意思，便问，那你呢？佟国俊说，我等下一辆，天快亮了，路上的车少不了，你别怕，我在后面跟着。

《北口县志》记载："民国三十一年农历六月二十一日，龙兵营子村再遭日寇劫掠，烧毁房屋百余间，逃离的乡民百余日不敢回村，直至秋收时节。"那是1942年的入夏时节，日本兵可能防着东北抗日联军的袭击，果然没敢再对平民百姓屠杀。一切没出佟国俊事先所料。《北口县志》还载："太平洋战争爆发后，日本宪兵队长吉桑次郎随日本关东军赴南洋他国参战，无暇再顾及化石之类的小事，龙兵营村龙石下落不明。"

16

岳奉杰的爹与岳金莲的父亲是一奶同胞的亲兄弟，两家住同一个屯子，院子只隔了一道板障。两年前的夏天，屯子发生一件事，一个十七岁的姑娘下地干活回家时，因想打两颗乌米，钻进了青纱帐。没想到身后不远处正盯着一双淫邪的贼眼。那畜生家是财主，家有大片的田地。事毕，他对姑娘说，觉得屈，你就跟你爹你妈说，给我做小，我家不差你这一张嘴。你要是想闹，我陪着。姑娘回家，自是痛哭不已，还数番想一死了之。事情传进岳奉杰耳里，顿时让血气方刚的小伙子愤怒不已。想想姑娘一见自己就红脸的样子，再想想姑娘悄悄塞给自己或一个煮鸡蛋，或一块烤地瓜，还轻唤一声奉杰哥的情景，岳奉杰越发怒不可遏。一片鲜嫩可人的青菜地，总不能就这样被疯猪白拱了吧？那一年，岳奉杰二十出头，母亲不止一次说，那丫头不错，家里地里都是把过日子的好手，模样也周正。要不，咱找人去说说？父亲摇头叹息，说一家女，百家求，咱家不是穷嘛，真要人家撅回来，只怕往后都不好跟人家大人见面了。母亲说，那就再等一两年，等丫头再大点，当爹妈的心思也就不那么高了。岳奉杰把二老的这些话说给姑娘，姑娘红脸回道，我的心思从来就不高。

第二天清早，那个畜生在一条街巷里被岳奉杰堵住，折了一条腿，瞎了一只眼。岳奉杰出了恶气后便跑了，跑得无影无踪。财主家报了官，警方将通缉的告示贴遍了四乡八镇。岳奉杰先是藏在茂密的庄稼地里，但扛不住连日的风雨，想到已出嫁的大伯家二姐是个敢撑事的人，便寻上门。岳金莲已知晓了奉杰的事，见面只赞了声是个爷们儿，便将他藏进了村后的山洞。数日后，看风声松些，岳金莲说也不能总让你猫在这里。我在娘家时有个干姐妹，姓孙，后来嫁到黑龙江虎林去了，说起来你也许认识。别看是个女人，孙姐也是敢做敢当讲义气的人物。去年过年时回家，我还见了她，她说虎林那边虽说大冬天天寒地冻苦点累点，但比咱们这边好活人，那边地广人稀，外加林子密，实在不想听人使唤，自己在林子里开片荒，也饿不死。警察真要追得紧，实在没了去路，跑过黑龙江，那边就是老毛子的地场。到了虎林后，孙姐和姐夫肯定能帮助你安顿下来。你多加小心就是，近三五年你不用给家里写信，这边有什么大事，我自会想办法告诉你。

岳奉杰连连点头感谢，说二姐这边有什么事，也别忘了北边还有个兄弟。兄弟这辈子没什么本事，却有一腔热血，谁要敢欺负到二姐头上，兄弟就把这腔血喷给他。

第三天天擦黑时，八大户的院子里突然炸了锅，龟岛家的媳妇和保姆满院子山呼海叫，又找到街上去。龟岛媳妇叽里哇啦地哭诉些什么不甚明了，那保姆的表述却是一清二楚，说局长家的孩子义雄睡过午觉后到外面玩。龟岛媳妇让保姆留在家里忙家务，自己跟出去照看，没想孩子出了家门便没了踪影。很快，龟岛得了消息，带警察回了大院，还带来两条大狼狗，狼狗闻过义雄的衣物后便跟着警察出去搜寻，听说已下令关闭了四处城门，又封堵了去往四面八方的道路。岳金莲情知是兄弟已经得手，便装作很着急的样子，也颠着一双小脚去外面帮助寻找，直到天黑透后才回家门。

数日后，一只牛皮纸信封丢在龟岛家门前，打开，是龟岛义雄的照片，照片后还有一行字，扭扭歪歪，丢胳膊扔腿，"想让日本崽活着，就不要再欺负中国人。"看了照片，龟岛家又是一阵哭闹，龟岛媳妇揪着男人的衣襟哭喊，还我孩子，还我孩子！龟岛则瞪着血红的眼睛，跺脚骂，死啦死啦的，中国猪，统统死啦死啦的！听了哭闹，大院里的不少人又都围过去，龟岛命令保姆关了门窗，谁也不许靠近。

当夜，龟岛把局里的两个警察叫到家里，关门密谋，直到夜深。后来，听龟岛家的保姆说，那两人都是局里搞刑事侦查的大警探，拿着照片左看右看琢磨了好久。保姆还神神秘秘地对院里的用人说，大家往后都多加些小心吧，看样子侦探已把眼珠子盯在院子里的人身上了。岳金莲故作不解地问，他们这话也跟你说呀？保姆说，怎会跟我说。我也是锣鼓听音听出来的。今天一早，龟岛女人就问我，你看大院里雇来的那些人谁常跟外面的人打交道哇？我说，要说外面的人，也不能光是来院里挣工夫钱的用人，虽说大门有人把着，不准外人随便出入，可卖菜的，送信的，送牛奶的，哪天又少进了人？岳金莲点头称许，说这话在理儿。古时候有个笑话，说有人丢了斧头，他就看谁都像偷斧头的人。但愿日本人早点把孩子找回来吧。

龟岛家丢了孩子，并很快收到了义雄的照片，别看龟岛一郎跳脚挥拳骂得凶，可有媳妇逼着，还是很快做出了一些让步。警察局很快释放了一些中国人，听说，其中就有吃了大米的"经济犯"。再往后，警察局往日本国押送的劳工便主要是那些打架斗殴盗窃抢劫之类的刑事犯了。孩子虽丢，却还活着，若惹急了中国人，独生子便可能立时毙命，龟岛再凶残，这笔立见功效的小账还是算得过来的。

至于日本孩子义雄当年是如何被弄出北口城区的，岳金莲也是几年后才从岳奉杰口里知晓。而那两天发生的事情，则全在她心里装着呢，心里也是怕，提心吊胆的，但咬紧关牙撑着，真正跟日本人玩起了斗智斗勇也斗胆的游戏。

细说起来，那次岳金莲也曾动过让小叔子佟国俊把这事办卜来的念头，她甚至为这事跟女主人何静娴请下一天假，回了一趟大杂院的家。但思来想去的，觉得这事交给佟国俊办，还是不妥，便把已到嘴边的话又咽下了。此事交给佟国俊不妥的理由主要有二：一是佟国俊性子太刚太烈，心里装着四条至亲骨肉的深仇大恨呢，一时性起没忍住，一拳夺了义雄的小命应当易如反掌；二是带走并深藏起义雄的事可是个久远的谋划，也许三年五年，也许二三十年，谁知道小鬼子啥时候滚回日本老家呀。俗话说，请神容易送神难。

义雄不是神，只是个小鬼头，没犯下以命抵命的大罪，那就更得耐下心思，慢慢地等待，请鬼容易送鬼也难哪。那天，在大杂院家里，给㨝子洗衣裳时，岳金莲几次走神，洗好的衣裤又拿回盆里重搓，连佟国俊都看出来了，还问嫂子，你心里不是有啥事吧？说出来嘛，两个人的力量总比一个人大。岳金莲惊得忙摇头，说没有没有，我在想局长家的事呢，好像什么事女当家的说过，我却给忘脑后去了。

　　且说那日，岳奉杰得了岳金莲的指令，先去宠物市场，选中一只小狗买下，带在身边养起来，只一两日，那小狗便跟他厮混熟了。那天午后，岳奉杰将小狗怀在宽大的衣襟内在八大户院门外转悠，见小义雄在大门外玩耍，便将小狗放了出去。初时，小狗并没引起日本孩子多大兴趣，岳奉杰便摸出早备在怀里的牛肉干递给孩子，说你喂它这个，它就跟你玩了。小义雄问，它叫什么？岳奉杰说，它叫幺西。幺西是日本话的发音，好的意思。小义雄听了好奇，又问，它是日本狗吗？岳奉杰说，不是，是日本的一个朋友送给我的。义雄用牛肉干逗小狗，小狗果然立时围上前蹿跳，将毛茸茸的尾巴都摇圆了。岳奉杰见状，站在不远处轻唤两声幺西，拔腿往远处走。那小狗自然紧随不舍，小义雄则跟在小狗后面追赶。

　　那一刻，小义雄的母亲正站在院门内跟几个中国女人说闲话。日本人对孩子虽喜爱，却与中国父母的喜爱方式大有不同。中国父母多是把孩子当成眼珠子，含在嘴里怕化，捧在手里怕摔。而日本人则基本属于粗放型看管，孩子稍大一些，就任由他们自己去跑去疯。龟岛一郎有时也会带孩子到外面玩耍，他的方式更独特，竟怂恿小义雄攀高爬树，自己还有意退后几步，反倒惊得中国人暗暗称奇。小义雄的母亲叫龟岛珍子，性情比较温和，又知丈夫整日黑着脸，大院里的人避之如恶煞，似乎也有意想缓和一下和邻居的关系。那天，陪着珍子说话的人中就有岳金莲，她用眼角的余光看到岳奉杰在大门外逗小义雄嬉狗，情知兄弟正在施法，便越发跟珍子说得兴致勃勃。她讲发生在中国乡间的三仙（狐、黄鼠狼、蛇）故事，并佐以亦真亦假的传说，直听得珍子瞪圆双眼，并不时参与讨论。发源于中国北方地区的萨满文化对日本影响颇深，珍子还多少知晓一些《聊斋》里的故事。反正，等珍子想起跑大门外喊儿子时，小义雄早没了踪影。

那日，岳奉杰将小义雄带进一条僻静小巷，见身边无人，便将孩子的口鼻捂紧，又塞进孩子嘴里两片瞌睡药。义雄很快睡去，岳奉杰将孩子装进麻袋，背着，然后径奔了穿城而过的一条河流，肩扛麻袋逆水而上蹚出好远，才上了对岸。好在那个时刻，夜幕已垂，人们多已归家，一路上并没遇到什么人。到了对岸，岳奉杰又将孩子放进一个白日里早已找好的废弃瓦窑，仍让他睡，自己却躲在不远处的一个土坑，防着警察找到孩子，自己也好趁乱逃离。至于走河道，也是岳奉杰前几年逃命时积卜的经验。他早知道日本警察养的狼狗鼻子超灵，但只要过了河流，那东西便失了灵性，只会对着湍奔的河水汪汪吠叫。而那条叫幺西的小狗，岳奉杰怕它上岸后惹祸，在河心时便狠狠心，下力掐死，任它随波而去了。

岳奉杰在土坑中陪着沉睡的小义雄挨了一夜冻，天将亮，便只身去了县城西北角的禽畜市场。他选中一只壳郎（半大的猪），三十斤左右，估计跟小义雄分量差不多，买下，背回瓦窑，不忘再将两片瞌睡药塞进小义雄嘴巴，然后才将孩子与壳郎猪装进同一条麻袋，连背带扛地弄到北城门边，寻到一辆正准备出城的老牛车，见车上也装着几个又拱又叫的臭烘烘麻袋，便对赶车的老者说，大叔，是出城往北走吧？我是城北孙家沟的，进城买了两头壳郎，拜托帮我捎上一程可好？到孙家沟时也傍晌了，我让我媳妇炒俩菜，咱爷俩好好喝一壶。那老者看模样便知是个憨厚人，应道，也不是背山挑河，还喝什么酒。放上吧。岳奉杰将麻袋在老牛车上放好，又让大叔赶车先走，只说自己还要去买只鸡。

买鸡并不需要多大时辰，岳奉杰远远躲在人群中，只防着老牛车出城门时事发。正是日上三竿集市散场那一阵，眼见守城门的黑衣狗子盘问，还持棍子往车上捅捣，估计挨捅的猪羔子必是吱哇哼叫，狗子信了，摆手放行。岳奉杰暗嘘一口长气，随后出城，快步追上，与那老者一路攀谈前行。眼看着日头已升到头顶，孙家沟进村的路口也到了脚下，岳奉杰再次假意请老者到家喝酒，老者自是不去，说牛车晃得慢，我还得抓紧赶路。岳奉杰借坡下驴，说大叔非要客气，那就带上这只小公鸡，到家让我婶杀了炖上，下酒解乏。老者仍摆手，岳奉杰说，大叔要是连我的这点心意都不接受，就实在让大侄过意不去了。我就是怕你老不肯到家，才提前买下的这只鸡。那老者见岳奉杰确实是实心实意，在他肩上重重拍两下，跟在老牛车后面远远地去了。

岳奉杰重新背起沉甸甸的麻袋，手里还提着一只芦花鸡，踏着事先查看好的小径，躲进了村外高粱地。时已入伏，高粱足有一人多高，能躲人了。到了深处，岳奉杰先将袋子里的活物倾出。那只猪正饿得急，又是乱叫。岳奉杰将揣在怀里的饼子塞进它嘴巴，这吃货立时安静了许多。再看被捆绑着手脚的日本孩子，竟仍是双目紧闭，不声不响。岳奉杰心里紧了一下，只怕瞌睡药喂多，夺了孩子的性命，伸手到鼻下试了试，见喘息均匀，心内稍安。

这般一阵折腾，岳奉杰只觉自己也饥渴上来，虽说怀里还有饼子，但过一阵这个日本羔子醒来，也必是要寻吃喝。想一想，他将壳郎重装进麻袋，背上身，进了孙家沟村。见村街上走过一妇人，便喊大嫂，并将麻袋敞开口让她看，说我有急事要办，没工夫把猪送回家，就把这壳郎便宜些卖给你如何？妇人看了猪，又翻眼看卖猪人，撇嘴说这猪不是从好道儿上来的吧？岳奉杰赔笑道，进了谁家圈，就是谁家猪，养上几个月杀了，保准膘肥肉厚，咋吃咋香。妇人迟疑了一阵，说我回家看看，也不知有没有现钱。将有一袋烟的时辰，妇人回来了，亮出攥在手心里的几个小钱儿。岳奉杰笑说，大嫂不是在打发要饭的吧？这几个钱儿，只怕连个猪髈蹄也买不到。妇人说，我在家里也就翻出这么多，你要嫌少，就等我家爷们儿回来再说。岳奉杰担心夜长梦多，说那就这样，这个时辰，大嫂家里肯定不缺现成的饼子什么的，给我带上一些，再在园子里给我揪上几根黄瓜、洋柿子（西红柿），哦，对了，用家里的瓶子罐子，给我满满灌上凉水，这个大壳郎就是大嫂的了。妇人这回没推搡，说了声好办，高高兴兴地跑回家去了。

17

龟岛义雄是傍黑时分才醒过来的，初时，还眯缝着两眼，懵懵懂懂，慢慢地，药劲渐去，见自己的手脚都被捆绑着，四周都是庄稼地，身上的衣裤满是猪屎尿的臊臭气，便瞪着蹲在旁边的岳奉杰哭起来，一边哭一边骂，八格牙路，大坏蛋，一会儿日式，一会儿中国式。岳奉杰冷笑，说小鬼崽子，我让你哭，也让你骂，反正这里是庄稼地，你哭破天也屁用不顶，不会有人来救你。小义雄哭骂了一阵，似乎也明白了眼下的处境，便安静了些。岳奉杰说，骂累了吧？那好，我把你的手松开，也该吃点东西了。等天黑透了，咱爷俩还得赶路呢。那小东西一天一夜没吃喝，确实饿极了，见了锅贴的棒子面饼子和西红柿，抓起就吃，一边吃还一边咕咚咕咚喝水。岳奉杰看着他吃，又说，从今往后，你就是我儿子，得给我叫爹。小东西听提起了爹娘，又哭起来，说我有爸爸，也有妈妈，我才不要你这个臭爹。岳奉杰说，你的爸和妈顾不着你了，才把你给了我当儿子。我要带你去很远很远的地方，你就把他们忘了吧。小东西说，我才不忘。我爸是"皇军"，管警察，哪天把你抓到，死啦死啦的。岳奉杰笑道，是局长怎么样，管着警察又怎么样，他的宝贝儿子还不是在老子手里。我跟你说，从今往后，你要是顺顺溜溜，做乖乖的孩子，我保你饿不着冻不着，可你要是想跑，那你得小心别被我抓回来，就是警察逼到跟前了，我大巴掌一使劲，先捏死你，这你信吧？小东西惊恐地瞪圆了两只眼睛，吓得不敢说话，好一阵，才又问，这满天下，到处都有小孩子，你为什么非抓我？岳奉杰笑说，因为我恨日本人。你的爹，你的妈，还有许许多多的鬼子兵，本来有自己的国，有自己的家，还非得跑到中国来欺负人。我们中国人早就恨透了你们！小东西梗着脖子说，不对，我爸爸说，"满洲国"是我们日本的。岳奉杰说，那大灰狼说小山羊吃了他的青草，所以小山羊就该被它吃，你也信哪？你给我记牢实了，一会儿走出这片庄稼地，不管到了哪儿，也不管遇到谁，你都不准说是日本孩子，也不准说日本话。小心中国人一脚窝死你，那你就真死啦死啦的了。这话让龟岛义雄信了，低下头好一阵没吭声，许久才嘟哝，我妈也跟我说，要少跟中国孩子玩，离中国大人更要远一些。

岳奉杰看日本孩子吃饱了喝足了，夜色渐浓，不敢再逗留，将绳索一头拴在小义雄腰上，另一头抓在自己手上，开始上路北行。那一年，义雄已过了四周岁，得益于日本人伙食好，父母又恁恿他从小奔跑蹦跳，长得格外皮实，跟在岳奉杰身后，竟没觉得是个多大的拖累，再加这小东西从小在中国长大，早说得一口地道流利的中国东北话，有时和岳奉杰一起站在中国人面前，丝毫不露破绽。那天在路上，岳奉杰再叮嘱，说我姓王，叫王四棒，往后你也姓王，大号王丘山，小名我喊你山子，记住了吗？义雄不再争辩，点点头，算是应了。叫王四棒也不是岳奉杰一时胡诌，当年他到虎林后，孙姐帮他办"良民证"，他不敢暴露真实姓名，才起了这么个名字。张王李赵遍地刘，改姓王，好混。至于那个四棒，则是将奉杰两字拆开重新组合，含了坐不更名之意。而给这个小东西叫丘山，则是他坐在庄稼地里等孩子醒来时好动了一番脑筋想出的。丘和山两字放在一起，是个岳字，这回齐了，也算对得起出过岳武穆岳飞这位大英雄的岳氏家族列祖列宗了。

18

从这天起，岳奉杰带着小义雄昼伏夜出，一路北去。他知道，若是踏着铁路的道肩走，最是便捷，先到哈尔滨，再一路向东，保准一步也走不了冤枉路。但他不敢。上了道肩跟坐进车厢没什么两样，日本人看得紧，不时就有盘查，任何一个小小的意外，便万事皆休。不光不能沾铁路的边，连平展展的公路都不能走。最保险的便是隐在庄稼地里的蜿蜒小径，盯住高天上的北斗七星，昼伏夜行。当东方天际露白时，两人便伏在庄稼地深处歇息。最初几天，岳奉杰一直将绳子拴在小义雄腰间。义雄说，叔，不绑不行吗？我跟着你，一步不离，不乱跑。岳奉杰不放心，仍是绑着。那小东西也是精怪，只喊叔，不喊爸。岳奉杰想一想，叫叔也行，随着他。走了几日，岳奉杰也感觉抓条绳子走路确是个麻烦，这小东西的两条腿才有多长，能跟上大人的跋涉，已难为他了，自己多加些小心也就是了。松开了绳索的小义雄像条小狗样紧跟着他，很少叫苦叫累，神情也似与岳奉杰亲近了许多。岳奉杰打心里喜爱起这个孩子来，看孩子走累了，就背上一程，不时想，日后自己娶了媳妇，也生养这么一个骨血，该有多美。

时已入夏，天气一天热似一天，大白天的后晌，庄稼地里已觉闷热难耐。夜里，庄稼叶子又不时像刀锋一样刮割裸露的肉体。岳奉杰抚着小义雄身上的血道子，问疼吗，义雄答，叔不疼我就不疼。说得岳奉杰不由得心动，真怕自己柔肠一软，就把这孩子放了。至于果腹充饥，这时节也好解决。大点的地瓜已有鸡蛋大小，早熟玉米已在抽穗灌浆，连蕊子都可以一块嚼了。最难挨的是变天，孩子脸，六月天，天空中突然涌过黑云，紧随其后的常是劈头盖脸的一顿暴淋。岳奉杰只怕把孩子浇出病来，看要下雨，便急拉义雄奔了靠近的村落，找农户求告，只说带孩子赶路，但求避雨。

农户看孩子可怜，多生恻隐之心，不光济以汤饭，有时还让他们睡到热炕上去。岳奉杰对汤饭不拒，却不肯带孩子睡炕，他怕自己一时贪梦，孩子若趁机脱逃，那就坏了大事。他说，我们爷俩身上太脏，能在柴房避避雨就非常感谢了。在柴房里，小义雄见岳奉杰一直大睁着两眼守在自己身边，便说，叔，你也睡吧，我哪儿也不去。岳奉杰摇头一笑，仍是坐在那里。小义雄又说，那叔就再把我绑上，绑死死的。岳奉杰心生感动，把小义雄揽在怀里，眼看着孩子甜甜睡去。

　　不能不提的便是岳奉杰带着小义雄照相一事。自从逃出北口县城，岳奉杰便记挂着二姐的叮嘱，想着给小义雄照张相寄回去，只是虑于进了城区，人多眼杂，恐生事变。但二姐有话，又不能不办。那一日，见一县城距之不远，岳奉杰暗给自己壮壮胆气，趁中午人们歇晌躲热的时候，领着义雄进了城，先给义雄买了一身凉薄的衣衫，换了，这才进了一家照相馆。岳奉杰问，取相片得几天？师傅说七天。再问，能不能快一点？我要得急。答，三天，但要加钱。问，再快呢？答，那我就得连夜单独给你洗印，再加钱。岳奉杰交了票子，让小义雄坐到照相机前让人家咔嚓了一下，又领孩子去街面上转，两眼却在四处撒寻。很快，他在邮局对面树荫下找到一位代写书信的穷秀才，此时正伏在小桌上打瞌睡。岳奉杰拨弄醒他，将取照片的凭据递上，说我刚带孩子照完相，明天一早你替我取出照片，装进信封，邮出去就行了。代笔人问，要是照得不可心，还寄不寄？岳奉杰将孩子往桌前推了推，说只要照的是他就行。要是实在不成样子，等过几天我回来，再找他算账。这话也相当于一个警告，我花钱你办事，若是没办利索，我也找你算账。

　　大事办毕，两人重回城外。过晌那一阵，城街上行人虽少，但也还是有些。正巧有两位日本女人穿着和服，趿着木屐，踏拉踏拉地走过，手上还拉着一个跟义雄年纪相仿的小姑娘。很快，又见两辆警用摩托呼啸而过。小义雄停下脚步，拧身眼巴巴追望，眼里还噙了泪水。岳奉杰心中暗叫不好，抓着孩子的手不由得加了力气，嘴上却说，快帮叔找找，看哪里有卖锅贴或火烧的，叔给你解解馋。好些日子没见荤腥的孩子听说要给他买好吃的，自然收了心性，说我想吃烧鸡。岳奉杰忙点头应道，好，烧鸡。

　　那天午后，坐在潮湿闷热的庄稼地里，小义雄津津有味地啃咂烧鸡，岳奉杰却有意将目光避开，低头清点已所剩无几的票子。小义雄将一只鸡腿送到岳奉杰嘴边，说叔也吃，可香呢。岳奉杰推开，说叔不爱吃鸡，你吃吧。小义雄说，叔才不是不爱吃，叔想让我多吃一点，对吧？岳奉杰拍拍孩子脑袋，说等到了家，叔带你去林子里套山鸡野兔，炖上蘑菇，比烧鸡好吃多了。小义雄问，山里的山鸡和野兔，很多吗？岳奉杰点头说，多，有时还能打到野猪。小义雄问，也能打到狐狸和老虎吗？岳奉杰说，我看有人打到过狐狸，但林子里有没有老虎，我就不知道了，反正我没碰到过。小义雄说，我听过狐假虎威的故事，是妈妈讲给我的。岳奉杰怕孩子在妈妈的话题上纠缠，忙说，等你长大了，就跟叔叔一起去找老虎，叔叔怕自己一个人斗不过它，所以一直躲着深山沟走。

　　两个半月后，岳奉杰带着小义雄到了虎林。他是等入夜后才进的孙姐家的门。孙姐看岳奉杰又黑又瘦，一身褴褛污秽，身后还跟着一个孩子，自是吃惊不小，问，好长的日子不见，你跑哪儿去了呀？你上班的那家木材厂都打发人来家问过两三回了。我有心写信问问你二姐，没敢，只怕再搅起你以前的那档子事。岳奉杰苦笑说，我哥上山打石头，滚了砬子，把命丢了。我急着赶回去，没来得及告诉姐一声，真是对不起了。这不，我哥年轻轻突然没了，我那嫂子看样子也不想在家长守，这边刚下葬，那边已鬼鬼祟祟地去见了说合人。我怕这孩子日后当了带葫芦（拖油瓶），就把这孩子带了过来。孙姐又问，咱老家离虎林虽说两三千里的路程，可好歹通着火车，你怎么才回来？岳奉杰长叹一口气，又说，人要该着倒霉，喝口凉水都塞牙。也不是没坐票车，在沈阳换车时，才发现连车票带钱包都叫掘贼偷走了，只好顺着铁道线一路架步量。唉，丢死人啦，当了两个多月叫花子。

这番说辞，都是一路上编好的，腹稿打了无数遍，进门前，又再三叮嘱小义雄不要说话。经过两个多月的日夜相伴，小义雄早把自己的命运维系在这位叔叔身上，自是点头应承。孙姐张罗生火做饭，先让两人舀水清洗身子，又找出些男人和小孩子的衣裳换上，又问，歇过几天，你是想重回木材厂拉大锯，还是另有打算？这个孩子要是不好安排，那就扔在姐这儿，好在这儿也有俩孩子，正好跟他一起玩。岳奉杰说，我也在愁这个事。姐仗义，没的说。可添一个孩子，就添不少乱，三天五天好将就，时间长了，终是让兄弟心不安。我的意思，就不回木材厂了。我怕白天干活时，孩子没人照看，真要被原木砸了，或者被电锯伤了，那就把这孩子坑了。姐看这样行不行，让姐夫帮我在城外林子里找块地方，我开开荒，再挖一个地窨子，让这孩子白天晚上都跟着我，等过了三两年，送进学堂念书再说。孙姐点头赞许，说你姐夫正好有个哥们儿当护林员，先试试看，撑不下去再说。

　　且说这位孙氏姐妹，也算得一位女中丈夫。她见岳奉杰突然离开虎林，又带回一个孩子，必存蹊跷；两年前来时，隐姓埋名，已是藏着蹊跷。山林里这样的人不少，人家既不说破，那又何必追问。当下乱世，装些糊涂，也没什么不好。

19

　　岳金莲在税务局长家当了三年奶妈。到了第四年头上，女主人何静娴说，该给孩子断奶了吧？岳金莲说，早该断了。小孩子早吃五谷杂粮，更硬实。可断奶也得慢慢来，冷丁一下子就断，小孩子容易上火犯病。岳金莲断奶的办法先是在乳头上偷偷抹辣椒，那个招法灵是灵，可大人跟着遭罪。辣椒灼乳头哇，火烧火燎的。岳金莲又让女主人偷着抹臭豆腐，这一招虽然奏效，但家里人也跟着捂鼻子。这般过了半月，孩子们不喊吃奶了，夜里却仍缠着跟大姨睡。何静娴说，那我就把家里的保姆辞掉，她的活计你也熟悉，工钱不变，可好？岳金莲虽惦记着家，但女主人既这般说，又跟孩子混出了感情，也只好如此。

　　岳金莲再回大杂院是民国三十四年春节前，公历是1945年。进了家门，岳金莲便觉出了诸多不适，摸摸哪儿都是尘土，就连蹲院角的旱厕，也很快冻麻了屁股。以前，赶上过年或中秋，何静娴总是让她回家住上三五天。想想在城里生活的诸般安适，岳金莲暗骂自己矫情，忘了根本，城里怎么好也不是自己的家，那一阵之所以回大杂院少了许多，一是家里佟国俊身边还有陈巧兰呢，自己在身边总有些不方便；二是馗子长大了，不光有他叔，那个没过门的婶子其实不比自己当妈的差多少；三就是自己在大杂院也确实住烦了，炕中心立道闸板隔着，一家不一家，两家不两家，又不好对别人明言。岳金莲不知在心里跟自己唠叨过多少次，说局长家的孩子咋亲也是别人的，狗肉终贴不到羊身上，还是赶快收心过自己的大杂院日子要紧。而这次回大杂院来，日子又能住得长些，主要是那个局长最近被调到关内的一个市里去了，住房一时未安排好，何静娴便先去乡下娘家住些日子，至于以后，岳金莲是不是还要陪她去南方家里服侍，那且等以后再说了。

说话间，正月过了，院里的南墙根下已钻出嫩绿的草芽。一天深夜，突听院里的狗叫得厉害，又听院门有人拍摇。佟国俊披衣起身，带回屋内的竟是税务局长家的年轻女人。何静娴裹着乡间女人的棉袄，满脸的惊慌。岳金莲急急起身，问，咋了，不会是孩子出了什么毛病吧？女人使劲摇头，将岳金莲扯到厨间，低声说，姐，龟岛家的那个孩子你是不是知道在哪儿呢？你要是真知道，就赶快走人，躲得越远越好，落到日本人手里可就啥都完了，现在说啥都没用，保命要紧哪。岳金莲大惊，情知何静娴专程而来不会是诈唬，但还故作镇静，笑说，东家不是说笑话吧？我一个小脚女人，这年月能活下来就烧高香了，还敢招惹日本人？那个日本孩子的事都过去好几年了，你是从哪儿听来的闲话呀？何静娴说，你就别问了。没有最好，我也盼着是没有。但姐务必多加小心，防备着日本人找到你时也好有个应对，最好是不和他们打应对，那帮东西哪还讲理呀，落到他们手上那就离丢命不远了，打也打你个半死。我跟你说，眼下小鬼子跟疯狗差不多，见着谁都往死咬。听我男人说，就是前几天，美国的轰炸机已炸到日本东京去了，飞机一去就是几百架，黑老鸹似的，铺天盖地，炸死的人海了去了。咱们眼见的是日本关东军也正整列车整列车地往小日本撤。姐想想看，是不是越到这时候，日本人越疯狂。那个龟岛巴不得一时就把儿子找到，好带回日本国去。岳金莲说，不管日本人会不会来找我，大妹子放下东家的尊贵，顶着又冷又硬倒春寒的小北风，跑这么远的路告诉我，姐都真心谢谢你。快回屋到火炕上烙烙腿吧，有话慢慢说。何静娴说，姐说哪里话。眼看小鬼子祸害咱中国人，其实我也是满肚子的气愤，只恨自己是个女人，没力气，也没办法。我是打心眼佩服姐的，虽说都是女人，可姐就有办法，不显山不露水就狠狠教训了日本人一下，让他们多少也收敛了一点。姐就是咱们女人中的丈夫，巾帼英雄。行了，不说了，我得往回赶了。一听说日本人要找姐的麻烦，我恨不得长膀儿立马飞到姐这儿来。正好我家先生这两天在北口，我是跟他撒谎出来的，只说孩子姥爷得了病。我爸家的大车还在村头候着呢，说好的马上就回去。

送走何静娴，重回屋里，看着正酣睡的馗子，岳金莲好一阵发呆。何静娴连夜送来的消息，肯定是碌碡砸在碾子上，实（石）打实（石），有来头，不会有假。虽说当着何静娴的面怕中了人家试探的圈套，自己不敢认账，但小鬼子家孩子那事，也就自己和奉杰二人清楚，莫不是奉杰那边露了马脚？不会吧，奉杰真要有个山高水低，孙姐总会想办法给自己报个消息。若非如此，那又是哪里出了毛病呢？转而，心里又暗自庆幸，幸亏弟弟在毕业前，突然没了踪影。"国高"同时失踪的还有几个同学和两位老师。岳金莲得知消息，急去打探，有学生小声告诉她，说别找了，听说跟老师去了关里，那俩老师八成是共产党。岳金莲庆幸弟弟躲得早，不然，这一次，最先遭殃的十有八九会是他。

佟国俊见岳金莲痴痴怔怔的模样，问，东家女人黑灯瞎火地跑家来，不会是有什么事吧？岳金莲搪塞说，她家的孩子离了我，整天哭闹，两口子哄不住，想让我抓紧回去。国俊不傻，笑道，要真是这事，进屋大大方方地明说多好，还用得着两人鬼魔眼障地躲到外屋去曲咕？不会是你这位岳家二姐在城里做下了什么捅破天的大事吧？岳金莲心里正焦躁，听此言，噗地吹熄油灯，说快睡你的觉，就是惹下天大的事，也由我自个儿扛着，不关你的事。

院里的公鸡叫了第二遍，起夜风了，掠得屋檐鬼哭狼嚎。思前想后大半宿的岳金莲蹬醒了佟国俊，说，别睡了，起来，走！

佟国俊揉着眼睛说，离天亮还早呢，作什么妖？

岳金莲说，我一直没合眼，脑子清醒着呢。小鬼子说来就来，真让他们抓了去，咱们一家子谁也得不了好。别磨叽了，快起来穿衣裳，把馗子也拨醒，惹不起就得躲，走！

佟国俊一骨碌爬起身，问，你到底惹了什么事？

岳金莲说，别问。知道了就是同案犯，不知情还兴许保条命。

佟国俊听了听窗外的风声，说等天亮，天头好点不行吗？

岳金莲说，不行。这时辰，出城的官道上没人，正好走人。

咱们是去哪儿？

我也不知道。出了北口，馗子随我，分头走，离北口越远越好，越让小鬼子找不到的地方越好。

佟国俊说，一家人好不容易才聚一起，为啥要分开？

总比让一勺烩了强。

那咱这个家就不要了呀？

废话，没了命要家有屁用！

岳金莲又软下口气安慰说，听女东家刚才的意思，小鬼子也没几天蹦跶了，兴许咱们出去躲几天就回来了。别磨叽，快收拾东西，把值点钱又不绊手绊脚的东西带上就行。这家你就放心吧，大院里的好心邻居不少，再说，你那边还有巧兰妹子呢，用不上一两天，见不到人，就过来替咱们看上家了。

20

那一夜，佟国俊和嫂子二人拉着馗子，出了北口市区，就各奔了东西。佟国俊把手上的票子基本都给了岳金莲，说给我买张火车票钱就行，我奔关里走，听人说，开滦矿上用人多，肯舍命就收，一月一结账。岳金莲拉着馗子的手，说早晚有一天，等一家团圆时，咱谁也不缺。佟国俊说，要不，咱一家子还是在一块吧？岳金莲坚决摇头说，不，一定要分开。你往西，那我就往北。我个小脚女人，又拉着一个孩子，要饭也比你好张口。一家人这般生离死别的，临分手，佟国俊又问，嫂子好歹给我交个底，你到底惹下了多大的事？岳金莲说，小鬼子要是把我抓去，八成连大狼狗都不用，就活活把我嚼了，你说多大事？佟国俊点头道，你这么说，我就明白了。走吧，后会有期。

岳金莲带着喧子，一路北去，并不是想去虎林投奔孙姐，而是心中另有方向。虎林是东北，她却选西北，奔科尔沁草原，她听说那里地广人稀，小鬼子虽也时有骚扰，但多是如风掠过。又听说放羊牧马的蒙古族人憨实厚道。她采取的行进方式则是与几年前岳奉杰带小义雄一路北去大同小异，也是避开铁路公路，只走乡间小径。毕竟女人不比男人，入夜，她不敢带儿子躲在漫荒野地，只能走进村庄，对借宿的人家说男人死了，身上的票子也花光了，她是带儿子去北边投靠亲戚。乡人们看母子可怜，便留住一宿，走时，还给递上两块锅贴饼子。

　　好在这样的日子也就煎熬了几个月。立秋后的一天，在扎鲁特旗附近的一个营子，突见人们一个个喜气洋洋，营子里还炸起了炮仗，一打听，才知是小鬼子投降了。那些日子，岳金莲正带着喧子留在一个养奶牛的人家，白天挤牛奶，夜里住蒙古包，还可得些工钱。听了消息，岳金莲大喜，拉着儿子就要奔火车站。养牛户问，你先前不是说去投亲吗，怎么又要回家？岳金莲说，先前哪敢说真话，我们娘俩是为了躲小鬼子才跑出来的。这回小鬼子完犊子了，咱还怕个啥。

　　回到家里，岳金莲问邻居，小鬼子和警察没来家里找麻烦？邻居说，还能少来，隔三岔五就骑屁驴子跑来一趟，还留人守在了院门外，也多亏你们把孩子都带走了，不然，半大的孩子不让他们祸害死，也得吓死。邻居又说，听说你把小鬼子家的孩子藏起来了，真看不出，娘儿们家家的，你还有这胆子，晒干巴了，足有倭瓜大！

　　岳金莲在家歇息了半月有余，对邻居说，我这回大难不死，平平安安，多亏了以前的东家。我总该去看看人家，道声感谢。邻居说，你还敢去八大户？听说日本人虽说投降了，但还没滚蛋呢。岳金莲冷笑道，以前小鬼子横行霸道，也怪咱中国人心不齐，不然，就是一人一把土，也把他们活埋了。

岳金莲重新走进八大户院子，眼前竟是一片冷清狼藉。八幢房子的玻璃所剩无几，差不多都被砸光了，窗子上用以遮风挡雨的多是床单或毡毯。税务局长家的门关得死死的，岳金莲上前敲，一遍又一遍，总算有了女主人怯怯的询问，岳金莲答了，何静娴慌慌开了房门。看屋里，也是被洗劫一空的模样，只剩了床上的两卷行李，还有灶台上的几副碗筷。何静娴苦笑说，骂我们是汉奸，抢了，抢光了。岳金莲问，孩子呢？何静娴说，让我爸接乡下去了，能走一个是一个吧。岳金莲问，那你怎么不走？何静娴说，重庆政府的人还没到，政令却先来了，命令原先的公职人员必须坚持职守，擅自逃离者，将一律以通敌罪严惩不贷。我家先生哪敢走，他不走，我就得陪着。岳金莲再问，那个龟岛一郎也在坚守？何静娴冷笑道，他还坚守个屁，走了，而且这一走可走得远，回不来了。何静娴的这几声"走"，一声比一声重，明显含了另一种味道。岳金莲问，莫不是他先回了日本？何静娴撇嘴道，回日本？下辈子吧。北口城里的中国人，最恨的小鬼子是谁，就是他。日本人宣布投降当晚，中国人就把他家围上了。他打电话喊警察，可没人来，他又抓着枪耀武扬威，还打伤了两个人，中国人一声喊，冲进他家，下脚踩，用棒打，摔石头砸，那龟岛死得那才叫个惨，最后就成了一摊肉泥。岳金莲问，那他老婆呢，就是珍子，也死了吗？何静娴说，珍子没像龟岛那么蠢，见人们围上她的家，就钻进防空洞，从通向外面的洞口跑出去了。岳金莲再问，那她人呢，躲哪儿去啦？何静娴的目光避闪起来，迟疑地说，只知跑出去了，谁知呀。岳金莲急切地问，你知道就跟我说嘛，我想跟她说说她家那个孩子的事。何静娴说，那就等天黑吧，我去找找看。

岳金莲这次来八大户，一是要表达感激之情，这个心意是实实在在的，那叫救命之恩哪，大恩不言报，但总得表达出来。另一个想法，就是想见一见珍子。珍子家孩子的下落自己知道，现在小鬼子投降了，过不了多久肯定都要滚回日本国去。珍子家只那么一个孩子，杀人不过头点地，大人回去时，肯定巴望着把孩子也带回去，人之常情啊。当然，离开家时，这个想法岳金莲跟谁都没说，刚才听何静娴如此一讲，知道龟岛命已归西遭了报应，又听说珍子时下也惶惶然如丧家之犬，心中越发动了恻隐之情。说实话，岳金莲对珍子并没多大恶感，只是恨她不该带孩子跑到中国来。好在珍子到了中国后，还存些温良和善的品性，不光很少对中国人吹胡子瞪眼，就是对自家男人的所作所为也多有想法。听说，她在家里没少跟龟岛生气，劝说不动，只好烧香念佛，求神灵宽恕男人，保佑孩子。

入夜时分，珍子跟在何静娴后面来了。半年多未见，珍子已完全没了昔日日本女人的细致，连那头发，都学中国女人的样子，绾成了抓髻在脑后，整个人显得落魄憔悴。见了岳金莲，隔着老远，珍子就扑通一声跪下了，以膝前行，直到岳金莲脚下，然后就脑门贴地，长久地跪伏在那里。

珍子哭着说，阿弥陀佛，谢谢菩萨见我一面。

岳金莲说，我不是菩萨，我只是一个中国女人，满大街都是，稀松平常。

珍子说，不，你就是菩萨，救苦救难大慈大悲的菩萨。你跟别人不一样。

岳金莲说，你没说真话。你知是我弄走了你的孩子，心里不定怎样恨我。

珍子说，要说恨，那是以前，真恨过。可日本国一宣布战败，我就恨不起来了。如果义雄在这里，不一定能活到今天，也许就跟他的父亲一块去了。

岳金莲说，那你男人死了，你恨中国人吗？

珍子说，寻思来寻思去，为什么要恨中国人。如果龟岛不来中国，中国人会去日本国杀死他吗？如果他不那样凶煞似的祸害人，中国人会那么恨他吗？神明在上，苍天有眼，善恶有报，一切都是自作自受，活该。

自从义雄丢失后，珍子几乎每天都走出八大户院子，去大街小巷，去阡陌村屯，拿着照片去打听孩子的消息，几年间，早已说得一口流利的中国话。说这些话时，珍子一直跪伏于地，目光也一直低垂着，泪水淋落了一地。想想以前多么清高孤傲的一个人，一朝之间竟似经了霜的茄子，颓丧至此。岳金莲眼窝里也汪了泪花。她弯腰拉珍子的胳膊，说你起来，咱们坐着说话。

珍子站起身，却不敢坐，站着，两眼仍一直盯着地面。岳金莲叹了口气，说义雄去了哪儿，我也只是知个大致的方位，眼下怎么样，我也说不准。这样吧，你容我几天时间，去帮你去找找看。若是找到了，我把他给你带回来。

扑通，珍子又跪下来，说谢谢恩人，谢谢菩萨，我跟你一块去，行吗？

岳金莲坚决地摇头，说你要去，就自己去。我不想带着一个日本人一块走。

珍子说，没谁看得出我是日本人。我给你当用人。

站在旁边的何静娴说，岳大姐说的是，你不好跟她一块走的。听说中国政府已下了通令，所有日籍人员必须原地待命，政府将统一遣送你们回日本国。擅自行动者，后果自负。

珍子见此路不通，忙又解开衣襟，从怀里摸出一只扑克牌大小的蓝底印花的布口袋，从口袋里取出一只戒指，双手呈递，送到岳金莲面前，说菩萨，现在我手上，也只剩这个还值点钱了。你一路要吃要喝，还要坐车买票，到了地方，对收养了义雄的人家也要表示感谢，就请把这个带上吧。

这个戒指，岳金莲以前见过，珍子有时带孩子到院里玩，她和中国女人们说话时见的。中国有钱的女人戴镏子，黄澄澄多是金的，或在上面镶上或蓝或绿的宝石。但珍子的这颗不一样，在日光下，闪烁的是别一类炫目的光芒。珍子说是钻石，足有一克拉。人们不知克拉是什么，再问这镏子到底值多少钱，珍子莞尔一笑，不再作答。

岳金莲和何静娴对望一眼，将戒指推回，再次坚决摇头，说我记得你说过，这个镏子是你结婚时，娘家奶奶戴给你的，那你就留着。至于我怎样去找孩子，你不用操心，我自己去想办法就是了。

珍子再三感谢着，离去了。岳金莲端坐床心未动，是何静娴送出去的。何静娴回屋时，发现那个蓝色的小布袋留在了门口的鞋柜上，便交到岳金莲手上，说我问过我家先生，这个钻戒正经值些钱呢，起码能换上十亩八亩旱涝保收的好地。她既是真心实意给你，你也别客气，权当盘缠吧。一个戒指若能换回她的儿子，她还是大赚。要说小鬼子欠咱中国人的，一座金山也不止。岳金莲长叹了一口气，没再说什么，把那个小布袋攥在了手里。

当夜，岳金莲和何静娴同睡一床，又说起半年前何静娴月夜送信一事，问她到底是怎么得来的消息。何静娴说，警察局的侦探也不是白吃饭的，几年前，收到义雄的照片后，他们便给龟岛出主意，说绑匪既然不是只图赎金，那就极可能再往北口寄照片。警察局表面上声色不动，暗地里却派员密查所有进出北口县的邮件，只要查出收信人，便是破案的关键线索。这事关键是要沉住气稳住神，从长计议。大侦探的这一计果然奏效，今年春节后，警察局终于查获一封寄有小义雄照片的来信，收信人是县"国高"一个姓岳的学生，只是那个学生毕业前突然黄鹤一去，下落不明。龟岛不死心，顺蔓再查，就查出了在八大户当过保姆的岳金莲是那个学生的嫂子，这正与当初侦探分析说绑匪定与住在大院里的人有牵连相契合。依着龟岛的性子，就要立即抓你，可珍子不同意，她怕这边抓了人，绑匪极可能撕票，不如暗中盯牢了岳金莲，得知义雄的准确下落并确保孩子的安全后再实行抓捕不迟。两个侦探支持珍子的意见，龟岛这才答应放长线，并派人去了虎林，听说去虎林是看的邮戳。我知这个消息，还是珍子家的保姆偷偷告诉我的，她怕我也牵扯进去，让我多加小心。当初，珍子家找保姆，要求会些日本话，是我把她介绍过去的，她一直念着这个情。唉，半年前我哪敢跟你说这些，我怕把她卷进去，那我也得跟着遭殃了。岳金莲闻言，不由得心惊肉跳，心里暗怪兄弟奉杰轻举妄动，没有二姐的话，你可寄什么照片哪？转而，又暗骂自己不应该。过年前，她去街上找人代写书信，是写给虎林孙姐的，并请孙姐转交奉杰一信，说自己不再当奶妈回老家了，千不该万不该的，不该在信的末尾又问上一句，孩子可好？兴许，奉杰的误解就在这句话上，才又把义雄的照片寄了过来。要不是正赶上日本人投降，鬼精鬼精的小鬼子顺蔓摸瓜，那就太悬了……

21

几天后，岳金莲到了虎林。时局虽然仍是很乱，但比起几年前岳奉杰带着小义雄凭着两条腿风餐露宿千里跋涉，岳金莲此行还是顺利了许多，能坐火车坐火车，火车不通的地方坐大板车。乡下人淳厚心善，看小脚女人赶路，常会主动捎上一程。到了虎林的第二天，孙姐便将岳奉杰找到家里来了。

二姐岳金莲的突然到米，岳奉杰很吃惊。虽说早知道日本人已宣布战败，可他还是加着百倍的小心，是自己跑来的，把小义雄留在了林间。

趁着孙姐张罗饭菜的时辰，岳奉杰低声埋怨，说大老远的二姐突然就来了，怎么也不先给我透个信？岳金莲笑道，小鬼子都宣布战败滚犊子了，咱们还怕个什么？二姐心里惦记你，也惦着那个孩子呀。岳奉杰嘘了口气，笑说，放心吧，都活蹦乱跳地活着呢。那个孩子，只怕二姐见到他，都认不出来了。

因心里都惦记着小义雄，那顿久别重逢的丰盛饭菜，姐弟二人都只是匆匆盘碟了事，只是装饱了肚子。面对着结拜姐妹的一再盛情，岳金莲说，我还是先去看看我家大侄子吧，过一两天，我带孩子一块过来，不和姐姐待够不走。

　　小义雄终于站在面前。四年过去，八岁的义雄黑壮敦实，面对岳金莲，眼里闪动的只是家里来了生人的新奇。岳金莲拉起孩子的手，说义雄，你还认识姨吗？义雄将手抽出来，说我叫丘山，王丘山。岳金莲说，你再好好看看姨，是八大户院子里的姨。义雄退后一步，凝目再看岳金莲，眼里流露的满是迷茫与疑惑，好一阵，两眼落在岳金莲两只小脚上，这才迟迟疑疑地问，你是姓岳吗？

　　在地窖外烧水的岳奉杰急跑进来，说二姐，别跟山子啥都说。岳金莲苦苦一笑说，我想试试，孩子是不是还记得以前的事情。在来地窖子的路上，岳奉杰已一再叮嘱，说自从来到虎林，自己已改姓王，对外，他则说媳妇生病死了，家里穷得地无一垄，他便带儿子来北边山林里谋生。好不容易，孩子已渐渐忘却了过去的事情，切切不可再将他记忆中的浑水搅起来。

　　但岳奉杰的阻止似乎还是晚了些，义雄已缠住岳金莲问，你是从我妈妈身边来吗？我妈妈为什么不来？离开母亲时，义雄四岁。四岁的孩子，正是人生记忆的最初形成期，记得快，忘得也快。岳金莲的出现，无疑唤醒了孩子记忆深处的一些东西。到虎林后，岳奉杰带着义雄先是挖掘建起了可栖身的地窖子，接着就是开荒种地。到了冬天，岳奉杰则带小义雄去附近山林里打猎，但也不敢走得太远，毕竟孩子太小，所以打来的不过是些野鸡、山兔之类，偶尔也打到过狍子和野猪羔子。小义雄对种庄稼兴趣不大，却对打猎情有独钟，整天盼着老天快下雪。只因这打猎，也对岳奉杰越来越依赖越亲密，口口声声喊着爹而不叫叔了。

岳奉杰只怕岳金莲再对孩子说什么，急将岳金莲推出地窖子，直扯到义雄再听不到两人说话的地方，才问，二姐，你跟我说实话，这次来虎林，你到底是为的啥？

岳金莲沉吟一下，说跟自家兄弟，我也用不着跟你藏着掖着，我想带这孩子回去。

岳奉杰说，二姐家里有自己生养的儿子，哪缺了这一个。山子是我的心肝宝贝，虽说不是亲生的，但比亲生的也差不到哪儿去。别说是个孩子，就是条小狗，跟了我好几年，也不能让人说领走就领走吧，二姐说是不是这么个理儿？

岳金莲叹了口气，说兄弟呀，你眼下也是奔三十的人了，还是光身一人，二姐有时夜里睡不着，常想这事，直想得心里疼。要说怪，就怪当年二姐一时性急，不该把你拖进这泥坑里来。二姐是想，若是把这孩子带走，兄弟抓紧娶上媳妇，用不上两三年，你亲生的儿女就会喊爸了。以前小鬼子横行霸道，我不敢把孩子带回去，可眼下小鬼子瘪犊子了，咱就不能不算计往后的日子怎么过了，是这么个理儿吧？

岳奉杰倔哼哼地说，以前怎么过，以后还怎么过。前两年，山子小，我都撑过来了，往后山子都能成帮手了，我还怕什么。一辈子就这么过下去，我看也没啥了不得。

岳金莲说，兄弟这就犟了。到虎林后，我听孙姐说，连她都为你着急，左次三番地给你保媒拉纤，可一听说你带着一个半大的孩子，姑娘们一个个都打了退堂鼓。二姐这话没带谎吧？

岳奉杰说，咱就这一堆一块，她愿意进门当妈，我敬着供着，人家不愿意，我也犯不上上赶着求着拜着。我还怕娶进个心地歹毒不善的，俺家山子日后受气呢。

岳金莲又试探地问，要是有人家愿意收养这孩子，答应给你置办几亩好地，还能帮建起几间砖瓦房，你看……

拉倒拉倒赶快拉倒，他敢找上门来，小心我立马啐出他八里远。我岳奉杰这辈子不管穷到哪一步，也绝不做卖儿卖女的事。

这话一出口，岳奉杰立时警觉起来，又说，听二姐这话的意思，不是还想把孩子还给日本人吧？我记得当年二姐跟我说整走孩子时，我说大不了捏巴死他，你立马就翻脸了。

岳金莲忙笑着掩饰，说这孩子哪还有亲爹亲妈。北口城的人早恨得日本人牙根直，小鬼子一宣布投降，那俩东西就被砸成烂泥了。中了中了，这事就说到这儿吧，你不愿意拉倒，反正二姐已把话说到这儿了，日后你别怪罪二姐就成。

岳金莲适时缄口，本是久谋在心。在前来虎林的火车上，她一遍又一遍地思谋带走孩子的事，设想过各种可能。以她对岳奉杰性格的了解，她估摸想顺顺当当地带走孩子肯定有难度，不好强攻，那就智取。话若说多了，把岳奉杰心里的那根筋绷起来，只会对谋划中的下一步行动自添难度。

岳金莲率先往地窖子走，说听孙姐说，这几年，你可没少往她家送山鸡野兔什么的，家里还有现成的没，好歹也让二姐尝尝野味。岳奉杰的思绪却仍沉浸于刚才的对话中，嘟哝道，反正往后山子这孩子去哪儿，我也跟到哪儿。二姐一定要带他回去，我就跟你一块回去。

岳金莲说，那可不成。前几年你打残的那货，到现今还侧侧歪歪走不利索呢，人家的爹又正在镇里打幺横晃（吃得开），你回去了，还不是自个儿往虎狼圈里跳哇。算了吧，你愿带孩子过，那就过，等老家那边消停些，再说。

那天的晚餐，挺丰盛。岳奉杰去山林间转，提回一只山鸡，是套子挂的，还扑腾着翅膀。岳奉杰说，等大雪封山，林子里的野物才肥呢。这季节，就将就吧。岳奉杰又从河泡子提回几条拃来长的鲫鱼。山里人用荆条编成口大脖细的篓子，下到日夜奔流的河道里，小鱼小虾顺水而下，落入篓子，便再难逃窜。饭菜端上桌，岳金莲拧开一瓶白酒，那白酒叫烧刀子，听名号就烈性吓人。酒是离开孙家时，孙姐塞进包裹里的，孙姐说，山里不缺嚼货，却难找白酒。刚才你们都没喝，那就带上。此话正中下怀，岳金莲心中窃喜，便不推辞。两只粗瓷碗斟满，岳金莲说，想一想，咱姐弟俩可是有年头没坐在一块吃顿饭了，今儿，咱也学学梁山好汉，大碗喝酒，大块吃肉。坐在一旁的义雄瞪圆了两只黑亮的眼睛，只觉这个从天而降的女人又熟悉又陌生。

那顿酒，岳奉杰因听了二姐不再打算带义雄走的话，便放松了警惕，没少喝，喝了有近一瓶，一斤哪！岳金莲也没少喝，可她是在装出样子喝，只入口不落肚，在抓毛巾擦脸抹嘴的时候，便将噙在嘴巴里的酒吐了出去。烈酒醉人，没等炕桌撤下，岳奉杰已歪靠在行李卷上醋醋入睡。岳金莲帮他躺平身子，又安顿小义雄在他身旁睡下，自己也歪在了小炕上。但她睡不着，也不敢睡，尽管身子很累很乏。夜到三更时，岳金莲拨醒了小义雄，说山子，起来，快起来，跟姨走。小义雄揉着眼睛问，姨要带我去哪里？岳金莲说，姨带你去找珍子妈妈呀。听说找妈妈，小义雄立时精神了，望着仍在呼呼大睡的岳奉杰问，那俺爹呢？岳金莲说，你爹跟姨商量好了，他随后也去，但要晚去两天，让姨带你先走。家里总要留个人收拾收拾，对不？

那天临出门，岳金莲把手伸进怀里，摸出那只蓝布小口袋，放在了岳奉杰枕旁。可走到地窖子门旁，她犹豫一下，趄回身，重将小口袋抓回手中。小义雄问，姨，是什么？岳金莲说，不当紧的小玩意儿，还是姨带在身上吧，你爹心粗，我怕他弄丢了。

两人上路了。正是月黑夜，眼前一片漆黑，根本看不清脚下崎岖的山路。小义雄懂事地扶住岳金莲的胳膊，说我和爹去林子里打猎时，没少走这样的夜路，有我呢，姨，别怕。岳金莲听孩子这样说，心里发热，她问，你知道在哪儿能找到大车吗？把咱们送到虎林火车站就成。小义雄说，拐过前面的山脚，有三四户人家，院里就养着马，还有大车。我没少跟那几家的孩子玩，兴许连票子都不要。

天亮前，岳金莲带着孩子坐进了车厢。汽笛长鸣，徐徐启动。望着车窗外缓缓向后退去的空旷站台，岳金莲的心里蓦地满是愧疚。奉杰此时还在梦里吗，就是醒来，顶多也就追到这里，他的两条腿再快，也快不过火车轮子。短时间内，估计奉杰也不会追回老家去，老家有仇人，且正当道，自己给他留下的信息，虚实参半，奉杰不会完全不管不顾。况且，自己带义雄并不是奔着老家，奉杰真要追回去，也够他找上一阵了。兄弟，留在虎林这边娶个媳妇，成个家，安安稳稳过日子，二姐对不住啦……

22

岳金莲带着小义雄重新回到北口城，已是半月以后了。

迟归的原因其实也简单。那天，两人乘坐的火车只开到哈尔滨，再要前行，只能换乘。但偏偏不巧的是，由哈尔滨开往北口方向南下的列车因需紧急运送归国的日本侨民，已全部停止售票。以前只知小鬼子占了咱大半个中国，没想竟会有那么多的人，除了军人、工程技术人员、商人，还有那么多携妻带子倾家而动的"开拓团"人，塞得满登登的火车开走一列又一列，从四面八方拥进候车大厅和站前广场的仍是缕缕行行。听说日本人是奔往辽西的葫芦岛港，在那里上船再漂洋过海回老家。

票车坐不上，那就只能乘汽车，坐大车。乡间的农民得此商机，早把骡马车、老牛车、小驴车候在了大路旁，只是顿失了先前的大方与豪爽，不先交足盘缠绝不容许占得一席，管你是皇帝老儿的三姑四姨也没用。如此这般，岳金莲带着小义雄数番周折一路颠簸，总算重回了北口。远远地见了八大户的院子，小义雄关于家的记忆似乎这才被彻底激活，他扔下岳金莲，奔跑着径向大院扑去，一边跑一边大声喊妈妈。但八大户的院门不再向他开放，大门前重又站立了全副武装的军警，那些军警头顶上的帽徽变成了青天白日满地红，院子里的主人已换成了中华民国政府的接收大员。军警人员黑着脸，对站在大门前的岳金莲和小义雄说，走开，这里严禁喧哗。岳金莲赔着笑脸说，我带孩子只想找一找以前住在这里的一个女人。长官开开恩吧。军警人员仍黑着脸，说日伪时期住在这里的除了日本人，就是通敌卖国的奸逆，想找他们，去问警察局。

无奈，岳金莲只好去打听与大院相邻的沿街店家。有店家说，只知道前几年的几家税务局长都被抓进局子了，那几家的老婆孩子哪敢再留城里，有亲的投亲，没亲的靠友，都跑到乡下躲起来了。岳金莲再问，那个日本女人珍子呢？店家说，前几天，还见过那个日本娘儿们，里里外外的中国女人打扮，可怜兮兮地在这街上转圈子，也不知转个什么。这两天就不见了。

岳金莲依稀还记得何静娴说过娘家的地址，便一路打听找去。何家在镇子里有个很气派的院落，高墙，铁门，墙头上还立着铁蒺藜，看着让人发瘆。岳金莲上前敲门，院子里回应的是一声高似一声狗的狂吠。好一阵，一个用人模样的中年妇女才隔门盘问，岳金莲一一答了，大铁门这才吱吱嘎嘎地打开。迎出房门的何静娴见面先做解释，说这一阵子，大门哪还敢开，只怕乡下也闹起砸抢来，吓死人了。又将小义雄揽在怀里，说这就是那个孩子吧？没想兵荒马乱的，还真让你找回来了！又对岳金莲说，珍子自打从大院被撵出去后，无处可去，也跟我来这里住过几天。那几天，天一亮，珍子就去城里八大户，恨不得一时一刻就把你们等回来。可前几天，日本方面下了通告，要求所有在华的日本人必须立即赶往葫芦岛，拖延滞留者后果自负。珍子是最后一个被拉上去葫芦岛的大卡车的，走时那个哭哇喊哪。唉，谁知她现在是不是已经上船走了呀……

那时，岳金莲已下定了带小义雄再追往葫芦岛的决心。她对何静娴说，跟东家，我就不客气了。家里若是有现成的馒头或饼子什么的，就多给我们带上一些。再有，也不知家里可有合我脚的鞋。我脚下的这双，这些天磨破了，鞋窠子里都踩出了血。何静娴为难地说，吃的好说，家里没现成，我这就去街上买。只是你的鞋，却是真难了。小脚之人，一人裹出一个样，别说鞋铺里很少有卖，就是有，怕是也很难合上你的脚。你以前在我家时，没事时没少做鞋，说你的脚弓背高，不好买到现成的。要不这样吧，你从我的鞋子里挑上一双，再多带些棉花，鞋子大就多楦一些。我再帮你在镇上雇辆小驴车。就你这双脚，还能走出多远哪。

又是一段艰难的行程，昼夜兼程，直累得连小毛驴都趴在地上不肯效力了。三天后，岳金莲带着小义雄到了葫芦岛。日本人大撤迁的行动已近尾声，但通往码头的大路上仍密集涌动着提箱背包的人流。大路两侧，最外一层是荷枪实弹的中国士兵，三步一岗五步一哨，都黑煞着脸，一律面朝外。而背对着中国士兵的第二层，则是日本的纠察人员，统一的白衣白裤，不时地检查队伍里某人的证件。岳金莲拉着小义雄欲上前打听珍子，中国士兵毫不客气地呵斥，退开，远远退开，退到五十步以外去！

五十步外是坡岗。这个时节，除了红若焰火的枫叶，便是遍地的枯黄。岳金莲瘫坐在草地上，哪还顾得砢碜好看，早将鞋子打开，让那又肿又胀血糊糊的三寸金莲见见太阳，吹吹风凉。她对小义雄说，要盯住大路上的每一个人，看到和我年龄差不多的女人，你就大声喊妈妈喊龟岛珍子，使劲扬手里的毛巾，一定要让她看到你。小义雄喊了一次又一次，从清晨喊到天黑，喊得嗓子都哑了，胳膊都扬肿了。夜里，岳金莲带小义雄住到附近村庄的农户家去，小义雄趴在滚热的火炕上，呜呜哭起来。岳金莲问他哭什么，小义雄说，我爹怎么还不找我们来，他是在林子里打野兔还是在收庄稼？我爹要是在这里，他一定有办法。岳金莲知道孩子是想岳奉杰了，心里再一次酸痛上来。她安慰说，也许他正往这里赶，说不定明天就找到我们了。岳金莲一直在回避着小义雄的生身之父是日本人的事实，更不想告诉龟岛已经叫中国人打死了。孩子还小，中国人为什么那么憎恨小鬼子，日本人又为什么要滚出中国去，这个话题太大太长太复杂，跟一个八岁的孩子能说得明白吗？

　　到了第三天，大道上的人流已愈见稀疏，连道路上被踏起的黄土也渐渐落定。过了中午，先是日本纠察队列队撤走，然后只听一声哨响，中国士兵集合到一起，也迈着整齐的步子向着码头方向走去。岳金莲和小义雄站在坡岗上，远望着一艘大船响起悠长沉闷的汽笛声缓缓离开码头，直向大海深处驶去。岳金莲说，这是走完了，咱们别找了也别等了。从今天起，我就是你妈，不管谁问，都这么说，听明白了吗？小义雄又一次哭起来，说那我们回虎林吧，我要找我爹。岳金莲说，你爹不在虎林了，妈妈这就带你回家。家里有你的新爸爸。往后，咱们就是一家人了，咱家姓刘。

　　往城里的方向走了一会儿，岳金莲又说，咱在北口的家里现在可能没人了，我先把你送到我的一个叔伯姐妹家里，你叫她三姨就是，啥也别问，啥也别说，就等妈妈回来接你，你一定要听三姨的话。等妈把你爸爸和家里人都找回来，咱们一块回家，听明白了吗？

义雄连连点头，只是把小手跟妈妈更紧地拉在一起。那一年，龟岛义雄八岁。八岁的孩子虽还弄不懂世界上的风云变幻沧海桑田，但是，发生在他身边的诸多事情，一桩桩，一件件，足以让他铭记在心，永生难忘。他也多少懂得了一些这身世的秘密，为了生命的存活，他必须听这位中国妈妈的，深藏在心里，谁也不能告诉。

23

那天，岳金莲没有直接将日本孩子山子带回家，也是另有想法的。上次从家里出来前，没见到小叔子佟国俊，也没见到儿子馗子，按邻居的说法，馗子可能发现了家里什么的秘密，离开家去哪个同学家躲着了。这种事以前也曾发生过，馗子只要发现佟国俊和陈巧兰在一起，就气得跑去找同学，一连几天不回家。岳金莲正着急去大杂院打听何静娴当初报信的情况，哪里有心情等馗子回来，所以连夜就出走了，紧接着就是奔虎林和葫芦岛，这一分手，便是月余。现在急着回家，谁知馗子是否在家，那么国俊呢，他回了吗？他若也得了日本战败、小鬼子要滚犊子了的消息，极可能先从河北开滦回来了。回家来了当然是好，但他能接受日本孩子来家这个事实吗？佟家与小鬼子有深仇大恨，家里死在日本人手上的亲人已有好几口了，极有可能不会接下这个孩子。国俊若为这个事翻下脸可怎么办？自己起码应该先回家看看再说，商量商量怎么办吧。山子这孩子短时间内是没办法去大杂院了，谁知这辈子还能不能回日本国见他亲妈，这事都得从长计议呀。

这事还得花开两朵，各表一枝。却说佟国俊和嫂嫂岳金莲分手后确是去了河北开滦，井下摸爬滚打辛苦了数月，也确是已得了日本快战败了要滚蛋的消息。那是小鬼子宣布投降的头几天，从一个一块下井的矿工口里听说的。那矿工说他的一个中国朋友偷进了日本劳工头的一间办公室，日本人没在屋，电喇叭却开着，里面说的事就是美国飞机正在轰炸日本的事，还说小鬼子极有可能是撑不了几天了。佟国俊知道这事极有可能不假，可他还是再叮问了一句，你这话是从哪儿听来的？工友说，我的一个朋友，说起来你可能也认识，那天他见日本人门开着，屋里又没人，就进去了，很认真地听了一遍又一遍。不是中国电台，可能是西方哪个国家的吧，他会点外语，而且这种事人家犯不上撒谎，对吧？佟国俊心中大喜，也不管矿上按不按全月结账了，当夜就乘车回了北口。

佟国俊回到北口，第一件事自然要找陈巧兰。两个年轻人也有好一段时间没见了，干柴烈火，少不得又是一番暴燃。事毕，两人也自然要说到日本鬼子战败的事，说日本军队和美国军队在太平洋战场上已经有了好几番大规模的搏杀，中途岛海战和冲绳岛之战后，形势有了根本性的逆转，美国飞机已把成千上万吨的炸弹扔到东京城去了。中国军队也在缅甸开辟了新战场，实施了战略性大反攻。这些消息佟国俊都是从火车上听来的，远比听矿工议论的更具体详细。火车上也有日本乘警和伪满洲国的乘务人员，不时吹胡子瞪眼地吆喝乘客不要道听途说胡说八道，可越这样，人们越相信那不是虚言。西边的太阳真要落山了，那只是时间问题。佟国俊兴奋地对陈巧兰讲，狗屁的武士道顽强抵抗，狗屁的为天皇玉碎，哪一战都搭进去好几万人，眼见这是小鬼子撑不住，快完蛋了。陈巧兰则说，小鬼子快滚犊子吧，我好大大方方地跟你结婚生儿子。

除了报纸上看的，回到北口后眼见为实的便是看日本军列一列一列地开往天津港、葫芦岛港、大连港，敞篷车皮上满载着坦克和大炮，清一色的重型武器。北口站是铁路上的枢纽站，军列到这里要加煤加水，火车上的日本兵也要在这里喂肚皮。货场在车站西侧不远，扛大包走跳板的搬运工人站在车皮上方，站台上的情景一目了然。小鬼子壁垒森严，中国人轻易难靠边，但中国人不傻，他妈的，日本小鬼子这是看大事不妙，把关东军都撤回日本老家守巢看窝去了，而且调动的数量与规模都不小，日军的联队相当于中国军队的团，按一军列拉走一个联队计算，日日夜夜不断捻儿地往回运，那得调回去了多少个师呀？

已蛰伏了数年只盼复仇的豹子不能不跃跃欲动了。此时不动，只怕日后再难有这等好机会。但再宰他一两个鬼子，不光于大事无补，还极可能搭上自己的性命。那干就干他个大的，不说打乱日本人的战略部署，起码也要搅乱他们这锅粥，乱了他们的阵脚，就是搭上自己这条小命也是值得的！

一个深夜，佟国俊穿上从旧物市场上买来的一套衣裤，还用黑色的洋丝袜做了面罩，潜伏在了车站西侧的扳道房后面。那夜天有点阴，风不小，呼呼的。车站方向灯火通明，一辆火车头已慢慢退过去完成了挂钩连接。一声哨声响亮，站台上的日本兵如同耗子归洞，迅速缩回了车上。扳道房里电话响起，扳道工接起电话，回答西行正线贯通。扳道工跑出去，督岗的日本兵又跑进扳道房，再次予以确认。因是军列通过，每个道岔都临时加派了一个日本兵，小鬼子加了百倍的小心。扬旗的臂膀垂了下来，那是可以通过的信号。火车头长长地嘶吼一声，开始大喘着粗气，轰哧轰哧地启动。列车近了，更近了，大灯前方被照得一片雪亮。这个时候不可轻动，线路上窜出一只狸猫也会被司机发现，而且火车头上也肯定加派了荷枪实弹的日本兵。列车再近，只有百多米了，钢轨已清晰传来车轮碾轧的铿锵声响，照明大灯的光柱射向远方，扳道房附近形成了瞬间的灯下黑，只剩房檐下的那盏四十瓦的电灯在昏昏闪烁。说时迟，那时快，佟国俊从扳道房后窜出，在灯泡甩出道岔的同时，臂膊从背后死死地扼住了日本兵的咽喉。小鬼子绝望中还想鸣枪示警，但哪还来得及。感觉日本兵的身子软下来，佟国俊松开钳子般的臂膊，扳住小鬼子的脑壳再一拧，只听咔嚓一响，那是拧断了他脊梁，把他彻底送回老家了。火车的速度已在加快，只有三五十米了。佟国俊顾不得旁边还有一个呆若木鸡的扳道工，转身奔向扳道器。扳道工似乎醒过了腔，扑上来拦阻。时间已不容秒毫，可扳道工毕竟是中国人，佟国俊闪身躲过，飞起一脚，扳道工登时就抱着小肚子在道肩上打起滚来。佟国俊随口骂道，不知好歹的东西，这都什么时候了，还替小鬼子卖命啊，回家养着吧。佟国俊只以为大功造成，正要闪身离开，却没想铁道边的树丛中又闪出一个身影，挺着刺刀直向他后背扎来。佟国俊原以为扳道房附近这时只有一个日本兵和一个扳道工，万没料到小鬼子加了防。没了防范的佟国俊突听身后有声惨叫，有人扑通一声就倒在了身后，那刺刀已将后衣襟划了道口子，眼见夜色中一位黑衣汉子正将一根养路工撬铁道用的撬棍甩到树丛中。佟国俊急上前打拱，那汉子却只拍了他一下肩膀，说了声抗联万岁，后会有期，便消失在了浓重的夜色和树丛中了。铁路道岔咔嚓一声并入了另一股，日本军列轰隆隆擦身而去。那个汉子瞬间也没了踪影。

那不过是一二十秒间的搏杀，杀二伤一，再将道岔扳向另一个方向。在刹那间，佟国俊好发了一阵呆。在同日寇的搏杀中，突然得到中国人的暗中相助，真是难得。那个汉子说抗联万岁，是压着牙缝喊出来的，必是中国人无疑了，以前只听说抗联人都在山林里，现在看来猛虎也下山了，好，下次再遇到，一定好好聊一聊。中国同胞则只可伤，不能杀。为了不给扳道工留下音容，佟国俊除了戴面罩，还在嘴巴里塞了一颗核桃，他怕事到紧急，自己一时忍不住冒出什么话来。已在北口混了数载，又都是围着两条铁道线转，谁敢保证扳道工认不出自己。撤离前，佟国俊又照着扳道工的脑袋给了一脚，并再次丢下了"抗联一师"的布条。那一脚也有分寸，只可让他有个一时半晌的迷糊，却不致夺了他的性命。他愿骂就骂吧，其实也是为了他好，总得让他在日本人那里有个交代吧。

被扳了道岔的日本军列驶出车站后就一路向北奔而去了。北边一百多公里，日本人发现了大煤矿，清一色的优质无烟大块煤。小鬼子将矿山的铁路和北口连接在一起，就是为了把优质煤转运到葫芦岛港或大连港、天津港，装船运回老窝。这回好，让军列往北跑吧，越快越好，那条线路是单线，若能跟迎面来的列车来个正面冲撞才更美。恨只恨自己手里没炸药，要是能在哪个桥梁上弄出一响动，让小鬼子的军列一头栽下桥去，那就更他妈的过瘾啦！

当然，佟国俊知道，日本人百般精鬼，不会让岔路而去的军列跑上太远，顶多到前方小站就会停下。这也中啦，小鬼子总得争分夺秒地再将军列拉回来，这么来回一折腾，没有一两个钟头别想再开出去。这边误了时辰，候在码头上的运兵舰便只能干着急，成串的反应，不知会让正忙着守护老巢的日本司令官们急成什么样呢！

　　撤离了扳道房的佟国俊没敢再回家，而是择近路进了陈巧兰的小饭店。家在老城区，离车站足有四五里路。日本人一旦发现扳道房旁的鬼子兵的尸体，立刻就会全城戒严。果然，不过一顿饭的时辰，北口城里就响起了凄厉的警笛声。而那一刻，佟国俊已将杀鬼子扳道岔时穿的衣裤和面罩都塞进了炉灶，还按下了鼓风机，火苗呼呼蹿起来，那些可为物证的衣物眨眼间灰飞烟灭。他又铲煤压火，让炉灶重回原来的模样。一直静候在家里的陈巧兰问，成啦？佟国俊说，还只是开场锣敲，下面的戏不能不演，还得委屈你呀。

　　佟国俊将陈巧兰拉回后屋，剥光自己衣裤，又催促陈巧兰也脱。两人钻进被子，佟国俊便急慌慌地往陈巧兰身上压。陈巧兰推他，说你一身臭汗，心窝子又跳得这么紧，喘口气不行啊？佟国俊说，小鬼子眼下必是塞满了街筒子，说到就到，哪还有工夫喘气，这身臭汗就是幌子，现在只能用搞破鞋说事了。陈巧兰呸道，谁跟你搞破鞋？想搞破鞋你找别人去。佟国俊赔笑道，本当家的说错了行不？你这败家的媳妇就别挑字眼儿啦。陈巧兰说，这种时候，你还行吗？佟国俊说，光出溜地搂着这么俊俏的媳妇再说不行，那可真就废啦。

　　说话间，店门咣咣响起来。日本宪兵队看了扳道房现场，立即将追捕圈定内在火车站方圆几里内。反满抗日者没有车辆，不可能跑出太远，从扳道岔的举动看，应该对铁路上的业务颇为熟悉，这是傻子也可做出的判断。陈巧兰起身披衣去开门，她故作焦恼地喊斥，我们小店夜里不开灶，早关门上板了，别敲了，另去一家吧！门外警察吆喝道，少他妈的废话，大日本皇军搜查，快开门！店门开处，冲进两个挺着刺刀的鬼子兵，还有两个伪满警察，其中又有姓龚名寂的那个。

还蜷在被子里的佟国俊很快被搜出，宪警们冲进了小后屋。佟国俊一边忙着抓床单围裹赤裸的身子，一边觍着脸对龚寂笑。龚寂显然还记得佟国俊，却万没料到会在这里碰到他，拧着眉头问，你怎么跑这儿来啦？佟国俊故作讪笑态，说兄弟不着调，让龚警官见笑了，改日请你喝酒。陈巧兰蹲下身子哭起来，说都是他死皮赖脸地缠着我，还说要休了老婆娶我。姓刘的，你可祸害死人啦！以后让我怎么出去见人哪！龚寂看了两人一眼，不吭声，先是摸了摸佟国俊汗漉漉的身子，又伸手在被褥上摸，将甩到地下的佟国俊的大裤衩捡起来，又是看又是闻的，这才对鬼子兵嘀里嘟噜地说上一阵日本话。日本话佟国俊虽不懂，但龚寂的神态可猜知大概。龚寂说，这是一对野鸳鸯，刚刚办过苟且事，连擦身子的证据还在裤头上呢。莫说反满抗日分子是否胆大包天，正常人唯恐撒丫子逃命还来不及，哪里还会有这种摘野花的心情，咱们还是快去追捕逃犯要紧。日本兵幺西了两声，嘿嘿冷笑着将挺着的枪刺收了起来。龚寂又对佟国俊和陈巧兰说，我和"皇军"正忙着，没工夫跟你们磨嘴皮子。你们穿上衣服，赶快去派出所等着我，叫家里人天亮后各带上三十块银圆接人。陈巧兰哭着问，我开这么个小饭店，干半年也挣不上三十块银圆，少交点行不行啊？再说，可让我哪儿去找现大洋，我还是交"满洲国"的票子吧？龚寂立眼斥道，少扯淡，我这就够网开一面赏你们脸了，再敢啰唆，我这就拉你们光着身子去游街。狗扯羊皮，伤风败俗，还不嫌丢人哪！日本兵见几人还在磨叽，已有点等不及，瞪着眼睛哼了一声，龚寂忙点头哈腰，好好好，开路，马上开路。扭头又对两人吆喝，记住没，一人三十块，少一个子儿也别想出来！

24

佟国俊是第二天傍黑时才被陈巧兰接回家的。

天亮时，他和陈巧兰去了派出所。龚寂的面子是不得不给的，日本人还没滚蛋，手里还握着枪，你不顺着他不定要说什么亏，跟这帮握着枪的虎豹豺狼是没有道理可讲的。在去派出所的路上，佟国俊和陈巧兰一一商量了筹措钱的办法。一人三十块，两人就是六十块，而且必须是大洋，不是小数。他让陈巧兰去外头跑，自己留在派出所当人质，估计这么着姓龚的能点头，不然你让我们怎么去给你找钱。借钱理由嘛，随便说，能借到手就行，还钱的时间一定要拖得长一点，看眼下的形势，日本人的好日子撑不了几天了，不定哪天，小日本一宣布战败，风云突变，欠下的钱还还不还，怎么还，那就两说着了。此事能拖一天是一天吧。

佟国俊是第二天天快黑时才由陈巧兰接回家的。家有闲钱的朋友佟国俊几乎没有，陈巧兰老家在乡下，找人借钱就更难上加难，跑到快天黑，两腿遛得溜直，陈巧兰也只送到派出所一个人的钱，三十块。这事还是龚寂枪口抬高一寸，说你们别以为这事就完了，还差着一个人的呢，三十块，就是追到阎王殿去，我也要找你们要，记住没？佟国俊气得牙根痒，恨不得照着那张脸就一拳打过去，可还得强忍着，说忘不了，保证忘不了，躲得了初一躲不了十五，对不？龚寂将银圆哗啦啦地丢进抽屉，还长长地叹了口气，说下回要是再让我抓住，三十块可就领不回去啦。两人走出派出所，陈巧兰看身后无人了，才低声问，现在满城都在传昨晚扳道岔杀鬼子的事。佟国俊挤挤眼一笑，低声问，一回宰俩，三十块大洋，值吧？陈巧兰重重点头说，我认，值！又说，这才是我男人！

让佟国俊万万没料到的是，不肯认的却是尵子。尵子那年快十五了，虽是半大小子了，但毕竟还小，许多事不能跟他掰开饽饽说（唠）馅，说了他也未必明白。可十五岁的少年堪比小马驹，正是动不动就尥蹶子的年龄。当初，他将阿玛带着野女人钻高粱地的事告诉过额娘，额娘还装着不信帮着遮盖，那时他就恨额娘太过软弱。可这次，阿玛被警察抓了个正着，还被罚了钱，闹得满城风雨路人皆知，太丢人啦！额娘可以一脸无奈地忍着，薄薄脸皮的少年面子上却再挂不住，往后可怎么去面对大杂院的叔伯婶婆和自己的那些同学伙伴呢。阿玛和额娘是长辈，打不得骂不得，只能心存怨愤甩甩脸子，那就躲吧，三十六计，走为上。

促使尵子最后下了离家出走决心的，还有几天后的那个事件。清晨，北口城内的大街小巷，突然出现了许多白布条，上面都写着"抗联一师"，也都是鲜红的血书，明晃晃有的挂在树上，有的贴在墙上，据说还出现在了日本宪兵队的院子里。这个事件惹得日本人又是好一阵惊慌，一些日本兵和伪警察都吓得夜里不敢出来站岗和巡查了。犹如惊弓之鸟的日本人不知中国人怎么就有了这般撒豆成兵的本事，除了再次紧急搜捕，还宣布了宵禁，不管是谁，夜里再敢上街，格杀勿论。学校的校长也郑重其事地亲自给学生训话，要求大家不要听信谣言，要求大家提供反满之人的线索。在操场上，学生们一个个小脸紧绷着，谁也不敢说什么，可一散会，就有同学笑嘻嘻地追着馗子问，说你阿玛胆子最大，最能深更半夜地出去整事，那些布条不会是你阿玛撒出去的吧？又有同学说，怎么会是他阿玛，他家是旗人，只怕想溜须"康德皇上"还溜须不过来呢。嘁，八旗后人只会架鹰玩鸟嫖女人，哪有这胆量？哟，听说你妈这一阵子不在家，不是你妈故意腾出这段日子让你爸搞女人吧？馗子忍无可忍，惧着一人难敌众拳，再加心里又窝着屈辱，那就只有走了，远远地离开家，离开学校，也离开这座让人心生烦躁的城市。

　　那天，直至夜深，馗子也没回家，陈巧兰因那事已闹得满城风雨，反倒无所忌讳了，听说馗子没回家，干脆住进了大杂院。陈巧兰跑出院门看了无数次，在给馗子铺被时总算在枕头下见到了一张字条。馗子说，额娘，我走了。别找我，你也找不着。别担心，我自己能挣口饭吃。等我再大些，就回家把你接出来，我养你老。阿玛是个负心的男人，算不上正经爷们儿，靠不住，我恨他！佟国俊看了字条，要出去找，被陈巧兰坚决拦住了。陈巧兰说，不知天下正乱哪，不知宵禁哪？小鬼子的枪子可没长眼睛。眼下咱们家脚下可是埋着炸药的，谁知哪个时辰会炸，让馗子出去躲躲也好。佟国俊被说得一怔，说咱家怎么埋了炸药啦？陈巧兰说，小鬼子找了这么多年抗联一师，真要逼你动笔写一写，或者查一查你的"良民证"，还不是就露了馅儿，得炸啦？佟国俊想想也是，便长吁短叹地止步了。

北口火车站军列被反满抗日的抗联一师扳道岔引入另线，并有两个日本兵被袭杀，这么大的事件竟没在当地报纸报道，眼见是被封锁了。小鬼子见大势已去，不敢扩散这类消息也属正常。倒是在《北口时报》"社会"栏内另有一条消息隐约透露了此事。消息称："日前，大日本皇军和警员在夜里搜捕干扰军列运输的反满附逆分子时，竟在城内搜出数起宿奸男女，可见世风不古道德颓败。其中，有一刘姓男子，本是车站货场运搬货物的苦力，家有妻儿，家境且颇为贫寒，竟也行此苟且之事，害得妻子到派出所哭闹，儿子愤而离家出走。为匡世风，警察当局已全部罚款治理，严惩不贷，以儆效尤⋯⋯"

25

云开雾绽，天下光复。在普天同庆的日子里，高兴万分的陈巧兰对佟国俊说，反正小鬼子也屎壳郎下山，滚球子了，咱们抓紧把事挑明了吧，结了婚，我好给你生儿子。佟国俊不无忧虑地说，咱们跟谁去挑明？你没见报纸上连篇累牍地登着重庆方面发来的命令，要求原来的日伪警察继续维护地方治安，等候中央政府派员接收吗？龚寂那帮黑狗子腰里可还别着家什四处乱晃呢，谁知这帮狗汉奸又会玩出什么咕咕鸟（鬼招子）？再等等吧。

便耐下心来等着。先是等来了风尘仆仆小米加步枪的老八路。老八路确实好，军纪严明，不动老百姓一针一线，可进城驻扎没几天，又一夜间走得干干净净，说是去北满接收了。好不容易又盼来了"中央军"和接收大员，很多伪官僚和有民愤的黑狗子被关进了监狱等候甄别，听说那个姓龚的未得幸免，也被关进了监牢，好不让老百姓兴高采烈。

还是耐下心来等待吧。可没几天，龚寂又在北口街头出现了，而且还平添了远胜昔日的威风，出则乘坐蛤蟆轿，前面不光有警车开道，后面还呼啦啦跟着一大帮狐假虎威的警员。龚寂的新任职务更是吓人一跳，北口市警察局局长。报纸上说，龚寂原是国民政府军事委员会调查统计局潜伏在伪满地区的特工人员，肩负着抗日救国的神圣使命。佟国俊气得在家里骂，谁见过这小子抗过日打过鬼子，倒是让我数年间常见他哈巴狗似的跟在小鬼子后面溜须舔腚，还好几次好悬让我栽在他手里，他可没少从老百姓手里搜刮钱财为虎作伥。陈巧兰劝慰说，人家那叫做大事自有深藏不露的手段，钱财是小事，只要他不是汉奸就好。

没稳住神憋住劲的却是陈巧兰。原来龚局长是咱们中国人打鬼子一伙的，这才叫真人不露相呢，太好了！正月里那一阵，趁着普天同庆天下光复的日子口，北方人越发把庆祝胜利酒喝得兴致勃勃，小酒店里生意格外好，陈巧兰的哥哥便常来店里跟着忙碌，乡间大田里的农活还得等些时日，又因前一阵小饭店出过那档子让警察捉奸罚款不堪向人提起的糗事，哥哥便常是夜里也住下不走了，对妹子采取了严防死守策略，不许她再去幽会那个姓刘的野男人。

陈巧兰交给派出所龚寂手上的三十块大洋有一半是从哥哥手上拿出来的,为此哥嫂还忍痛卖掉了家里的一头驴,三岁口,正是能干活计的好岁口。家里一下子白扔了那么多的银两,又害得颜面扫地,哥哥心里自是老大的不痛快。可妹妹毕竟是一奶同胞,年纪又一年大似一年,当兄长的又能说什么?一张脸便整日阴着,耷拉得比驴脸还长,难得一日见晴朗。这一来,害得佟国俊也不好再到小饭店去了。对于那档子事,陈巧兰不好将佟国俊的深层次背景说给哥哥听,便也只好低头耷脑装出羞愧难当的样子。龚寂当了警察局长的事陈巧兰是听客人们喝酒时说起的,她初时也是不信,客人们说,这还有啥不信,重庆那边还能说假话蒙百姓啊。陈巧兰心中这才转而大喜,只觉云开雾绽的时日已近在眼前,只待不久后的某一天,老家村庄里敲锣打鼓喜乐高奏,佟国俊骑着高头大马,将迎亲的花轿抬到娘家门前,到那时再把一切说给兄嫂,送给他们一个比天还大的惊喜,岂不美哉!

　　1946年出了正月的一天,在家再三琢磨了几天几夜的陈巧兰专程奔了警察局,说要见局长。守在楼门前值班的警察不让进,说你有什么事先跟我说,待我酌情禀报后再说。陈巧兰说,我这事只能当面说给龚局长,是有关抗日勇士杀鬼子的惊天大事。警察这才跑上楼,向龚寂报告。正巧那天龚寂有暇,听说来的是位年轻女子,便答应一见。陈巧兰进屋,龚寂想起一年前搜捕小饭店意外捉奸之事,脸上自是不屑,问你怎么来了,还不嫌脸丢得不够哇?陈巧兰不会读不懂那种不屑,便语出惊人,想先压一压警察局长的气势,说那天夜里,你有眼不识金镶玉,你带日本兵去抓杀鬼子的抗日英雄,其实杀鬼子的英雄就是躺在我家炕上的那个男人。龚寂果然一怔，转瞬却说，你不要以为日本人投降了，就什么人都可以来我这里冒领天功。小心我铐起你，治你个招摇撞骗干扰公务罪！陈巧兰正色道，那你就治治看。本姑奶奶不惜名节，冒死掩护抗日勇士，不图有功，你却治罪，到时让人们分辨分辨，到底是我陈巧兰不要脸，还是你这个军统特工不长眼！干脆，我都跟你说了，以前杀协和医院的魔鬼大夫，杀火车站的瘸子站长，都是此人所为。再以前的袭击辽阳首山军列，袭击辽阳的日本军营，也都是他带人干的。每次办完大事，他不惧生死，必留"抗联一师"的旗号，这人姓佟名国俊，借着他哥哥佟国良的假名字刘大年在北口隐身，他哥哥就是十年前在西郊山里拉响手榴弹，和小鬼子同归于尽的那位汉子。本名佟国良，这哥俩是一奶同胞，一对双，长得自然一模一样，谅你和小鬼子也辨不出。

听陈巧兰这么义正词严地一说，龚寂就不能不信了。人家不仅如数家珍地陈列出曾让日本人大伤脑筋的诸多大案重案，还明明白白地说出了杀倭者的名字，不是心中有底，寻常女子岂敢如此。他再怔，慌慌换了一副笑模样，不仅亲自起身搬来一张椅子放在写字台的对面，还为陈巧兰沏了一杯西湖龙井茶，说别介意，这些天冒功请赏的人太多了，我怕有诈，不可不防。且请坐下从头细说，先润润嗓子，这是上好的西湖龙井，日本人不战败，咱们中国人哪敢喝这种好茶。

陈巧兰便坐下说了，说东北军撤进山海关前佟国俊如何带领几位弟兄留在了关外，说辽阳的日本宪兵如何残杀了佟国俊的父母和妹妹，说佟国俊如何独自一身潜藏在北口城西的山洞里，说哥哥惨死后他又如何与嫂子假扮夫妻同住一间屋檐下……这些惨痛而艰辛的往事，都是佟国俊亲口说给她的，而今重新提起，又是当着代表国民政府权力机关的一个重量级人物，陈巧兰不由得悲从心来，涕泗横流。佟国俊九死一生，在十四年里接连做下这些惊天大事，别无所图，只为报仇，为国家，也为他死去的那些亲人和同怀报国之志的异姓弟兄。我今天跟局长说起这些，绝无贪功求赏之念，我只想请求局长大人主持个公道，答应让我和佟国俊结婚，早日让我们光明正大地过上正常人的日子。

龚寂听得目瞪口呆。陈巧兰说的那些事，有他知道的，也有他亲身参与过调查和追捕的。比如刘大年的媳妇求他，为刘大年去车站行李房另谋个营生，他为此还收了人家一只玉镯；比如日本大夫夜间被夺了小命后，他带日本兵查户口，曾亲眼见刘家小炕上立着一块闸板，旁边睡着一个十来岁的男孩；再比如他带日本兵连夜搜查小饭店……原来瓢子里都另有高妙，藏着玄机。如果当时自己看破了，又会如何呢？

有个警员敲门进来，怀里抱着厚厚的文件夹。龚寂用手背往外挥了挥，说那个事先放放。你把门给我关严了，就在门外给我守着，任何人不许靠近，我和这位女士有机密事情在谈。

警员退出。龚寂问，这些事，你都跟谁说过？

陈巧兰抹了一把脸上的泪水，说，哪敢跟别人说，连亲哥我都没敢露一字。他整天看贼似的盯着我，屈死我啦。这些事，眼下知道的，除了局长和我，也就佟国俊和他家嫂子了。

他嫂子叫什么名字？

住大杂院时，随她家男人名字叫，可能叫刘佟氏吧，后来她去八大户给局长家当保姆，听说又改了名字。改成了啥，我就不太知道了。

龚寂点头赞许，好，非常好。你很聪明，佟国俊的嫂子也很明事理，哦，说聪明轻了，是精明，是智慧，是深明大义，听你这么说，佟国俊可不光是勇士，他是英雄，实实在在的抗日英雄。可我还有一问，这么大的事，日本人又战败了半年多，佟国俊为什么不亲自来找我？

一声英雄，让陈巧兰深感熨帖，她有些激动地说，那我就实打实地跟局长说，一直到眼下，佟国俊都有点信不过你，他嫂子可能也信不过。那些年，你鞍前马后的，可没少给小鬼子效力，在中国老百姓眼里，你的形象可不大好。

龚寂闻此言，先是哈哈地尴尬一笑，点头说，正常，也算正常。以前我也算经常跟他们打过交道，都是跟在"皇军"，哦不，是跟在小鬼子屁股后面嘛。我不把自己装成死心塌地的狗腿子，凶一点，日本人能信得过我？你不妨再想一想，作为老牌的军统局特工人员，你以为我会对杀完鬼子后的佟国俊一无所查？彼时彼景，我不过是变着法儿地保护他，忠贞之士，用心良苦，谁人可知呀？就是那一次抗日英雄杀了两个鬼子，又将西去的道岔扳向了北面，我跟日本人去抓疑犯，到了你家那个小店，你以为我就一无所察？我把日本人三言五语地引开，目的还不是为了保护近在眼前的英雄嘛。

心直口快的陈巧兰问，你既有所察，可当了这么长时间大局长，眼下又不用怕小鬼子了，为什么不去慰问一下抗日英雄？

龚寂哈哈笑道，你这姑娘怎么一时精明一时犯傻呢。你想想看，日本人虽说滚回东洋老家了，可他们会甘心就这么一走了之吗？清肃敌顽，维护治安，哪一天我这一局之长不是忙得脚打后脑勺，害得脑仁子疼。有些事，总得让我调查清楚，禀报过上峰后再一一落实嘛。有句话，我现在就得跟你叮嘱清楚，走出我这道门后，你刚才跟我所说的一切，再不许跟任何人透露一字。其中的道理我也不得不跟你说，那些潜伏的日伪特务和狗腿子汉奸一旦知了佟国俊的真实身份，那就坏了，他们极可能以暗杀的形式替主子复仇。现在，佟国俊人在明处，人家可是在暗处，那可不能不防啊，

听龚寂这么一讲，陈巧兰只觉一颗心又陡地被揪到了嗓子眼儿。警察局是专搞这个的，人家说得有道理。好在此前自己也算存了一份小心，没敢跟任何人说佟国俊的事。真要说出去，佟国俊真就悬了！

陈巧兰问，那还要我们等到什么时候哇？

龚寂翻弄写字台上的台历，做出认真思谋的样子，说，也不会太久。这一阵我实在太忙，很难挤出时间。这样吧，二十天以内，不管多忙，我肯定邀请佟国俊先生专门叙谈。为表敬意，地点总要另找个像点样子的地方。至于具体是什么时间，我到时会安排人去你的小饭店相告。但为了防止惊动潜伏的敌伪人员，这个事眼下你绝对不可告知任何人，包括佟国俊和他嫂子，明白吗？

陈巧兰嘟哝，你还罚了我和佟国俊一人三十块大洋呢，欠这么大的饥荒，难死我们了……

龚寂哈哈大笑起来，说这算个什么，授勋颁奖之日，我会以表彰的形式百倍千倍地回报，放心吧。你那个小饭店还开个什么意思，愿意继续干餐饮，北口城里没收来的那几家敌伪汉奸的大酒店，你随便选下一处，享受胜利果实嘛……

26

　　龚寂之所以将会见佟国俊的事一竿子支出二十来天，是因为他前几日刚收到国民党军统局的一个通知，要求所有在抗战期间的潜伏人员详细述职，呈报业绩。他知道，这是论功行赏的前奏，还涉及日后的提拔与使用，国家正需忠勇智谋之士呢。听说，潜伏在各地的同人志士有人巧妙地窃取了日酋的机密情报，也有人成功地暗杀了罪大恶极的汉奸和敌伪人员，可自己在那些年里都干了什么呢？总不能说花了国家那么多的经费，为了深度潜伏而助纣为虐，并顺带着搜刮民脂民膏发了点小财吧。听陈巧兰说起佟国俊的那些事迹，龚寂心头不由得一动，还随之生出一份惊喜，真是天无绝人之路，这是苍天在暗中助我！佟国俊带人在辽阳城做下的那些事情似可不提，但他在北口杀倭灭酋的时间，却正好都与自己在北口潜伏的时间高度吻合，尤其是他扳了道岔搅乱日军部署那一宗，可正是潜伏的军统人员的职责所在呀。可此事干系重大，这篇文章究竟怎么往下写呢？似可称自己数番凭借职务之便，巧妙地掩护抗日志士摆脱日酋的追捕。但这终需佟国俊等人的确认佐证，佟国俊若是不识好歹不肯认账呢？一旦事情败露，那自己可就是光着腚推磨，转着圈地丢人现眼了。况且，保护志士之功也过于微小，与别人杀酋窃密相比，实在不值一提。那就只能量小非君子，无毒不丈夫啦，但这需精密谋划，速战速决，来不得半点仁慈与拖沓……

半个月后的一天，一个便衣警察到了小饭店，悄然告诉陈巧兰，说局长龚寂有话，明天专请佟国俊先生叙谈，请他明天上午九点到站前广场，局长专派小汽车恭候迎接。陈巧兰心中窃喜，问，小汽车又去哪儿？便衣说，局长不说，小人哪敢问，到时自然就知道了。陈巧兰算计着，那天佟国俊是日班，便在晚间去了大杂院。听了如此一说，佟国俊心中生出不悦，责怪陈巧兰说，你倒是敢替我当家，到底还是去找姓龚的啦？陈巧兰说，我心里也是七上八下的，人家现在是警察局长，正管着这些事。陈巧兰看佟国俊的态度，心里也有些不痛快，又怕大杂院人多嘴杂，没敢多逗留，只是简单说了半月前见龚寂的情况，还特意强调了龚寂说的授勋颁奖的话，意在提醒他也别疑神疑鬼想得太多。陈巧兰走后，佟国俊仍觉心里没底，心里说，这一去，也不知是吉是凶。又想，总不至于倒霉遭殃吧。日本军队宣布投降足有半年，中华大地上哪还有小鬼子横行霸道的份儿？

　　前一阵，佟国俊虽和陈巧兰见面不多，但听说龚寂当了警察局长后，两人还是悄悄地约会了一次。陈巧兰说，你是不是可以去找找龚寂啦？把你的真实身份亮出来，起码也让我挺起胸脯做回人，不然，就是在娘家哥嫂面前，我都难抬头。佟国俊心里还是犹豫，说那就让姓龚的在警察局的任上再蹦跶几天，看看他到底是骡子是马。没想，巧兰还是没按住性子，急着揭锅了，但愿不至于夹生吧。

　　第二天，佟国俊先去货场告假，一切还画着魂儿呢，所以也没多说什么，只说家里有事。去了站前，果然有辆小汽车和便衣警员静候。警员给开了车门，坐进去，问去哪里，警员答去城北的汤池山庄。佟国俊心里总算落了些底。汤池山庄是北口地区有钱人享受的地方，尤其是日本人在中国横混的那些年，那帮犊子就像北海道的猴子似的，好泡温泉，把山庄基本包了下来，寻常中国人哪得一进。看来龚寂除了叙谈，还想让自己跟着享受享受啦。

进了山庄深处的一个包房，却没见龚寂的身影。两个精壮的便衣汉子候在宴桌旁，见佟国俊进门，立刻满脸堆笑地起身迎过来，还敬了举手礼，又远远伸出手，说欢迎佟先生，龚局长马上就到。佟国俊越发放松了警惕，两手却被人霎时握住了，眼见两人突然都变了脸，两臂被用力一扭，就背到了身后，随之又被跟在身后的警员扣上了铐子。那一刻，纵是打遍天下无敌手的武二郎再世，也难施展得开手脚了。

佟国俊气得大叫，你们要干什么？

精壮汉子迎面就是一拳，说你小子杀兄霸嫂，你说我们要干什么？打的就是你这种畜生！

佟国俊再喊，快让姓龚的出来说话！

精壮汉子又是一拳，骂道，你小子白披了张人皮，还配跟我们局长说话。今天你敢不老实，小心老子活剥了你的皮！

佟国俊情知自己今天就是误入了白虎堂的林冲，遭了龚寂的暗算，怕是难得一好了。他气得再骂，我是杀日本鬼子的好汉，杀掉的小鬼子一巴掌数不过来，你们给姓龚的狗汉奸为虎作伥，陷害忠良，小心天打五雷轰！

精壮汉子听佟国俊如此骂，便暂且住了手，跑去向泡在温泉池里的龚寂请示。龚寂冷笑斥道，他说炸了日本广岛的那颗原子弹是他扔的，你也信？这畜生和他嫂子睡在同一铺炕上，可是我亲眼见到的。他跟站西货场外饭店的小老板娘明铺暗盖，也被我按在了炕头上，不然那娘儿们能服服帖帖地跟他一块去派出所交罚金？这些埋汰事，眼见的日本人撤回岛国去了不好做证，可你们再去问问警察局以前的弟兄们，都还在北口城里混饭吃呢，看看我说的可半句有假！你们把他的嘴堵上，少他妈狼哭鬼叫地让我听着心烦。让他自己老老实实写下就是，我知道这小子识字。他要是再不老实，也用不着再来问我，那只能怪你们没本事！

有了局长大人的这般示下，佟国俊所受的摧残就可想而知了。但佟国俊又怎么会提笔去写狗屁的供词，违心的也不可能。姓龚的明明已从陈巧兰口里得了自己的底细，他却昧着良心一字不提杀敌报国之事，反倒逼着自己认下杀兄霸嫂的罪名，仅这杀兄一罪，就足以夺去自己性命，其用心之歹毒已是秃子脑门上的屎壳郎。自己没供述，或许他一时还不敢动手杀人，熬过这一程，时来运转重见天日也未可知。

那帮人打累了，也曾换过嘴脸劝降，对佟国俊说，好汉不吃眼前亏，你这是何苦？你以为我们愿意打你呀？杀没杀你哥的事咱们先放下不说，你可以把霸占你嫂子的事先认下来，我们也就好向上边交差了。眼下，警察局追查卖国求荣的汉奸还不忙过来呢，号子里早塞满了，你跟你嫂子的事顶多算个伤风败俗狗男女通奸，监狱里哪有地方关你，出上两月苦力也就放你回去了。你自己琢磨琢磨，哪个轻，哪个重？佟国俊摇头，只是不吭声。就是为躲毒打，委曲求全，也不能往恩重如山的嫂子身上泼脏水，那会让哥哥的在天之灵也不得安生。再说，这帮人的话明显是在设套，想一步步地牵着自己走进他们早就挖好的陷阱。姓龚的要是只想治自己伤风败

174

俗的罪，又何苦动这么大的干戈？

同一日，龚寂另派两拨人马分别去了大杂院和货场附近的巧兰饭店。警员去找大杂院的邻居们询问。邻居们惊诧莫名，说那家两口子都挺本分厚道的，在这里住了十多年，对外从不讨嫌惹事，家里也和和睦睦的。警员问，知不知道这家男人还有个哥，哥俩长得一模一样，是一对双？知不知先前住在家里的才是这家女人的正宗男人？有邻居听此一问，想起刘家男人身上多年前确曾出现过些许不同或曰变化，心中也生出些疑惑，但又怕话多语失，不定伤害了谁，便都摇头，只说我们眼笨，没看出来。而在小饭店，警察们则以同样的理由将陈巧兰的哥哥撵回乡间，只留陈巧兰在店内，另派人守在门外，将小饭店的酒幌摘去，还在门前竖起了暂停营业的牌子。陈巧兰虽不得照面，但佟国俊一去不归，自然会想到八成是遭了恶人暗算，而且凶多吉少。但不管人在小屋内怎样心焦似焚哭骂不止，看守的警员只是充耳不闻，只候局长大人的下一步手令。

打手打不出佟国俊的口供，也逼诱不出笔供，龚寂只好另想邪招。他在监牢里提出一个先前帮日本人办过案子的刀笔吏，如此一说，刀笔吏正巴不得给警察局长效劳，岂敢不从，立马依龚大局长之意造出了那么两份讯供笔录，连佟国俊的签名都一并造了下来。龚寂再安排心腹之人带了伪造的笔录去找佟国俊按指印。佟国俊自是不从，连抓带咬，恨不得就将那笔录撕成烂泥。但龚寂的心腹哪会遂了他的心意，抓住他的手，牛不喝水强按头。而那刀笔吏却没料到，只在当夜，自己先被人带出牢房，在城外林子里被人以通敌卖国罪一枪毙了。刚刚结束战争状态，社会急需安定，民心也急需

175

抚慰，警察局长手里既握生杀之权，留那些狗汉奸何用，正好灭了活口，剪除后患，管他是什么罪，够不够一死呢。

27

却说一路颠簸的岳金莲先从黑龙江虎林将日本孩子龟岛义雄接回奉天，先送到葫芦岛，本意送到日本女人珍子手里，却没想在混乱的人群中并没见到珍子的身影，无奈，将日本孩子送到老家叔伯姐妹手中寄养后，再返回北口。没想，儿子馗子不见了踪影，小叔子佟国俊也不知去向。进了那个大杂院，只觉昔日邻居的目光都是怪怪的，跟他们说话也是东躲西闪，顾左右而言他。岳金莲顿感不祥，离开大杂院便直奔了站前陈巧兰处。看管陈巧兰的警察是个心怀善意与同情的中年人，见了岳金莲，便低声说，你天黑透再来，我只能给你一顿饭的工夫，见了陈巧兰，你长话短说，被局长知道我也担待不起。入夜，岳金莲闪进小饭店，陈巧兰见了她便抱头大哭，说嫂子你快救救国俊，他冤了。岳金莲自然要问到馗子的去向，陈巧兰便将这一阵家里发生的事一一说给嫂子，又说自己本是好意，哪料到那个龚寂竟是个蛇蝎之人，是自己亲手害了天下最亲之人，现在悔之晚矣。岳金莲心中愤慨，却听有人敲窗，一声紧似一声，知道那是监视的警察在催促她快些离去，再逗留不得。岳金莲离开陈巧兰后，满脑子想的都是佟国俊和馗子的事。馗子离家出走，虽也急，但毕竟比不得小叔佟国俊。国俊是落在魔鬼手里了，那恶鬼龚寂虽说自己也认识，以前还打过交道，但听巧兰这般说，眼下却万万不可去找他求他。他对杀鬼子的英雄都下得这样的毒手，对自己这般手无缚鸡之力的女人不定会怎样心黑手辣。思之再三，她决定还是去找以前的东家何静娴，她男人是世面上混的人，认识的人多，兴许就有什么办法呢。

却没想，岳金莲正犹豫着要不要去找龚寂时，龚大官人却亲自找上门来。缘由倒也十分简单，龚寂给警员下指示看住陈巧兰，指示他们必须万分小心在意，不可让陈巧兰与任何人见面，如果有人来见陈巧兰，务必第一时间去警察署向自己报告。岳金莲见过陈巧兰，那个警员想，这个事虽不大，但自己还是要向龚大官人报告一声的，免得龚长官日后责怪下来让自己担责任。

龚寂得了岳金莲来看陈巧兰的报告后，是一脸笑模样地走进大杂院的。他把随员们远远赶开，一脸诚恳地对岳金莲说，我知佟国俊是抗日英雄，可偏又有人举报他杀了亲哥哥。这事我若公开真相，佟国俊和你的荣誉虽然过一段时间就可以得到恢复，但佟国俊可就命悬一线了。我担心的是那些还没清除干净的日伪特务对他下黑手，所以才想出这个办法，先将佟国俊送个秘密稳妥的地方保护起来，等过些日子，社会消停了些，你们一家自然就团圆了。岳金莲说，那你这就带我去见见他。龚寂摇头说，现在不行，眼下时局，谁知日伪特务又藏在了哪里。我带你一去，特务若是一路尾随，那佟国俊的藏身之地就暴露了，还谈何保护？小鬼子当道的时候，我可是没少帮过你的忙，还数次暗中保护过佟国俊，我的话你还信不着吗？岳金莲说，你既这么说，为什么还把陈巧兰关了起来，连门都不让出？龚寂笑道，怎么是关，这不过是做给外人看的一种形式。除了佟国俊，我也要保护你呀。不然举报的事传出去，你还敢出门吗？这个打听那个问的，你又怎么回答？至于说佟国俊杀了亲哥哥的事，我是坚决不信的。我已让人做了一个讯供笔录，就是由你来证明那些不过是胡说八道，你按个指印就行了。岳金莲说，我又不识字，哪知你们都写了什么？龚寂说，你不认识，我给你念念嘛。于是，他便掏出一份供词，装模作样地念起来，那些问答的词句都是另编排好的，龚大局长不过在念台词。见龚寂掏出了血一样红的印泥，将信将疑的岳金莲心里仍有犹豫，嘟哝说，不按不行吗？龚寂笑道，警察局为了驳斥那些无稽之谈，没有这样一份白字黑纸加红指印的证明怎么行？哦，对了，我现在就把以前你当年交给我的这只玉镯还到你手上，当时我也是怕你想多了，不好不接。听说这可是你家祖传的宝物，现在一并完璧归赵，请你收好。那只手镯进一步打消了岳金莲的顾忌，龚大局长说得头头是道，若不是如此，又为什么把手镯退回来呢？犹犹豫豫间，岳金莲还是把指印按下了。

龚寂走后，岳金莲却越想心越毛。若比起来，陈巧兰跟小叔子佟国俊的感情远比自己亲，可她死活不让自己去见国俊。看起来，自己还是要亲眼见到国俊一面要紧。这事半点也马虎不得，见了面，听国俊亲口跟自己怎么说，下一步才知怎样往下走。

为见佟国俊，岳金莲便再依陈巧兰的意见，再到八大户，去见昔日的东家何静娴。没想世事变迁，八大户竟也是今非昔比了，原先的住户都被轰走了，现在住的是国民党的接收大员，新来的一批显贵人物。好在附近的邻居对岳金莲印象不错，便指给她去寻常百姓混居区找找看，说何静娴的男人眼下刚从监牢里放出来不久，他以前虽说给日本人办事，好在手上没人命，不然也被突突了。岳金莲问，突突是啥意思？邻居说，就是挨枪子呗。跟何静娴，岳金莲没遮没掩，实话实说讲了佟国俊的事，连佟国良、佟国俊兄弟二人的真实姓名都讲给了对方。那何静娴以前进过女子学堂，多少也算受过一些教育，对抗联打鬼子的事，多少从报纸上也知道一些，尤其是，岳金莲为救中国人，私藏日本孩子龟田义雄，日本人战败后，她又远赴虎林，接回日本孩子，还扎巴一双小脚将孩子送到葫芦岛去，真心实意想让孩子和他母亲珍子团圆，这些大义之举越发让她感动。

何静娴想了想，便说，以我眼下的身份和处境，本来是不该管这些事的，但若不管，你小叔子就可能惨遭杀害，那是个抗日义士呀，若不想办法帮忙，莫说是姐姐你，就是我心里也不忍！我给你介绍一个人，这个人八成能让你和你小叔子见上一面，具体怎么救他，你们再商量。这个人姓许，别的毛病没有，就是有点贪小，就是好占点便宜的意思，你求到他了，若是上嘴唇碰下嘴唇，不动点真格的，他肯定摇脑袋。我跟你实话实说，前一阵为我家男人的事求他，我把家里的两根金条都给了他，一根五两重，两根就十两呢。他见了金条两眼立时发亮，说这两根打手的东西我都给上头管事的，不信他不放人。反正几天后，我家男人就回家了，鬼知道他是把两根金条都昧下了，还是只给出去一根，好在我家男人是留住了一条命，反正家里的那些东西都是他给日本人干事时攒下的，也不是好道上来的，对吧？

听这话，岳金莲知道何静娴没撒谎，便将藏在手里的那个钻戒掏出来，说，妹子，我送那个日本孩子去了我叔伯姐妹家，既留下孩子让人家照看养活，总不能一分钱也不给人家留。我照实了说，我身上原有的几个钱都给我姐妹留下了，就那样，我也没动这个戒指的心思。我一直在想，将来再跟珍子见面，山子，哦就是义雄，我是一定要送还给人家的，那个日本娘儿们也不容易，男人死了，就这一个孩子，总得跟娘亲团圆，人心都是肉长的嘛，不管日本说了算的那些大官怎么想，老百姓终归是老百姓，对吧？

何静娴将戒指放在手上看了看，说，这东西，给了那个姓许的，肯定管用，只是太贵重了点，不就是和你小叔子见上一面嘛，生杀大权又不在他手上。这样吧，你等等，我再找找，看还有没有值点钱的东西。

何静娴起身去炕上，又是摸又是捏的，果然从一个枕头里抠出一个金镏子来，交给岳金莲说，前一阵抓我家男人时，警察好一顿抄家，值点钱的都翻走了，好在此前我留点心眼，把些不怕耗子嗑的藏了起来，搬到这儿时，我掖枕头里了。这个你拿上，但愿能管点用。

岳金莲再三推谢，何静娴只是坚持着，岳金莲便将镏子戴在指上，说我也不好拂了妹子的美意，只当是借我一用吧，我家兄弟真若得救，我们叔嫂二人一定重谢。

隔日，何静娴先是自己去警察署见了姓许的警官。许氏可能还念着两根金条的好，便点了头，说那就今夜，夜时我陪值班的到外面抽烟。记住，我只抽两颗烟，这个人可是命犯，要偿命的，出了毛病，谁也承担不起。

当夜，进了警察署的羁押间，岳金莲看佟国俊重重地戴着手铐脚镣和浑身的伤痕，心里已大为吃惊，看来陈巧兰所言不谬，国俊处境真是悬了！那佟国俊见了岳金莲，竟也一句闲话没有，开口就说，嫂子，救我！

岳金莲问，怎么救你，快告诉我！

佟国俊说，前些日子，我扳了日本军列的道岔，还杀了两个鬼子。跟我一起出手的有一个汉子，还跟我说了声抗联万岁。

岳金莲说，闲话少说。快说让我去找谁？

佟国俊便说了北口站内运搬的谁，机务的谁，电务的谁，工务的谁，还有列车检修的谁，一连说了四五个人的名字。佟国俊说，我叫不准他们谁是抗联的，只是感觉他们都像条汉子。你快去找吧，告诉他们我悬了，碰上一个是真抗联的我就有救。

被抓起来挨打这几天，佟国俊想的都是那天扳道岔杀鬼子的事，看来能救自己的也只能是抗联的人了。怪也怪自己这些年只想着杀鬼子报仇，怎么就没想着投靠一个队伍。刚带几个弟兄躲在林子里的时候，弟兄也曾有过这样的建议，可自己没听，到底还是年轻啊！

岳金莲重复了一下那几个人的名字，还没重复完，外面已响起脚步声和说话声，她只说了声"兄弟保重"，便隐到牢门边的暗影里去了。

其实，在佟国俊被推上刑场的头晚夜半时分，岳金莲就被告知，佟国俊已经脱离了虎口，现在正在奔往他一心向往的路上。来告诉她消息的是个年轻女孩子，看样子是位女学生。岳金莲问，佟国俊去了哪儿？女学生说，我也说不上。我能告知你的，只有这些，也只能这些，我们做地下工作的，纪律很严格。要想知道更详细更具体的消息，只能等天下太平了。听此言，岳金莲的心便明白了，说我还有一个重要的请求，佟国俊有个妹妹，两人都要成一家人了，就因为佟国俊的事，也被那些警察狗子关押起来了。求你们也去救救她吧。女学生说，你说的这个人是不是叫陈巧兰？我们行动小组已经知道了，佟国俊先生获救后提出的请求就是赶快救你和陈巧兰，我们正在采取行动。现在我特别提醒大姐，请你立即离开北口，刻不容缓，越快越好，黑警察可能很快就要四处抓人了。

岳金莲点头道，我知道，收拾收拾东西，不等天亮我就离开。

女学生问，大姐离开这里，是要去哪里呀？

岳金莲说，我回娘家。

女学生说，警察不会知道你娘家住在哪儿吧？我给你个建议，为了安全，你最好马上跟我到我们部队上去。想回娘家，也等以后天下太平了再说。

岳金莲想了想说，我一个乡下老娘儿们到部队能干什么呀，我又不识字，说句不怕让你笑话的话，我就是个睁眼瞎，我还是回我娘家去吧。

女学生正色道，大姐，以后不许叫自己老娘儿们，你才多大岁数呀，我们女人不许自己作践自己。我跟你说，我们部队的女战士可多了，也不光是和敌人作战，女战士可以做卫生兵，可以为部队做服装，还可以为战士做一日三餐，一点也闲不着的。哦，对了，我们部队还有幼儿园，许多小孩子，爸爸妈妈忙部队上的事，就把孩子送到幼儿园，那里可热闹了。

岳金莲想了想，叹口气，还是摇头说，我还是回去吧。我跟妹子实话实说，我家里有两个孩子呢，大的十四五了，小的才八岁，都正是讨狗嫌的时候。她没敢说那个小点的孩子还是日本人的，她怕说出来吓到了女学生。从今以后，跟谁都不能说，不见到珍子，就把这孩子当自己生养的了。

那天，岳金莲有点不大相信女学生的话。那些天，岳金莲经历了太多太多，任何人的话她都有点不敢相信任了。女学生只说佟国俊已得救，但还没见活人哪，眼见为实，耳听为虚，这话到啥时候也不错。所以，女学生离去后，岳金莲等天色麻麻亮时，便离开大杂院去了北口站前小馆店。店铺外，果然不见了监视的黑衣警察，店门也没上闩，推门进去，也没见巧兰妹妹的踪影，看来黑狗子警察见国俊被救，也没精神头监视巧兰妹妹了。上一次和巧兰妹妹见面，除了说国俊的事，巧兰还偷偷告诉她，自己已怀上国俊的孩子了，只是还没敢告诉他。但愿，佟家的喜事，真能来了一件又一件，喜上加喜，双喜临门哪！现在，似乎只差不知道馗子在哪里，儿子，快点回家吧，妈想你！

28

那天清晨，负责监押佟国俊的警察在沉睡中被人拨醒，发现监牢中已是人去屋空，佟国俊已不见踪影。警察大惊，才知半夜时被人动了手脚，灌了迷魂药。他急去向龚寂报告，龚大官人亲自来牢中看过，暴跳如雷又无可奈何的他在那日清晨却使出了最阴毒最无耻也最无赖的办法，他命令手下军警立即从监牢中另押出一个跟佟国俊年龄、相貌和体态都相仿的犯人，灌了酒，堵上嘴，急急押往刑场，去当冤死鬼。

却说那个犯人脸上被罩上黑色的布袋，推进一辆美式吉普车。就是在那一刻，那个冤死鬼似乎也没意识到命丧黄泉的一刻已迫在眼前。他以为自己不过犯了盗窃的毛病，跟杀头偿命远不沾边，此行可能是另去一个监牢，即使姓龚的长官想要他的命，也总该提前给顿断头酒饭吧。及至到了城南河套，又见堤坝上已站了不少看热闹的民众，他才知道坏了，这是来了刑场。以前他听人说过，北口城凡是公开处决案犯，都是押赴城南河套。可嘴被死死地堵着，双臂被牢牢实实地捆绑着，纵是武松再世，又奈其何。

就在那个被执刑犯人押赴刑场的同时，监视陈巧兰的警察也撤离了大杂院。走前，他们打开房门，却发现陈巧兰并没在家里，自是心里大惊，还在猜想着陈巧兰是什么时候跑的，又是怎么跑的，门窗都严严地关闭，若是龚寂问起来，又怎样回答。两个警察这般拖延了一阵，便也转身奔了南河套。却没想那时陈巧兰并没逃离小饭店的屋子，她仍留在屋内。被关在屋内的陈巧兰也是心急如焚，她急着要冲出去见到佟国俊，她知道佟国俊面临的是怎样处境，又将是怎样的结果，都怪自己不听话，才害得国俊遭受此难，真是让人悔死了。夜半时分，听听外面没了动静，估计那两个警察狗子必是躲到什么地方抽烟喝酒去了，陈巧兰便急急动手，掀开后屋小炕的炕席，扒开炕面的两块土坯，又将炕洞下面清理出一个能躺下一个人的地方，便缩身进去，重又拉下炕席，将炕面恢复成先前的样子，能混过警察的眼睛一时就行。那个小炕还是佟国俊帮收拾的，原来的小火炕有些倒烟，尤其是刮南风的时候。陈巧兰说了，佟国俊便动手修了，三下五除二，也没看他怎么为难。却说那天清晨，及至确认警察狗子已离去，又听街上有人呼喊，说南河套要枪毙犯人，是杀兄霸嫂的杀人犯，陈巧兰哪还顾得浑身上下的乌漆麻黑，那情景，连街上的行人都惊呆了，说快去南河套，今天八成是要有热闹看了。

那天，龚寂怕出意外，亲自监刑，眼见一身乌黑神头鬼脸的陈巧兰远远冲来，还一路嘶声喊冤。龚寂心中暗叫不好，急把戴着白色手套的巴掌恶狠狠地挥了下去，喝道，还等什么，动手！两个执刑的警察试图让犯人跪下去，犯人不跪，警察便踢他的膝弯，犯人屈屈身子，硬挺着站起来，转过身，双目圆瞪，直视黑洞洞的枪口。行刑手胆战了，枪口垂下来，怯怯地扭头望向龚寂。龚寂怒骂，看我干什么，白吃饱，废物，开枪啊！陈巧兰到了刑场边，嘴里仍不停地大喊冤枉，冤死了——警察执枪拦阻，陈巧兰抓住枪管，想从下面钻进去。龚寂掏出手枪，砰的就是一响，是冲天打的，可算鸣枪示警。陈巧兰哪管这些，仍喊着冤枉往前冲。龚寂骂道，袭警夺枪，还等什么！跟在他身旁的警卫闻言，掏枪指向陈巧兰，也是砰的一枪，直接射向了陈巧兰的胸膛。那临刑的犯人眼见有人先于自己惨死，还想挣扎着往前扑，执刑手心一横，也扣动了扳机……

看热闹的人们心惊肉跳，唏嘘不已，带着诸多的感慨四下散去，回了城里。龚寂在百般慌急那一刻，并没看清楚神头鬼脸冲向刑场的女人是谁，及至验尸的警察报告是巧兰饭店的小老板陈巧兰时，巴掌便重重地抽在那两个负责监视饭店的警察脸上，瞪着眼睛骂，陈巧兰不过是没守住妇道的女人，何至于就该一死！废物，都是废物，连个大活人都看不住！龚寂装作很生气的样子又在地心转了一阵圈子，见两人还站在那里发呆，便道，这样吧，局里出十块大洋，你们两人这月的工资也交出来，快去安葬陈巧兰吧。

两枪两命，不，是两枪三命，陈巧兰肚里可还怀着一个孩子呢。那个弑兄霸嫂的罪名可太好了，以道德和法律的名义，足以调动格外看重伦理亲情的天下民众的冲天义愤。军统出身的警察局长在对付日酋时束手无策如一蠢猪，但在暗算自己的同胞时却毒似蛇蝎，狠比豺狼，而且还有着远超狐狸的狡猾，谋划得足够周密，手段也足够残忍毒辣！

而枪声响起那一刻，眼见陈巧兰冤死的还有岳金莲。那夜，虽已得到佟国俊已脱离魔掌的消息，但岳金莲还是将信将疑，等到天快亮时起身去站前巧兰饭店，本意是想告诉巧兰妹妹国俊已得救的消息，虽然不一定是真。但走到半路上，又听行人说着今天枪毙犯人的消息，说是杀兄霸嫂什么的，心里便又毛起来，到了小饭店，却又不见巧兰的身影，心里便越发慌乱不安。她隐在一棵大树后，一再提醒自己要稳住神，要枪毙的人极有可能与自己无关，即使有关，冲上去又顶什么呢，恶人手里是抓着枪的，这种时候赤手空拳的除了再白搭进去一条命，还能救下人吗？眼下留下自己一条命，也许只能等刽子手行刑后，上前看看命丧黄泉的是不是自己的亲人了，如果真是亲人不幸，那也只有妥善收尸，别再让亲人在黄泉路上遭受委屈了。

岳金莲是强忍悲痛闭着眼睛听到混乱中那一声又一声枪声的。执枪的警察验过尸，撤下去，围观的人们海潮一样冲上去，又发着各样的唏嘘感慨四散离开，待土坑边只丢下两具尸体时，岳金莲才强作镇静走上前。她先看那个被蒙上脸堵住嘴巴的男人，心中不由得大喜，真的不是佟国俊，看来那个女学生送来的消息不谬，小叔子国俊真的死里逃生，被抗联的人救走了。再看那个一身灰土神头鬼脸的女尸，不是巧兰妹妹又是谁呢。刚才，在远处的大树后，她只听这个妇人在撕破着嗓子没命地喊，哪还辨得出女人是谁，况且她还事先从女学生口里得知，陈巧兰那边也有人去救了，哪料得到巧兰采取了躲逃的手段。不幸的是，那手段虽不失巧妙，却恰恰让她送了性命。岳金莲再也忍不住，伏在陈巧兰尸体上放声痛哭，哭心性刚强的巧兰，也哭虽逃得一死却从此再没了爱恋之人的佟国俊。哭声引来了两个有些残疾的男人，问尸体是否还有人收，不收就让城里的清理队送到乱尸岗埋了。岳金莲闻言，忍住悲痛，又给两位残疾人跪下，说两位大哥，那个男人我不认识，你们还是再打听一下吧，兴许他家里人会找来呢。这个妹子却死得冤，实在冤，冤死了。她没做过任何伤天害理的事，她的男人还是专杀日本鬼子的好汉。她娘家有人，正在往这里赶，就求两位好心的大哥好生照看一下已去了另一个世界的妹子吧。残疾人说，这年月，冤死的人多了，冷落寒天刮风下雨的，我们两人又缺胳膊断腿的，你总得让我们吃顿饱饭吧。岳金莲便又摸衣襟，说二位好心的大哥，我一早得知消息急着赶来，身上真没带钱。二位尽管放心，等她家人来了，我一定加倍酬谢二位恩人。我这冤死的妹妹在黄泉路上还没走出多远，我欺谁骗谁也不敢在我妹妹面前说半句假话呀。岳金莲说完又哭，那两位残疾人不忍，便拉条破席子将陈巧兰的尸体掩上了。

　　岳金莲在北口城内又找了处地方藏身躲起来。她等陈巧兰兄嫂从乡下赶来，一同收殓安葬了巧兰后再没去警察署找龚寂，她知道，那是吃人不吐骨头的豺狼，以前跟在日本人身后为虎作伥，眼下，小鬼子滚蛋了，他便在这片土地上倚仗权势胡作非为草菅人命，眼下，她只盼抗联的人快点杀回来掌了天下，才能给巧兰报仇了。离开北口城那天，她在心里下了决心，这个地方，再不来了，至死也不来了，太伤人的心了，除非佟国俊带着抗联的人打回来，她才可能陪着国俊来给巧兰烧纸上香。巧兰妹妹，你一路走好吧……

29

馗子离家出走那年不到十五岁。男孩子的那个年龄啊，正是逆反的时段。但逆反归逆反，过了那个劲，他能不想他的妈吗？还有他的爸爸。虽然他一直不知道那并不是他的亲生父亲，但毕竟也在一个屋檐下共同生活了好几年，那个以爸爸的名义对他百般呵护的男人在他身上付出的心血一点也不比他亲爸爸少。

前几年，家里换了新房子，搬家的时候，我发现爷爷的大纸壳箱里藏着几双皮鞋，便问是谁的。爷爷拿起一双女式缠过足的鞋，说这是我额娘的，额娘是民人，裹过小脚，可蹚河呀，爬山哪，跟旗人一样，一步不差。又拿起那双男式的，可能是42码或者41码的吧，说我阿玛个子不算大，脚丫子却不小，扛脚行的，脚小了上跳板哪能站得稳当？我拿起另一双女式的，应该是36码或37码的，问这是谁的呢？爷爷从我手里接过鞋，又仔细放回纸壳箱内，叹息一声说，老辈人的事，就不说了吧。我又把那双鞋拿起来，求爷爷还是说说，说这都多少年的事啦，该忘的忘，不该忘的就说给我听听嘛。爷爷便说，穿这双鞋的人我管她叫姨，虽说跟我爸的关系有点不大清楚，我额娘也故意装着睁一眼闭一眼只说没看见不知道，可说句良心话，这位陈姨对我可是真好，十个头的好，就是亲姨亲婶也不过如此。她每次来家，都用干干净净的毛巾给我包来几个包子。她给我带来的那个包子真叫好吃，馅大，肉多，一般的包子铺买不来那么好吃的肉包子，尤其是鸡蛋韭菜馅的，油摊的鸡蛋塞得极满，眼见是另做了手脚的。以前，我吃过你爸从天津卫给我买回来的狗不理包子，虽说真不错，但跟陈姨给我包的那还差着老大的节气呢。有时，我和我的同学也去过她的小饭店，只要见到我，她一定另从别的屉子给我挑包子，我同学看着不服，就从我手上抢包子换着吃，而她看着我们抢，只是站在旁边抿嘴笑，好像还挺幸福的样子。

说这些话的时候，爷爷眼圈红着，浑浊的泪珠在眼眶里打转，眼见是动了真感情的。都说人的岁数越大，情感越脆弱，东北话就说是泪窝子浅了。如此说，爷爷是在想念他的爸爸妈妈陈姨和他少年时的家了吗？

患阿尔茨海默病的人病症时轻时重，有时对少年时的记忆还会格外清晰。按照爷爷以前不时提起的北口和大杂院的话头，有一次我看他神志不错，便问，爷爷从北口离开爸爸妈妈后，都去了哪里呢？爷爷说，沈阳城地方大，人口多，就像水泡子又大又深，自然好养鱼，大鱼小鱼都有，小虾米也少不了。那天，我看爷爷挺爱说话，就顺着问，那你就在沈阳住下来了吗？爷爷摇头，说水大鱼多好是好，可也怕大鱼吃小鱼，小鱼吃虾米呀。咱是个啥，就是个小虾米嘛。所以我就又顺着铁道线一路往南走，去过苏家屯，又去过辽阳，最后是在鞍山落的脚，一路走，一路要饭，有时也进庄稼地，抠俩地瓜，掰两棒苞米，正是过完夏天便是秋的时节，老天爷就养活人。那年刚入冬时，老天突然变了脸，下起了雨夹雪，我身上又没带过冬的衣裳，就蜷在一家店铺的门廊下避雨雪。半夜的时候，有个老太太裹件大棉袄起夜，回屋开门的时候看到了我，又急慌慌地回屋招呼老头，说你快起来看看，外头咋还睡个半大的孩子呢。刚才我摸了摸，孩子的脸蛋直烫手，八成是病了，正烧着呢。咱们把这孩子叫回屋睡一宿吧，不然明早冻死在这儿咱可作孽啦。唉，这辈子，我多亏董大娘董大爷了。进了屋，二老不光让我睡到炕头被窝里，还给我吃了两个苞米面菜包子，那包子那个香啊！第二天，雨雪停了，我要走时，董大爷问我，孩子，你有去处吗？我摇头，说走哪儿算哪儿吧。董大爷又问，你有啥手艺吗？我满头满脑都是茫然，又摇头，说我读完高小了，已经上中学了。董大爷笑说，读书不算手艺。你要是愿意留在这儿，跟我学做鞋修鞋的手艺，我保你冻不着饿不着，你愿意不？那天，我一点没犹豫，立刻点头了。想想啊，这一路走的，多乏多累不说，多冷多饿也不说，这天下越来越不太平啊。小鬼子投降后，国民党和老八路都从关内开过来了，两伙人一碰面就交手，而且看起来短时间没个头脑。那一阵，我没少后悔从家里出来，夜里不知哭过多少回，也不是不想回家去找我爸我妈，可还回得去吗？只怕没等到家，就被不长眼睛的枪子打死了，听说国民党军那一阵正四下抓丁，虽说我还小点，可国民党军才不管这些呢，只要看你还扛得动一杆枪，只管抓走再说。董大爷说留下我，那等于给我指了条活路哇。那天，我学着在学校老师教的样子给老两口行大礼，深深鞠躬，一连鞠了好几下。

我再问，爷爷，那你后来还回过北口吗？

爷爷十分肯定地点头，说回过。好几年没见到我阿玛额娘了，天下的大仗也基本打完了，老八路的队伍打败国民党的军队又向关内开过去了，再说，我也有了挣口饭吃的营生，我怎能不回去看看？那年，正好炼钢厂约好董大爷给炉前工做干活穿的厚底鞋。炉前工不像平常人，穿的鞋必须厚实，不光要正经老牛皮的，还要双层加厚的。那次，厂里雇来一辆汽车，打算往哲里木盟那边跑，那边紧挨着科尔沁草原，牛羊养得多，牛皮自然就便宜一些。董大爷跟押车的人说，带上我们爷俩行不？我们经过北口时下去看看就行，不耽误多少工夫。在鞍山董大爷家我待了三年。那年，又是快入冬的时节，钢厂搞后勤的来人对董大爷说，外面的大战打完了，咱们也得恢复生产了，厂里准备去哲盟去进点老牛皮，给炉前工做点炉前干活穿的靴子，挑老牛皮还是董师傅眼力好，我们已张罗了一辆卡车，就麻烦董师傅受累吧。这炉前工的事你们年轻人不懂，那铁水钢渣溅出来，可了不得，听说有好几百度呢，人要踩上去，比滚热的开水还伤人，可了不得。那炉前工的靴子必须是牛皮的，还得是三年以上的老牛皮，双层的，光用麻绳纳可不行，有时候还得用钢钉铁钉锔。后来我才知道，董大爷的铺子主要靠的是这生意，给人修修鞋，那只是挂角一将，活计忙时根本顾不过来。那天，董大爷看看我说，去哲盟正好路过北口，那我带上我这徒弟一块去行不行？一是我教教我这徒弟咋挑老牛皮，二是也带他回北口老家看看，他都好几年没见到他亲爸亲妈了。厂里那人看看我，说不是国民党军队里逃出来的吧？董大爷笑，说那你好好看看这孩子，都跟了我好几年，国民党还要这黄毛崽子呀？这可不是我瞎掰，那年秋天，东北这边真打了一场大仗，林彪带着北满的老八路打过来了，那才叫秋风扫落叶，把国民党的军队赶得溜干净。当然，国民党兵也有散兵游勇来不及跟着大部队跑，偷藏在老百姓家里，厂里人不能不加着这份小心。那年我也老大不小的，也算是个大小伙子了。就这样，第二天一早，我就跟董大爷跳上了大卡车后厢，怀里抱董大娘给我们贴的大饼子。我的那条黑子狗不用招呼，自己就跳上了车。当天天擦黑时，汽车经过北口城外，厂里那个押车的和司机在路边找了一家管吃管住的小店，留下了，对董大爷说，明天天一亮就发车，还是这个地方，你们爷儿俩可别误事。我们进了北口城，我心里急，就一路连跑带颠，气得董大爷气喘吁吁跟在后面，还笑着骂我，说你个没良心的小子，不想带我回家跟你爸你妈见个面，想累死我呀？我回身给黑子一脚，说快去陪大爷去，转身接着跑。

我进了原来的家那个大杂院的时候，天已擦黑，正是城里人吃晚饭的时候。院里有个老太太，以前我喊她康娘，听院门响，先看到了我，还怔了怔，接着就掂着小脚快步往屋里走。我急着喊，康娘，是我，馗子。康娘走不了了，便急急地先用一只手掩住嘴巴，又用另一只手使劲摆，那意思就是不让我再吭声。康娘的意思我明白，只是不知为什么。我转身又向我家的屋子看，窗户黑洞洞的，眼见是家里没人。说话间，康娘的小脚已掂到我跟前了，还是捂着嘴，小声问，你真是馗子？我说，康娘不认识我啦？我打冰粲时，还打碎过你家窗子呢。康娘说，你小点声，告诉娘，这几年你可跑哪儿去了呀？我急着问，康娘先告诉我，我额娘和我阿玛是不是还住在这院？他们都去哪儿啦？康娘捂脸的手变成了擦眼泪，说可别问你爸你妈了，你爸你妈……都没了。我看康娘的神情，意识到她说的不是什么好话，便一下抓住她的手，问，没了是去哪儿啦？康娘说，没了就是……死了，一下子就都横死了。我一下就傻眼了，当头一个雷，就炸在我脑门上。我天天想夜夜想的额娘阿玛呀，没了，都没了呀！我还想凑到我家去看看，康娘紧紧地拉住我说，孩子呀，别去看了，家里啥都没了，人家房东还要往外租房子呢，要是租户知道住这里的人都是横死的，谁还敢租哇？这么晚了，你还没吃晚饭吧？那你就跟康娘来家里坐一会儿，我这就给你张罗口啥垫补垫补。康娘还说，出事前好几天，我们就没看到你家大人。后来听街上人说，死的就是你们那个院子的，两口子都挨了枪子，我们看你家大人果然再没露面，不信也得信啦。唉，说啥好呢，谁让咱们赶上乱世了呢。康娘说这些话的时候，院子里许多人都出来了，或站在自家门前，或躲在房门里，不敢上前来。我额娘和我阿玛的死，在这个大杂院是个忌讳呀。我是横死之人的亲儿子，这里自古以来就有冤魂附身的说法呀。那时候，董大爷带着黑子追到院里来了，听了这一切，也就啥都明白了。董大爷上前拉我说，孩子，走吧，虽说你没了爸妈，可你还有师傅和你董大娘呢，这天下大着呢，哪儿都活人，走吧！

　　那一夜，董大爷带着我，就在北口的街头蹲了一宿马路牙子。董大爷在街上拢了一堆碎纸和柴火，点着了，先在街头小推车上买来几个包子，让我吃，我哪吃得下。他也不吃，便对着火堆唠叨，说兄弟、弟妹呀，别怪我充大。我以前没少和大侄子唠闲嗑儿，估摸着是我比你虚长几岁。今儿不算，等过几天，我和你儿子回到鞍山的家，再正式给你们烧香送过河钱儿吧。从现在起，你们的儿子馗子，我就带走了。这孩子不错，为人正道，肯下力吃苦，我和我家他董大娘，都喜欢他。我们两口子呢，先前也有一儿一女，闺女出阁早，嫁给海城山窝那边一个农户，除了逢年过节的，不大回来了，我也不指望她了。我那儿子，嫌在东北活得窝囊，非得回山东老家去，我犟不过他，那就回吧。可回山东，又是山又是海的，再加上兵荒马乱，走后就再没个消息。反正馗子这孩子，我是当着自家儿子养的。老哥我的打算，这两年，我带着他，锔也好，缝也好，先混个吃喝，等他再大一点，社会上哪儿正式招工，我就让他去，我们老两口也跟上他，他去哪儿，我们就跟到哪儿。我跟兄弟说，眼下我们老两口相中铁路啦，铁路那饭碗端得瓷实，听说年头长的，还给住的房子。现在不是共产党掌了天下嘛，要说押宝，这辈子我这宝就押在共产党这头了。兄弟和弟妹在天有灵，就保佑我和馗子一天天好起来吧……

那次，我和董大爷从科尔沁草原买牛皮回来，躺在火炕上一连睡了三天三夜，浑浑噩噩，迷了巴登，不知想了什么，也不知梦了什么，等到第四天，我从炕上坐起来，便大声喊，爸，妈，给我包包子，熬小米粥，我饿了……

30

那年，岳金莲离开北口，再去叔伯姐妹家，把龟岛义雄重带回自己身边。北口是不能再住了，这是个太让人伤透了心的地方，男人佟国良就是在北口的家里出去救兄弟佟国俊的，从此再没回家。儿子馗子是从北口离家出走的，正是兵荒马乱的岁月，谁知眼下是死是活，还能不能回来。小叔子佟国俊也是从北口走的，虽说是被抗联人救走的，但天地苍茫，抗联人去了哪里，也是杳无音信。最近才知道东北抗联是共产党领导的，是共产党的队伍，就是原来的老八路，眼下已打出了打蒋匪帮，解放全中国的旗号，但愿，共产党能大胜，全胜，受了一辈又一辈欺负的老百姓就盼着这一天呢。最冤的是陈巧兰，那是佟家没过门的媳妇哇，一心一意跟定了国俊，可就是为救国俊，被龚寂当成劫法场的人打死了……

万般无奈，也只能回娘家了。娘家在辽西，虽是穷，但好在娘家人还都在那里，听说有个叔伯兄弟眼下还当着村里的贫协主席，他总还能对自己高看一眼吧。岳金莲回了村里，离开这里也是十五六年了，身边还带着一个男孩，便说这是佟国良的孩子，国良在城里给人扛大包时滑下跳板摔死了。那些年，世上什么让人悲伤的事都有，那孩子又虎头虎脑，说着一口地道的东北话，村人便把这娘俩安置在一间刚被剥夺了家产的地主家里，是一间西厢房，岳金莲不挑剔，生活便也算有了着落。

初回屯里时，岳家突然多了个八岁的男孩子，村人的目光自然有些惊异。村里有些年长的女人问，你都结婚十几年了吧，就生了这一个孩子呀？才七八岁？岳金莲说，先前生过一个小子，后来又生过一个丫头，可一场天花，都扔乱尸岗了。好在老天爷开眼，我男人佟国良在时，让我又生了一个，不然，这辈子真成女光棍了。

时光荏苒，日子过得飞快。那些年，岳金莲带着这个日本孩子参加过互助组、合作社，后来又参加人民公社，小义雄人虽小，却不乏心劲。他跟在中国妈妈身边，妈妈怎么跟别人说，他也怎么说，而且话不多，但不到不张嘴不行时轻易不说话。小义雄书读得也挺好，人聪明，又好强，读村小时，成绩在学生里一直是拔尖的。上了乡中学，教过他的老师都夸这孩子好。后来考县高中，义雄对妈妈说，我就不考了吧，我去生产队挣工分，回家陪妈妈。岳金莲故作生气的样子，撂下脸子说，我不用你陪，必须去读高中。年轻人，不多读点书，长大是不会有出息的，你一定要给妈妈争点脸。那年，考进县高中的同校学生只十多个人，义雄是前三名。及至考大学，义雄便拧了性子，死活不去考了。他说咱家这个生产队，工分哪值钱哪，能把这娘俩的口粮挣回家就不错了。再说，读大学不同读高中，隔个三天五天的就能回家跟妈妈说说话，大学半年才放一次假呢，你想让我想死妈妈呀。岳金莲看义雄主意已定，人也大了，便不再勉强他。

值得特别一叙的事便是给义雄娶媳妇了。义雄二十三四岁时，还是光棍一条。生产队穷，壮劳力挣上一天的工分还不够买一张八分钱的邮票，大河没水小河自然要干，没有姑娘愿嫁到穷窝窝来。岳金莲心里急，夜里难眠不知多少回。戏匣子（收音机）里整天喊阶级斗争了。义雄的亲爹亲妈可都是日本人，实打实的海外关系阶级敌人，这个老底儿真要让公家翻出来，谁知往后一家人会摊上什么倒霉事呀？

偏巧，那一年，是1961年的初夏时节。已在河南当了一县之长的一个小叔子突然来家了，那个小叔子就是当年在县"国高"读

196

书，帮着岳金莲写信与远在黑龙江虎林的岳奉杰取得联系的那个穷学生，岳金莲哪知，在学生时，这个穷小叔就通过老师加入共产党，后来，日本人通过侦探搞到线索要抓人时，这个穷小叔得了消息，一走了之。那次，这小叔子是由老师安排先去了北平，又到了晋察冀根据地，投身解放大军的洪流。那日，小叔子跟乡长在办公室里谈公事，岳金莲却扎着一双小脚，在乡政府的院子里不住地转圈子，愁着怎样招待很少回老家来的亲人。很快，小叔子出来了，说大姐，你不用愁，我去姐家坐一坐就走。实话跟大姐说，我这次来，不是探亲，而是有公务。我们那个县遭了灾，是大灾，不少人家揭不开锅了，已有了饿死的人。我带人来老家，是想请求咱北方产粮的县乡伸伸援手。可看来，我是奢望了，北方比我们那边强点也有限，有限的余粮早被上级调拨走了。不过，嫂子放心，有客从远方来，一碗稀粥，两个窝头，县里总还能供得起的。听此言，岳金莲难免心酸。小叔子悄声问，我看跟在你身边的大侄子，不会就是当年大姐千方百计叫岳奉杰弄走的那一个吧？岳金莲大惊，忙去掩兄弟的口，说兄弟，这话可不能瞎说，人命关天哪！我孤老婆子一个，带个孩子容易吗？岳金莲的这个神情，等于认账了。小兄弟重重点头，说，这个底细，我不说，大姐也千万不可说出去。这个大侄，我看身子骨挺结实，脑子也活泛精明，不如就让他跟我去河南吧，我想法给他安排个什么工作，总比留在这里挣生产队的工分强。岳金莲却坚决摇头走，不去，哪也不去，除非他亲娘来接他。再说，你们河南那边正遭灾呢，还饿死了人，我知道你当官的也不容易。这年月，无论在哪干，也无论当了多大的官，把老百姓放在第一位，才是头一宗当紧的事。可万万不能有点说了算的权力，就先忙乎自己的事，老百姓看了，嘴上不说，心里也是骂呀！

那天，岳金莲还要带这个兄弟回家看看，说我把丑话说在前头，回家也没啥吃的招待大县长，我刚才心里算计，家里的院边子还有几棵苞米，眼下好歹也坐穗了，抽挑儿了，回家我给兄弟掰下来，不说啃青苞米，连同棒蕊一块嚼，也能抗饿。只要兄弟别笑话老姐姐抠门就行了。

兄弟听老姐姐这般说，便更不肯去家里坐，说我知道家里也就大姐和侄子两个人，都看到了，我就另奔一个地方，找找老同学老朋友求求爷爷奶奶吧，眼下，解决老百姓的肚皮才是第一要务啊。

兄弟离去时给大姐留下二百元钱，岳金莲不接，说兄弟大老远的回老家，连老姐姐家的一顿饭都没吃上，让我怎么好意思再接兄弟的钱。兄弟说，这点钱我是早备在手上的，吃不吃饭也一定请姐姐收下。姐姐当年难不难，还资助我把"国高"读下来，不然，后来我也走不上干革命的路。姐姐的情意，我记在心里呢，就容兄弟以后慢慢回报吧。这点钱，姐姐要不收下，就让兄弟没法走出老家这片土地了。

当县长的兄弟坚决地留下钱，离去了。没想，就是那二百元钱，不久后，竟帮岳金莲为义雄领了一个媳妇回家。

距离兄弟离去的日子并不长，听说铁道线上常有关内的灾民顺着道肩往北走，只求能找到一口下肚充饥的嚼裹儿。岳金莲得此消息，先还是稳坐家中，突然有一天，由一个外甥女陪着，颠着两只小脚，往返二三十里，一次次跑到铁道线上去。村人问，你这是要干啥呀，魔怔啦？岳金莲斥道，少问，我愿意。半月后，岳金莲领回家一个姑娘，河南口音，说是驻马店的。姑娘面庞清秀，只是饿得太狠，已快扛不住一阵风了。村人虽是看懂了岳金莲的打算，还是嘟哝，一天三顿饭都是端着碗去生产队食堂打那份猪狗食，一人一份，多一勺都不给，家里又多了这么一个饿急了眼的，可怎么好？岳金莲说，我手上还有二百元钱，你帮我去县城里的黑市上寻摸点粮食吧。只要挺过眼下青黄不接这一阵，庄稼院的日子，好打发。村人有点吃惊，乡间能一下拿出二百元的，在那年月，也算百里难找一了。生产队一年到头不分红，平时，老百姓想买点咸盐和火柴，都只盼着鸡屁股快下两个蛋呢。岳金莲见那个村人眼睛瞪得溜圆，便又说，还是我那个在河南当县长的兄弟回老家时留给我的。只要家里有点粮食，那个姑娘就会留下，不走了。眼下青黄不接这一季，最是当紧，过一阵，秋粮下来，地里的瓜果能抗饿了，咱庄稼人也就不怕了。

两月后，家里园田里的苞米结棒子了，土豆也可抠出来充饥了，岳金莲将一家人聚到一起，对姑娘说，你来家时咱娘俩就把话说妥了，这个家你也都看在了眼里，现在，你若反悔还不迟。姑娘回道，妈和大山都厚道，我不反悔。岳金莲又说，我的儿子就站在这儿，大主意还是你自个儿拿，我当妈的才不乱点鸳鸯谱。姑娘脸庞红成了秋后的山楂，深深地垂下去，手却主动和义雄拉在了一起。岳金莲说，好，那就这么定了。明天，你们小两口带上户口本，去公社把结婚证领了。家里的侄男外女的都别闲着，抓紧把西屋收拾收拾，给你们做洞房。至于婚礼，就免了吧。等以后年成好些，老太太我说话算数，一定给你们补办。

平凡的日子好比日出日落草青草黄，没有什么好做描述。不觉又是十余年过去，义雄已是两个孩子的父亲，岳老太膝下已奔跑着一大帮孙辈幼童。悬在房梁上的戏匣子突然连天在喊美国总统访华，紧接着，日本首相也跑来中国。对于国与国之间发生的这些大事，村里人人并不怎么关心，只觉还不如家里的小菜园准不准种点经济作物来得实惠。小脚老太岳金莲却春江水暖鸭先知，并深深感觉到了忧虑和不安。夜里，在那间逼仄的小耳房里，岳金莲唠叨，就好比两家过日子，好几十年大门紧闭谁也不搭理谁，现在是两家大人串起门子来了，你说，界壁子（邻居）会不会要求把一直住在邻家的孩子领回去？正巧，那两天岳金莲的叔伯姐姐来家串门，听岳金莲这么说，心里自是一惊。说日本鬼子滚蛋那一年，你把山子这孩子寄放在我家，自己又去北口跑别的事。当年我就有一句心里话想问，却一直没敢问。听老妹这么说，是不是你这儿子不是中国人，是小鬼子的种啊？听老姐姐这么问，岳金莲便把窝在心里的话说出来了，说我带这孩子去葫芦岛追他日本妈的时候，山子已经八岁了，八岁的孩子什么记不得？再说，他妈一辈子也就生他一个，到老来孤苦伶仃的，出来找找自己的亲生儿子，也是人之常情。人心都是肉长的，将心比心吧。隔了一阵，岳金莲又说，这事就先放在咱老姐俩心里吧，跟谁也不说，跟山子也别提。生他的那个日本妈比我大几岁，叫珍子。要是老天不长眼，让她先去找他爸了呢。唉，这话我不该说，只愿珍子健康长寿，平平安安才好哇。

　　没想，一切都依着岳老太的估算上来了。不久，先是县政府的人来家，还带着外交部批转过来的文件，里面有龟岛珍子请求帮助寻找儿子的信函。县里人把来意说完，又要讲中国政府的态度与相关政策，岳金莲摆摆手，说我家确实有一个当年的日本孩子，大号龟岛义雄。他亲妈龟岛珍子要是还活着，就让她来家吧。至于义雄愿不愿意跟他亲妈走，那得由他自己拿主意，毕竟山子有老婆有孩儿，也是三十多岁的人了。

很快，珍子来中国了，身边还跟着一男一女两个年轻人，是珍子夫家和娘家的侄男甥女。县政府派人派车一直将日本客人送到家门口，并在来之前跟公社打了招呼，公社先送到家里一角猪肉和半只肥羊。岳金莲说，这是公家的。咱家再穷，也不能丢了国家的脸面。便让山子把正下蛋的两只鸡杀了，小火炖上。

听到汽车响，岳金莲打开房门，端然而立。珍子扑上前，便要跪，却被岳金莲一把架住。那一刻，义雄和媳妇一人拉一个自己的儿女，远远站立，眼里端详着这位来自异国的生身母亲，心里则努力搜寻着残存在心里的关于母亲的记忆。

珍子坚持着先去看了岳家老太太住的房子，还在那铺小火炕上坐了坐，然后才走进义雄一家的房间。珍子又流泪了，扑簌簌，难止难歇。两张大圆桌摆在了东屋地心，那是岳老太的主张，一言九鼎，没有异议。丰盛的菜肴布满了桌面，岳老太又将当年带养过义雄的叔伯姐姐接过来，陪坐在自己身边。岳金莲却迟迟没有举杯敬酒，而是望定义雄，镇静地吩咐，儿子，带上你的媳妇孩子，给你们的嫡亲妈妈跪下。那一声"嫡亲"有点文绉绉，让众人感觉虽准确却陌生，一个大字不识的乡间老太太嘴里哪吐得出这等雅致的莲花。大家哪知，岳老太为搜寻这个词儿，在珍子到来前，可是好动了一番脑筋的。她努力搜寻记忆中白先生的评书，再搜寻前些年在戏匣子里听过的新评书《烈火金钢》和《薛丁山与樊梨花》，觉得只有用嫡亲二字才能表达出义雄和珍子的血脉关系，却又可含而不露地说明两人虽亲却不近的距离。在评书里，好像只要亮出这个词语，故事里的人物多有身世之谜，生与养，养与教，其中的恩情哪个更亲哪个更重，岂是三言两语能说得清楚哇。

在照相机闪光灯的不断闪烁中，酒宴进行得隆重有序却难以热烈。也难怪，说是家宴，却是国与国之间的交往，况且两国之间，还有着那么一段不堪回首的兵戎交加的历史。在人们的矜持与拘谨中，岳老太站起身，再吩咐，义雄，把妈的凳子放到炕上去。义雄惊诧，不知母亲要干什么，但还是把木凳放到火炕上。随后，岳老太上了炕，并在众人惊异的目光下，手扶窗框，站到了木凳上。义雄急跳到炕上，问，妈，你老要干什么？我来嘛。岳老太不答，却将手指伸向屋顶，在用高粱秸编就的房箔间抠摸，直抠得尘土飘飘洒落。那一年，岳老太年逾六旬，身子已不那么灵活，虽有义雄扶助，但在木凳上踮起的两只小脚仍在明显颤抖。终于，岳老太的手放下来，掌心里便多了一个蓝色的小布袋。她下了炕，重回桌前，先将小布袋在衣襟上重重地擦了擦，这才从小布袋里摸出那只钻戒，放到一直目瞪口呆的龟岛珍子面前，说这是你的，请收好。珍子忙往回推，说老姐姐，这个我不能收，我早说过，它早属于老姐姐了。岳老太说，中国老辈人有句常挂在嘴上的话，君子不夺人之美。这个东西，当年我就说过不要，你就不要推让了。你来中国之前，我心里一直念叨，也不知我今生今世，还能不能见上你一面。若是见不到，闭眼前，这个东西我也是一定要交到义雄手上的。你要是一定想给我留点念想，那就把这个小布口袋留给我，估摸是你亲手的针线，对吧？又是在众目睽睽之下，岳老太将重闪光芒的钻石戒指放到珍子掌心，只将那蓝莹莹的小布口袋放在了自己面前。珍子再次双手合十，两眼含泪，不住地祷念，菩萨，我的活菩萨，让我怎么感谢你！

　　傍晚时分，面包车载着日本客人回县招待所去了，说县领导明天另有宴请，到时汽车会来接送诸位家人。在火红晚霞的辉映中，岳老太独坐在院门前，眼望长空，终于忍不住，老泪长流。老人接待了一天客人，一直刚强着，没抹过一滴眼泪。义雄慌慌地跑到母亲身边，说妈，你别哭嘛。她来了，也就来了，待两天，总得走。我不跟她走，你的孙子孙女都不走。岳老太说，傻儿子，往后再别说这样的话。人生大道理，伦常不可丢。别看你那个日本妈今儿一整天都没说出一句要带你去日本的话，可她有句话，却是反复说了好几遍。她说，我真羡慕老姐姐，有这么孝顺的好儿子，还有孙女当贴身小棉袄。都是当妈的，她心里怎样想，妈一清二楚。从你四岁起，她就四处找你。回了日本这些年，她孤苦伶仃一个人，能活到今天已是不容易。你去日本陪陪她也是人情大道理，应该应分，我这边你不用惦记，我侄男甥女多，孤单不着我，再说，我还生过一个儿子呢，那是你哥哥，叫馗子。知道馗子是啥意思不？那是专门打鬼的一个神仙，听说当神仙前还是个老道。中国的老百姓为了避邪消灾，就在家里张贴钟馗的画像。你馗子哥哥出生第二年，正赶上九一八事变，日本人占了中国东北，恨得中国人都把日本人叫小鬼子，我们两口子就给儿子起名叫馗子，是啥意思，就不用我多说了吧。其实，我听说日本人也讨厌鬼子，所以也四处建钟馗神社。天下太平，天下同心，就是当年日本兵侵略中国，也是那几个日本当官的歪主意，他们把日本老百姓也坑苦了。你记着，不定哪一天，兴许你馗子哥也会回到我身边来。再说，你虽说回日本国去了，啥时想妈了，就回来嘛，听说天上的飞机飞得老快，也就半天一晌一眨眼的时辰，就飞回家了。我已问过县里人了，关于日本遗孤亲属移……哟，移什么来着？对，移民，关于移民的事，中国政府和日本政府都有政策，慢慢来……义雄听妈妈这么说，便也有些心动了，说，妈要非让我回日本国，我就把我那个小子留下陪奶奶，隔段时间我想妈了，就回来陪妈住些日子，正好也回来看看儿子，行不？岳老太点头说，行，行。可这事，你一定要跟你那个日本妈商量好，也跟你媳妇商量好，明白吗？

当夜临睡时，那个叔伯姐姐问，你给日本老太太的那个镏子是什么时候藏进房箔里的呀？岳老太说，这可有年头了。把山子带回家那年，村里让我住进这间房子，我就塞在那里了。姐姐说，你这嘴巴可真严。看样子，那镏子可不比寻常物件，很值些钱吧？岳老太说，听我当年那个女东家说，总能换上十亩八亩好地。老姐姐吃了一惊，说挨饿那几年，家里人一个个饿得直打晃儿，也没见你怎么着急上火，原来是你心里有底呀。岳老太说，我的底就是，该是咱的是咱的，不该是咱的，别说一个镏子，就是再值钱的东西，我也不会动一下念头。

就是从那一年，岳金莲老太太几乎一夜间变成了县里、市里的名人，报纸、电台都在讲，一个乡下老太太抚育日本遗孤的故事，还有中国老太和一枚钻石戒指的传说，后来，连省里的官员和记者也找到家里来了，说省里正组织招商引资团去日本国，岳老太也是团里的重要成员，请岳老太抓紧做好随团出行的准备。岳金莲坚决摇头，说不去，说不去就不去！我一个乡下老太太懂什么招商引资。官员说，岳大娘抚育日本遗孤的事在日本都传圆了，电视和报纸上没少宣传，还专访过龟岛义雄先生呢。听说岳金莲女士要到日本访问，在日本官方和民间都已引起很大轰动。岳老太还是摇头，说有那钱，让义雄坐飞机多回几趟中国，看看他老妈吧。别的事我可能忘了，可我公公、婆婆、小姑子，还有我男人，都死在日本人手下，这个深仇大恨，这辈子我是忘不了的。那个年轻的女记者看岳金莲越说越严肃，故意把话题往轻松上引，说大娘，这都是多少年前的事啦？岳老太说，我男人叫佟国良，虽没当过兵，可也真刀真枪地跟日本鬼子拼过命。我小叔子叫佟国俊，后来投奔了抗联，就是老八路，解放军。这哥俩是一对双，都是好汉！去日本的事，我说不去就是不去，你们不要再来烦我了！

31

2014年的入秋时节，县里的乡里的领导突然来家了，小院内外挤满了大大小小的车辆。领导们说，今天有重要人物要觐见岳金莲老人，并从开来的汽车后备箱里搬下一辆很高级的轮椅，请老人坐上。那年，岳金莲老人已经99岁了，是县里最高寿的老人，但耳不聋，眼不花，拄着拐杖还能在院子里散步。老人问，觐见？觐见是啥意思？要我去见谁？领导好一阵犹豫，不知如何作答，只是说，到地方您老人家就知道了。来的人和车只能开到村委会，咱们去那里等吧。

村路确实只能开到村委会。几个月前，市里来了几个人，在村前村后转过，又带人好一阵测量，施工队伍便开过来了，轰轰隆隆好一阵忙碌，一长溜平平展展的柏油路便从几公里外的国道上直接与建在村路边的村委会连接在一起，连村委会的院子都一并修过了，听说市里的领导还专门来验收过一次。村干部看这阵仗，看样子是要来大领导，便小声问，是哪个领导哇？还需要我们做哪些准备工作？市里领导说，该做的准备工作都由我们负责，你们到时打扫好卫生，负责维持一下围观群众的秩序就行了。

知道要见重要的人物，岳老太便将家里最体面的衣裳都穿戴上了，都是日本儿子、儿媳给置办的，各季节的都有，说眼下老人家的社会活动多起来了，这些必须准备齐整，不能丢中国人的脸。凡是儿子、儿媳张罗的东西，岳老太从不说不，咧着没牙的嘴只是笑。满口银白色的烤瓷牙也不缺，只是岳老太不喜欢戴，只有出席重要的场合才戴上，比如去村委会这一天。

岳老太心情忐忑地端坐在轮椅上，眼睛一直迎着村委会大门外的那条黑亮平整的道路，两边站着的，一个是她的孙子，一个是她的重孙女。重孙女也三十来岁了，听说已读到研究生，回到中国来，一是陪太奶奶，一是正在钻研中国的传统文化。

道路上，终于出现了车影，不是一辆，而是很多辆，最前面的，是四辆摩托车开路，跟在后面的是一辆很高级的公务车。那样的车，岳老太在电视上没少见，大领导出门视察，不坐小轿车，而是爱坐这种公务车。到了大门外，摩托车、公务车，还有后面跟着的很多辆小轿车、面包车停下，先从一辆有红十字标识的面包车上下来一男一女两位白衣白帽的医生。两位医生到了跟前，轻声说了句老人家，我们给您检查一下身体，别紧张。老人笑说，我没毛病，早起还吃了一块大饼子呢，费这事干啥。那两个医生也不答话，忙活一阵，不过是测测脉搏和血压，然后就退身撤下了。

也许，正式的觐见这才开始。公务车门打开，两位军装齐整、年轻帅气的士兵各捧着一件物件向岳老太缓步走来。岳老太别的不知，但领头的士兵手上捧着的东西上方红艳艳、黄亮亮的物件她是认得的，那是中华人民共和国国旗。岳老太哪敢再坐，便在孙子、重孙女的扶助下站立起来。两位士兵立正，一位也是从公务车上走下的中年人高声宣布，中国人民志愿军烈士，战斗英雄佟国俊同志觐见嫂嫂岳金莲老人及家人仪式现在开始。

原来是国俊回来了！国俊兄弟，你是英雄了，嫂子想你呀！岳老太顿时明白过来，原来这之前发生的一切，都是为了迎接佟国俊回来。岳老太身子不由自主地晃了晃，好在有孙子、重孙女扶着，立刻又端端地站稳了。

中年人又招手，便又有工作人员搬来长条折叠桌，在老人面前摆好，两个士兵将怀里捧着的东西在折叠桌上安放好。岳老太颤着身子上前，向覆盖着国旗的盒子鞠躬，又伸出手掌轻轻抚摸，问那中年人，同志，咱老百姓有规矩，死者为大，逝者为尊。这是我兄弟佟国俊的骨灰吧？

中年人点头，遗骨是当年美国军人火化的，然后交给了南朝鲜军人。那些军人虽然战场上是对手，但对英勇无畏、以身殉国的中国军人一直心怀敬意，所以韩国政府一直对烈士的骨灰保存得很好，直到韩国和中国建立了正式的外交关系，韩国政府才将英烈的骨灰和遗物移交给中国政府。

岳老太喃喃自语，说国俊和他哥国良是一对双，同岁，比我大两岁，要是活到今天，也是101岁了。国俊兄弟呀，你咋才回来呀，你再不回来，老嫂子就等不及了，得去见你们哥俩了。

岳老太说这些话时，虽然面有悲戚，却一直没流泪，也许年龄大了，也许经历的事情太多太多，也许眼泪早已流干了吧。

中年人将岳老太扶到折叠桌上摆放的另一物件面前，士兵将裹盖在外面的白布展开，原来里面还有一只二尺见方的精致漆盒，再将盒盖打开，岳老太惊了，泪水立时开了闸一般奔涌而出。

原来木盒内是用塑料袋装着的一件布背心，布背心的本色应该是乳白色的，但已被炸得破碎，保管人员将它清洗得很是干净。中年人说，这种背心多是中国东北男人穿用，看样子清理战场的士兵可能到过中国东北，对中国东北人的生活习惯很熟悉，甚至很有感情。据接收遗物的中国官员说，那个中国勇士抱着炸药包与拥到阵地的数十名"联合国"军士兵同归于尽。据我所知，这样的汗褟一般多是母亲、妻子或恋人亲手缝制，而这位可敬的中国勇士放着现成的军用背心不穿，特意换上这种汗褟上战场与敌兵决一死战，心中必是怀有别一样的情愫。也许，对方军人也希望日后有机会将它交到中国军人和他们的亲人手上。

岳老太老泪纵横地说，这件汗褟我见过，是我兄弟媳妇陈巧兰亲手缝的，她一共做了两件，另一件还留在她手上，我给她入殓时，把那件塞在她怀里了。巧兰妹子呀，你看到了吧，国俊就是临上路也，也没忘了穿上你做的汗褟呀！

岳老太抹去眼泪，又对中年同志说，同志，我有一个请求，把这个汗褂留给我老太太，行吗？

中年人笑着摇头，很坚决，老人家，您老这就让我们为难了。这件衣物上，除了留有烈士的忠贞报国的情怀，还含有外国军人对中国士兵的崇高敬重。老人家，您看这样可好，回到纪念馆后，我们马上安排高手工艺师仿着这件汗褂，再给您仿做一件，一点都不差的，行吗？

岳老太笑着摆手，重又坐回那辆轮椅上，那就不用麻烦同志们了。你们走时，给我留张照片就行了。哦，这里还站着两位老同志呢，快请他们坐吧，看样子岁数也都不小了。

中年人便又郑重宣布，志愿军老战士、佟国俊烈士的生前战友向岳金莲老人敬礼！

那是两位老人，也有九十来岁了吧，披挂着昔日军装，立正，向岳老太敬军礼。有个老人还要给岳老太跪下，被中年人扶住了。中年人急又招呼士兵搬来两只折叠椅，放在岳老太面前，说岳奶奶，请您老人家坐好，这两位老人几十年前都是和佟国俊同志一起在抗美援朝前线和敌人拼过命的，都是为国家做过贡献立过战功的功臣。

岳老太便将两位老军人的手紧紧拉在手里，问，在朝鲜和美国鬼子打仗那年，你们才二十来岁吧？

那位个子高些的老人便说，那年，我十九，他二十一。他打仗的时候，耳朵被震坏了，听我们说话费劲，您老人家就多听听我说吧。我们营长佟国俊那年四十三，他说他大侄子若活着，也像我们这么大了，要不是战乱时走丢，也能上战场保家卫国了。佟营长牺

209

牲的那一战是1951年5月，我们已经打到三八线那边去了，仗打得很大，后来听说是抗美援朝战争的第五次战役，那以后，仗虽说还是打，但再没打过那么大的战役了。那次，佟营长带领我们守着一个阵地，阻止敌人冲过来，打了一天又一天，最后，我们的弹药都打光了，就等着敌人上来时跟他们拼刺刀。营长说，我们的炮弹打不过来，那是因为我们炮兵怕伤到自己人。一会儿，我冲上去，先向敌群甩炸药包，敌人挨这一炸，必往后撤一撤，趁这机会，你们赶快跳出战壕向后撤，并抓紧向我后方阵地打电话，请求炮火支援。我的意思你们都明白了吧？我们当然明白，营长这是要豁出命来掩护大家撤退呢。我们好几个人抢炸药包，说要拼也是我们拼，哪能让营长去拼命。没想到营长把炸药包紧紧抱在怀里，瞪着眼睛喊，你们都还年轻，国家需要你们的时候多着呢。再说，你们哪有我的经验多，我亲手宰过的日本鬼子不少于我这个巴掌，再杀他几个美国鬼子，老子这辈子，值了！说着，营长用膀子撞开身边的几个战士，跳出战壕直向敌群冲过去。我们以为营长会先甩炸药包呢，没想他直向惊呆了眼的敌群冲去，嘴里还大声喊着，宋四爷，我来了！直到拉响了炸药包。

岳老太用巴掌揩抹着大个子老人的眼泪，说不用伤心，我知道我小叔子国俊的性子，他这是决心一死保护你们，你们都还年轻，你们的年纪都跟他的侄子差不多，在他眼里，你们还是孩子呀。哦，对了，刚才你们说，他抱着炸药包冲向敌群的时候，喊的是什么？

大个子老兵说，他喊宋四爷呀。

宋四爷是谁？

营长没跟你说过呀？大个子老兵又说，那可是位了不起的老英雄。好像是在一个叫龙兵营子的地方吧，那位四爷两手空空，照样杀了好几个鬼子。在战壕里等待敌人再一次攻击的时候，营长没少跟我们唠嗑。从他的话里，我们知道他也想家了，除了那位四爷，他常跟我们唠起的还有他哥、他嫂子，唠他媳妇，还有他侄子……

小个子的老兵突然嚷嚷，他说嫂子是女中丈夫，做下的事比咱爷们儿还爷们儿！

耳朵不好的人都怕别人听不到，所以说话才是大声嚷。大个子老人说，营长专给我们讲过嫂子给富人家当老妈子的事情，为了教训日本人，想办法将日本人的孩子偷走了，还找人偷偷送到黑龙江啥地方去了，哦，是虎林。

岳老太奇怪了，这事我怕他知道着急上火使性子，没敢告诉他呀。

老兵说，我们也问过营长，嫂子连这都告诉了你呀？没想营长哈哈笑，说你们可别忘了我年轻时在东北军当过兵，那时可当的是侦察排长。侦察兵是干啥的，这就不用我多说了吧？

岳老太嘟哝，怪不得呢，自打我去给人家当老妈子，他就啥也不问了，原来他啥都知道哇。

小个子老人又直着嗓子喊，营长没少跟我们说，不管是谁，只要回到国内，一定要帮他先找到他侄子。他侄子叫尬子，大号刘大尬，家在北口。

大个子的老兵说，从朝鲜战场回来后，我们都找了，不知找了多少次，北口周围的市县都找过，连嫂子和陈巧兰大姐一块找，可就是找不到。

岳老太喃喃道，巧兰早不在了。从那以后，我再没回过北口。馗子八成也没回去过吧。

岳老太起身，蹒跚着重又站回放着汗褐的那只漆盒前，久久不肯移开。

岳金莲老人迎接佟国俊忠骨回乡那一幕不是秘密，那天，跟着那些大大小小的汽车的，有许多记者。

32

老太生于民国四年，卒于2014年，享年99岁，中国民间习惯用虚岁，那就是实打实的百岁老人了。岳老太户籍上的名字叫岳金莲，曾用名是佟岳氏。生前，无论是谁问姓名，她都大声亮嗓地报上佟岳氏，只有再问你还有别的名字吗，老太太才会说出岳金莲，声音小了许多，神情里还透着些许少女般的羞涩与不情愿。

入冬时节，天气有点冷了。村里邻家有只羊滚了悬，孙子便请人把羊放了血，找来住在附近的亲属一起来家吃全羊喝羊汤。岳老太端坐正席，吃得满面红光，挺高兴。撤席时，老太说，你们玩吧，我去眯一觉了。老太说的玩，就是打麻将或甩扑克，每次家人聚一起，饭后都要乐上一阵。曾孙女跟过去说，太奶奶，天凉了，我再给你盖条小被。老太说，快去帮你妈擦桌洗碗，盖被子我还不行啊，还没活那么废物呢。老太临进自己的房门，转身对众人说，孩子们，好日子长着呢，要好好过，一步一步走稳当，我就不惦着你们了。只仍有一个事，你们都给我记牢实了，想办法给我寻摸着点。我还有个亲生的儿子呢，叫馗子，今年应该84岁了，他要是站在你们面前，你们也得喊上一声爷爷、太爷爷啦，都记住了吧？这话说得有点突兀，刚喝过酒的孙子重孙们怔了一下，旋即哈哈笑答，托老祖宗的福，这你老人家就放心吧，你都不知说过多少次了，我们都记着呢。

　　岳老太再没说什么，独自进了自己的房间，掩严了门。麻将打过两圈，孙媳轻轻推开老太的门，想看看老人家是否睡得安稳，但立刻转身跑回来，脸上满是惊惶，说你们快去看看，老祖宗这是怎么啦，怎么自个儿就把装老的衣裳都穿上啦！众人急进屋子，只见老太端端地躺在炕心一动不动，身上不仅齐齐整整地穿好了早备在柜子里的装老衣裤，还穿好了黑色的丧袍和丧靴，连绣着金凤翔云的黑色棉绒帽子都端端正正地戴在了头上，而身下，则平展展地铺着金黄色的丧褥。孙子也是年过半百之人了，对世间的事也算有了经验，他轻步上前，附在老太耳畔喊了两声奶奶，又伸手在老太鼻下试过，怔愣片刻，转身往外推众人，说老祖宗睡着了，都出去吧。众人退到门外，惊怵得不知如何是好。孙子又将重孙扯到一边，悄声吩咐快打120，并将村里张罗丧事的知客赶快请来。重孙不解，问到底是想送我太奶奶去医院，还是老祖宗真就不行了呀？家里有事，老爸你别先乱了分寸哪。孙子斥道，让你办什么就快去办，废什么话！

　　知客先到，随孙子进了老太的房间，出来时对众人说，大家进屋，都跪下，听我的口令给老人家磕头送行，但谁也不许哭。老太太高寿百年，已驾鹤瀛台，是仙逝，喜丧。人这一辈子，能修行到老太太这个地步，万里难有其一，神仙不过如此。众人想想老祖宗临行时说给大家的话，一个个惊得瞠目结舌，即使有泪水流下来，也忙忙擦去了。

救护车很快也到。医护人员进了屋子，用听诊器听过，黑着脸责怪，说人已走了，还叫我们来干什么？岳老太孙子说，老太太晌午跟我们吃饭，还一起说笑呢，只说进屋睡觉，自己就把衣裳穿上了，我们不知这是真死还是假死呀，要是真死了，又是因为什么病？医生叹息说，无疾而终，逝者先知，这在世界上不乏先例。但究竟是什么原因，就是现代医学也未有定论，节哀顺变吧。

虽说是喜丧，但丧事总要操办，而且更要办得隆重。灵棚搭起来了，讣告发出去了，鼓乐吹奏起来了。女人们在灵棚前摆起了几张炕桌，围坐在一起用金箔纸叠元宝，为远行的逝者带足富贵。女人们手在忙，嘴巴也不闲着，话题自然都离不开老祖宗。北方丧事的这个民俗世代流传不息，就是因为不仅让奔丧的亲友在忙碌中有了一些抚慰和安宁，还等于举办了不限时也不拘于形式的悼念或曰追思活动。

侄孙媳说，咱家老太太这辈子亏就亏在那两只小脚上了，又没念过书，不然，那就是个上马抢刀、坐帐布局的人物，就好比古时的花木兰、穆桂英。

曾孙女不同意，说祖奶奶活着时，自己可从不认这个账。要说不识字，咱们这些识文断字的要是讲起诸葛亮刘关张，讲起水泊梁山一百单八将，哪个讲得过她？以前我每次来家，都张罗着烧水给她洗脚，老太太总是笑哈哈的，说你们年轻人不就是稀罕我这两只小脚吗？那就洗吧。我故意挠她的脚心，可老太太就是不躲，也不笑，生生忍着痒，看你还能怎么样。我对老太太说，要是太奶奶也长一双大脚，这辈子又会怎样呢？老太太说，小脚怎么了，小脚也没耽误我从小跟男孩子一样上树粘热儿（蝉、知了）下河摸鱼，人这一辈子呀，最当紧的是心性，只要硬得起来，没事不惹事，有事不怕事，就没什么过不去的山蹚不过的河。要说邪乎（厉害），日本小鬼子邪乎不，可你们也亲眼见过的，我那个日本儿子是不是哪年都要跑回来一两趟，跪在地上给我这小脚老太太叫妈？

提起那个日本人，人们便齐齐扭头去找正在厨棚张罗的长孙媳，问老太太过世的消息是否已告诉日本那边。长孙媳摇头说，我爸前年来家，临走时跪在老太太膝下痛哭，说自己得了绝症，怕是以后再不能回来看妈了。老太太听这话，竟是一滴眼泪没掉，只是抚着日本儿子的脑袋说，归齐了，人都得走这一步嘛。你要真先到了那边，就给妈占个地儿，下辈子咱们还做娘儿俩。

岳老太的葬礼很隆重。一村的人，只要能动的，几乎都来了。邻近村屯的人也来了许多，再加乡里的，县里的。送葬的队伍有两三千人。

送葬的鼓乐堪称一流。得知岳老太辞世的消息，远近八方的鼓乐班不请自到，纷纷找上门来，均称愿意无偿为老人送上一程。无私奉献，精神可嘉，却也不可失之过多而无序，就在诸班主相争不下的局面下，一班主举起大纛，说我们将为老人吹奏全套的《百鸟朝凤》。这个曲子，我们也有好几年没吹奏过了，不是缺少丧家肯出重酬，而是我们另有献奏的原则，此曲只吹奏给德高望重，堪享此曲之人。一声《百鸟朝凤》，诸班主立时偃旗息鼓，悄然退下，都知那一曲，堪比唢呐演奏中的珠穆朗玛，没有超常的技艺，寻常鼓乐人是不敢比试的。那些退下的鼓乐人却又不离去，而是心甘情愿地变成了送葬队伍中的一员。

在唢呐高拔凄婉的吹奏中，松涛不再吟啸，林中的鸟儿也停止了啼鸣。就在棺木缓缓落入墓穴那一刻，山脚下传来汽车的轰鸣，接着便见一队披戴重孝的送葬者循着山路，直奔墓地而来。走在前面的是位白发苍苍的年迈妇人，那妇人由两个年轻女子一路携扶。其他人虽不甚相识，但这个年迈妇人村人都熟知。数十年前，她是一个逃饥荒的河南姑娘，被岳老太从铁道边接回家里，后来嫁给了岳老太的日本儿子，再后来，只要龟岛义雄回家探母，她都跟在身旁。

面对着刚刚落入墓穴的棺木，一行人匍匐跪地，叩首痛哭。义雄妻子说，妈，你儿子义雄一年前就走了，怕你老人家伤心，不让告诉你。义雄临终时有吩咐，他说他要先去那个世界，为妈妈安顿好早晚也要去的地方。妈，我是前天夜里得到的消息，是义雄给我托了梦，说你老人家已经上路了，要我务必快回家来。你老再看一眼，你孙子来了，重孙也来了，我都带回家给你老人家送行……

鼓乐再起，天地动容。高天之上，大片的云彩悄然聚合，滚动起隆隆的雷声。突然，有人喊，大家看，中间那片云，多像咱们的老祖宗，还对咱们抿嘴笑呢，快看哪！人们齐齐仰面望去，那片宛若岳老太笑靥的云彩，在人们的惊叹中，无声无息地退去，隐没在刺破云隙而出的万道阳光之中。

33

爷爷仍是一时清醒一时糊涂。有一天，我趁他神志清醒的时候，拿出厚厚的一本书，翻出其中的一篇文章给他读。文章的题目是《杀敌勇士，国之俊杰》。文章讲，日寇在策动震惊世界的九一八事变之后，东北军年轻的爱国军官佟国俊为报国难家仇，在部队撤进关内之际，率领部分弟兄留在白山黑水之间，频频袭杀日本侵略者。跟随他的众弟兄接连阵亡，他的孪生兄长佟国良不惜牺牲性命，掩护佟国俊在北口城内潜伏。佟国俊不忘报国之志，继续以"抗联一师"的名义袭杀日酋，却不幸在抗战胜利后被国民党当局以弑兄霸嫂的莫须有罪名杀害……

文章刚读了个开头，爷爷便挺直了腰板，昏花的双眼里也闪出异样的光芒。我几次想停下来跟他攀谈，他挥手催促我，念，接着念。

文章不过两千余字，很快读完了。爷爷已是老泪纵横，他抓过书，戴上老花镜看封面，问，这是本什么书哇？你从哪儿找来的？

我说，是我们报社资料室的，我听你老人家常叨念佟国良、佟国俊，正巧在这本《东北抗日英烈传》上读到他们的事迹，就给你老带回来了。

爷爷再问，谁写的呀？他怎么什么都知道？

我答，作者署名是佚名。佚名的意思就是不知是谁。也许是编者一时没找到作者，或者是作者不想暴露身份吧。

爷爷的泪水越发难止难歇，他哽咽着说，作为佟家的后人，你爷爷真是白活了，我小时还真怕跟了你二太爷的名字担埋汰呢。多亏你二太爷临死前还是把那些事说给了贴着心信得着的人。

我说，不管是哪根蔓，中华民族的祖根是一枝，也只有一枝。早在好几年前，国家就承认国民党军队抗战阵亡将士的烈士身份了，最近，一些地方的民政部门还给健在的国民党军队抗日将士发放了优抚金，许多地方还建立了抗日阵亡将士纪念碑纪念馆呢。你看到的这本书就足以证明，我二太爷不是也可以进了抗日英烈传吗？

爷爷脸上现出欣慰之色，不住地点头赞许，说这就对啦，咱们国家的当家人心里明白，都是血肉之躯，都是为了赶走小鬼子。哪个人为国捐躯了，家里人心里不疼得慌啊！

由是，爷爷便给我讲起了许许多多的往事。他说，幼时的他名字本叫"奎"，后来阿玛给改成"馗"了。他不愿改，说这个字难写，许多人不认识。阿玛梗着性子说，就这么改，不商量。待大些后，馗子才明白，那个馗是钟馗的馗，钟馗是专门打鬼的好汉。十五岁那年，馗子为避羞辱，离家出走，一路近乎乞讨，走过好多地方。好在那时他还小，日伪宪警也没太把这个还不配办"良民证"的小流浪汉放在眼里，任他自生自灭。后来，他连病带饿，倒在了鞍山炼钢厂附近的一家鞋铺前。鞋铺的老板兼师傅是个好心人，救下了他，并收留他当了小学徒。为防家里人找他，馗子随了收留他的好心师傅的姓，改姓董。数年后，馗子回过一趟北口。走进大杂院，迎接他的是老邻居们惊愕悲悯的目光。额娘和阿玛都不在了，都成了那些执法人的枪下之鬼。直到那时，痛不欲生的馗子才知自己本姓佟，先前用的刘姓是阿玛用来护身的假姓。馗子除了悲痛，还有一言难尽的悔恨。如果当初自己不离家出走，额娘和阿玛是不是就能留得一命呢？馗子去了城外的乱尸岗，烧了纸钱，长跪不起，把额头都磕得血肉模糊，起身后只得再回沈阳。

其实，那篇两千字写佟国俊的文章就出自我的笔下，那本书也是我"做"出来的。我在旧书摊上买来那么一本八成新的《东北抗日英烈传》，连同我写就的那篇文章，一并送到还算有些档次的打字复印社，对小老板说，你想办法帮我把这篇文章夹到这本书里去，争取让人以为就是这本书里的内容，行吗？我只要一本，工本费你来定，我不讲价。小老板颇有些为难，说晃一晃外行人的眼睛还行，但放到专业人士的手上，就难了。先生您不是也想申报职称或评什么奖吧？我笑了，说那您就辛苦辛苦，我这本书的用项可远比申报职称和评奖重要百倍千倍。我心想，爷爷虽识字，但毕竟已是耄耋之年，一辈子没跟书本打交道，又哪里来的专业人士的辨识水准。我将此书呈到爷爷手上，除了想借此抚慰一下老人那颗只觉愧对先人的心，也想由此打开他的记忆之闸，把那些不堪回首的往事说给我听。我成功了！

在"做"那本书前，我也曾找过北口市地方志办公室，拿出我写好的文稿，并以我拍下来的日伪时期报纸佐证，希望能将那篇文章印发在每年都要出版的地方志史籍中。那些编辑同人客气而坚决地回绝，说编纂地方志不同写小说，必须有货真价实的史料基础。你还是去作家协会请教请教吧，试试写小说，小说可以演绎，也可以虚构，足以施展你无限广阔的想象才华。我又不是傻子，不会听不出这客气里的揶揄与挖苦，只好愤愤地拂袖而去。

而今，那本说假就假，说真亦真的英烈传就在爷爷的手上，整日整日不离身，睡觉都放在枕旁，我想拿走都难。家里不管来了什么客人，也不论那时爷爷的神志是清醒还是糊涂，他都会走到客人身旁，打开那本书让人家看，很是骄傲地说，你知道吗，我二叔是抗联一师的……